Angel Heart

William Hjortsberg

Angel Heart

Aus dem Englischen von

Angelika Felenda

William Hjortsberg: Angel Heart
Titel der Originalausgabe: Falling Angel
Übersetzung aus dem Englischen von Angelika Felenda
Copyright © William Hjortsberg 1978
Copyright © der deutschen Übersetzung von
Angelika Felenda
Wilhelm Heyne Verlag, München, ein Unternehmen der
Verlagsgruppe Random House GmbH
Lizenzausgabe für area verlag gmbh, Erftstadt
Alle Rechte vorbehalten

Einbandgestaltung: rheinConcept, Wesseling
Einbandabbildung: picture-alliance/KPA Honorar und Belege
Satz und Layout: Bernhard Heun, Rüssingen
Druck und Bindung: Oldenbourg Taschenbuch GmbH,
Hürderstraße 4, 85551 Kirchheim
Printed in Czech Republic 2006

ISBN-13 978-3-89996-839-2
ISBN-10 3-89996-839-5

www.area-verlag.de

1. KAPITEL

Es war Freitag, der Dreizehnte, und der gestrige Schneesturm hing noch über den Straßen wie ein übriggebliebener Fluch. Der Matsch lag knöcheltief draußen. Durch die Seventh Avenue, um die Terrakottafassade des Times Towers, zog die ewig gleiche Parade der Neonschlagzeilen: HAWAI ALS 50. STAAT IN DIE UNION AUFGENOMMEN: KONGRESS STIMMT AUFNAHME 232 ZU 89 ZU. EISENHOWERS UNTERSCHRIFT UNTER GESETZ GESICHERT … Hawai, süßes Land der Ananas und Haleloki; klimpernde Ukulelen, Sonnenschein und Brandung, schwingende Baströcke in tropischer Brise.

Ich drehte mich auf meinem Stuhl im Kreis und starrte auf den Times Square hinaus. Die imposante Camel-Reklame paffte dicke Rauchringe auf den zähfließenden Verkehr. Der schmucke Gentleman auf der Tafel, den Mund zu einem runden O beständigen Erstaunens gespitzt, war der Vorbote des Frühlings auf dem Broadway. Ein paar Tage zuvor hatten in Gerüsten hängende Malerteams den dunklen, winterlichen Homburg des Rauchers in einen Panamahut verwandelt; es war nicht so poetisch wie die Zugschwalben aus Capistrano, aber es brachte das Gefühl rüber.

Mein Haus war vor der Jahrhundertwende erbaut worden; ein vierstöckiger Backsteinkasten, der von Ruß und Taubendreck zusammengehalten wurde. Auf dem Dach prangten Reklameschilder, die Flüge nach Miami und verschiedene Biermarken anpriesen. An der Ecke gab es einen Zigarrenladen, einen Spielsalon, zwei Hotdog-Stände, und in der Mitte das Rialto Theater. Der Eingang war eingezwängt zwischen einen Pornobuchladen und einen Ramschladen, dessen Schaufenster mit Quietschkissen und Gipshunden vollgestopft waren.

Mein Büro lag zwei Treppen hoch, in einer Reihe mit Olgas Elektrolyse, Augentropfen Import GmbH und Ira Kipnis, Diplomwirtschaftsprüfer. Die acht Zoll hohen Goldlettern hoben mich gegenüber den anderen hervor: CROSSROADS DETEKTIV AGENTUR, ein Name, den ich zusammen mit dem Geschäft von Ernie Cavalero kaufte, der mich damals als Zuträger eingestellt hatte, als ich während des Krieges neu in die Stadt gekommen war.

Ich wollte gerade auf einen Kaffee gehen, als das Telefon klingelte. »Mr. Harry Angel?« zirpte entfernt eine Sekretärin. »Hier spricht Herman Winesap von McIntosh, Winesap und Spy.«

Ich murmelte etwas Freundliches, und sie verband mich weiter. Herman Winesaps Stimme war so glatt wie die schmierigen Schwindelpräparate, vor denen einen die Haarölfirmen warnen. Er stellte sich als zugelassener Verteidiger vor. Das bedeutete, daß seine Gebühren hoch waren. Ein Typ, der sich selbst nur als Anwalt bezeichnet, kostet immer etliches weniger. Winesap klang so gut, daß ich ihm den Hauptteil des Gesprächs überließ.

»Der Grund, weshalb ich anrufe, Mr. Angel, ist, mich zu versichern, ob Sie im Moment für einen Auftrag zur Verfügung stehen.«

»Wäre das für Ihre Firma?«

»Nein. Ich handle im Auftrag eines unserer Klienten. Kann man Sie engagieren?«

»Hängt ganz von dem Job ab. Sie müßten mir schon ein paar Einzelheiten nennen.«

»Mein Klient würde es vorziehen, dies mit Ihnen persönlich zu besprechen. Er schlug vor, daß Sie heute mit ihm essen sollten. Punkt ein Uhr im ›Six‹.«

»Vielleicht könnten Sie mir den Namen dieses Klienten sagen, oder muß ich bloß nach einem Typen Ausschau halten, der eine rote Nelke trägt?«

»Haben Sie etwas zum Schreiben zur Hand? Ich buchstabiere den Namen für Sie.«

Ich schrieb den Namen LOUIS CYPHRE auf meinen Block und fragte, wie man ihn ausspricht.

Herman Winesap machte seine Sache großartig, er rollte seine R wie ein Lehrer vom Berlitz Institut. Ich fragte ihn, ob sein Klient ein Ausländer sei.

»Mr. Cyphre ist im Besitz eines französischen Passes. Über seine tatsächliche Nationalität bin ich mir nicht sicher. Sollten Sie weitere Fragen haben, wird er Sie Ihnen gerne beim Essen beantworten. Darf ich ihm sagen, daß er mit Ihnen rechnen kann?«

»Ich werde Punkt eins dort sein.«

Verteidiger Herman Winesap machte abschließend noch ein paar ölige Bemerkungen, bevor er sich verabschiedete. Ich legte auf und zündete zur Feier des Tages eine meiner Weihnachts-Montecristos an.

2. KAPITEL

Die Fifth Avenue war eine unglückliche Mischung zwischen dem Internationalen Stil und dem, was man bei uns unter stromlinienförmig versteht. Vor zwei Jahren war es zwischen der 52. und 53. Straße losgegangen: Zigtausend Quadratmeter Büroräume, ummantelt von getriebenen Aluminiumplatten. Es sah aus wie ein 40stöckiger Käseschuber. Der Wasserfall in der Eingangshalle konnte daran auch nichts ändern.

Ich nahm einen Expresslift ins oberste Stockwerk, bekam eine Nummer von dem Garderobengirl und bewunderte die Aussicht, während mich der Geschäftsführer mit einem durchdringenden Blick prüfte, wie ein staatlicher Fleischbeschauer eine Rinderhälfte. Die Tatsache, daß der Geschäftsführer Cyphres Name unter den Reservierungen fand, machte uns auch nicht zu Freunden. Begleitet von dem höflichen Gemurmel der Angestellten, folgte ich ihm nach hinten zu einem kleinen Tisch am Fenster.

Dort saß in einem maßgeschneiderten Nadelstreifenanzug, eine blutrote Rosenknospe im Knopfloch, ein Mann, der jedes Alter zwischen 45 und 60 hätte haben können. Sein Haar, aus der hohen Stirn streng zurückgekämmt, war dunkel und voll, aber sein viereckig getrimmter Kinnbart und sein Schnurrbart waren weiß wie ein Hermelin. Er war gebräunt und elegant; seine Augen besaßen etwa die Farbe von Ätherblau. Auf seiner kastanienbraunen Seidenkrawatte leuchtete ein winziger Stern.

»Ich bin Harry Angel«, sagte ich, während der Ober meinen Stuhl zurechtrückte. »Ein Anwalt namens Winesap sagte, daß Sie mich in einer bestimmten Angelegenheit sprechen wollen.«

»Ich mag pünktliche Leute«, sagte er. »Einen Drink?«

Ich bestellte einen doppelten Manhattan, unverdünnt; Cyphre klopfte mit einem manikürten Finger an sein Glas und sagte, daß er das gleiche noch mal wolle. Es war nicht schwer, sich diese fetten Hände mit einer Peitsche vorzustellen. Nero mußte solche Hände gehabt haben. Und Jack the Ripper. Es waren die Hände eines Kaisers und eines Mörders. Schlaff, aber todbringend: perfekte Instrumente des Bösen.

Nachdem der Kellner gegangen war, beugte sich Cyphre vor und fixierte mich mit einem verschwörerischen Grinsen: »Ich möchte Sie nicht mit Nebensächlichkeiten belästigen, aber vielleicht könnten Sie sich irgendwie ausweisen, bevor wir anfangen.«

Ich zog meine Brieftasche raus und zeigte ihm meine Lizenz und meinen Faschingsbullenorden. »Da sind auch Waffen- und Führerschein drin.«

Flüchtig blätterte er die Zelluloidhüllen durch, und als er mir meine Brieftasche zurückgab, war sein Lächeln um zehn Grad freundlicher. »Normalerweise genügt mir das Wort eines Mannes, aber meine Rechtsberater bestanden auf dieser Formalität.«

»Es zahlt sich gewöhnlich aus, wenn man vorsichtig ist.«

»Aber, Mr. Angel, ich hatte gedacht, Sie wären ein Draufgänger.«

»Nur wenn es sein muß.« Ich bemühte mich, die Spur irgendeines Akzents herauszuhören, aber seine Stimme klang glatt wie Metall, geschmeidig und rein, als wäre sie schon vom Tag seiner Geburt an durch Banknoten abgefedert. »Ich denke, wir sollten übers Geschäft reden«, sagte ich. »Ich bin kein guter Plauderer.«

»Ein weiterer angenehmer Zug an Ihnen.« Cyphre zog aus der Brusttasche seines Jacketts ein goldverziertes Zigarrenetui, öffnete es und wählte eine schlanke, grünfarbene Panatela. »Möchten Sie rauchen?« Ich lehnte ab und beobachtete, wie Cyphre mit einem silbernen Taschenmesser das Ende seiner Zigarre zuschnitt.

»Sagt Ihnen zufällig der Name Johnny Favorite etwas«, fragte er, während er die schlanke Panatela in der Flamme seines Gasfeuerzeugs anwärmte.

Ich dachte nach. »War das nicht so ein Schnulzensänger mit einer Swingkapelle vor dem Krieg?«

»Genau den meine ich. Ein Senkrechtstarter, wie die Presseagenten sagen würden. Er sang mit dem Spider Simpson Orchester 1940. Ich persönlich hasse Swingmusik und erinnere mich nicht an die Titel seiner Hits; es waren aber auf jeden Fall einige. Zwei Jahre bevor irgend jemand etwas von Sinatra gehört hatte, löste er im Paramount Theater begeisterte Tumulte aus. Sie müßten sich doch daran erinnern, das Paramount liegt in Ihrem Stadtteil.«

»Johnny Favorite war vor meiner Zeit. 1940 kam ich gerade von der High School und war ein kleiner Bulle in Madison, Wisconsin.«

»Sie stammen aus dem Mittelwesten? Ich hätte Sie für einen geborenen New Yorker gehalten.«

»Solche Exemplare gibt's doch gar nicht, außer im innersten Teil von Manhattan.«

»Ganz richtig.« Cyphres Züge waren in blaue Rauchwolken gehüllt, während er seine Zigarre paffte. Es roch nach ausgezeichnetem Tabak, und ich bedauerte, daß ich keine genommen hatte, als ich die Chance dazu hatte. »Das ist eine Stadt von Außenseitern«, sagte er. »Ich bin selbst einer.«

»Wo kommen Sie her?« fragte ich.

»Sagen wir, ich bin ein Reisender.« Cyphre wischte eine Rauchwolke seiner Zigarre weg, wobei ein Smaragd aufblitzte, den der Papst höchstpersönlich geküßt hätte.

»Mir soll's recht sein. Warum fragten Sie nach Johnny Favorite?« Der Kellner stellte unsere Drinks auf den Tisch, unauffälliger als ein vorbeiziehender Schatten.

»Alles in allem, eine angenehme Stimme.« Cyphre hob sein Glas in Augenhöhe zu einer Art stummem europäischem Toast. »Wie ich schon sagte, ich konnte Swingmusik noch nie ausstehen; zu laut und nervös für meinen Geschmack. Aber Johnny klang so süß wie ein Chorknabe, wenn er es wollte. Ich nahm ihn unter meine Fittiche, als er anfing. Er war ein frecher, dürrer Junge aus der Bronx. Vater und Mutter tot. Sein wirklicher Name war nicht Favorite, sondern Jonathan Liebling. Er änderte ihn aus Karrieregründen. Liebling hätte in Leuchtschrift nicht annähernd so gut ausgesehen. Wissen Sie, was aus ihm geworden ist?«

Ich sagte, daß ich keine Ahnung hätte.

»Er wurde im Januar '43 eingezogen. Wegen seiner Begabung wurde er dem Unterhaltungssektor der militärischen Betreuung zugewiesen, und im März nahm er an einer Truppenschau in Tunesien teil. Über die exakten Einzelheiten bin ich mir nicht sicher; eines Nachmittags kam es während einer Vorstellung zu einem Luftangriff. Die deutsche Luftwaffe bombardierte die Bühne. Die meisten Mitglieder der Band wurden getötet. Johnny kam wie durch ein Wunder mit Gesichts- und Kopfverletzungen davon. ›Davonkommen‹ ist allerdings das falsche Wort. Er wurde nie mehr der alte. Ich bin kein Mediziner, deshalb kann ich über seinen Zustand nichts Genaues sagen. Eine Form von Kriegsneurose, nehme ich an.«

Ich sagte, daß ich persönlich auch einiges über Kriegsneurosen wisse.

»Wirklich? Waren Sie im Krieg, Mr. Angel?«

»Ein paar Monate gleich zu Anfang. Ich bin einer von denen, die davongekommen sind.«

»Nun, Johnny Favorite hatte da weniger Glück. Er wurde nach Hause verfrachtet, ein totales Wrack.«

»Das tut mir leid«, sagte ich, »aber was habe ich damit zu tun? Was genau soll ich für Sie tun?«

Cyphre drückte seine Zigarre im Aschenbecher aus und spielte mit einer altersgelb gewordenen Elfenbeinspitze. Sie war in Form einer gewundenen Schlange geschnitzt und hatte den Kopf eines krähenden Hahns. »Seien Sie geduldig mit mir, Mr. Angel. Ich komme schon zur Sache, wenn auch etwas umständlich. Ich half Johnny ein wenig am Anfang seiner Karriere. Ich war nie sein Agent, aber ich konnte meinen Einfluß für ihn einsetzen. Als Anerkennung meiner Hilfe, die beträchtlich war, hatten wir einen Vertrag. Er enthielt gewisse Sicherheiten, die im Falle seines Todes verfallen sollten. Es tut mir leid, daß ich nicht deutlicher werden kann, aber die Bedingungen unserer Abmachung legten fest, daß die Einzelheiten vertraulich bleiben sollten.

Auf jeden Fall, Johnnys Zustand war hoffnungslos. Er wurde in ein Veteranenhospital in New Hamsphire gebracht, und es sieht ganz so aus, als würde er den Rest seines Lebens in einer Krankenstation verbringen. Eben eines der unglücklichen Abfallprodukte des Krieges. Aber Johnny hatte

Freunde und Geld, eine ganze Menge Geld. Obwohl er von Natur aus verschwenderisch war, waren seine Einkünfte in den zwei Jahren vor seiner Einweisung beträchtlich gewesen. Mehr als irgendein Mensch zum Fenster rauswerfen konnte. Ein Teil des Geldes war von Johnnys Agenten, die rechtlich dazu befugt waren, angelegt worden.«

»Die Geschichte beginnt kompliziert zu werden«, sagte ich.

»So ist es, Mr. Angel.« Abwesend klopfte Cyphre mit seiner Elfenbeinspitze gegen den Rand seines leeren Glases, und das Kristall tönte wie ferner Glockenklang. »Freunde von Johnny ließen ihn in eine Privatklinik in der Provinz verlegen. Dort wurde eine Radikalkur versucht. Der typische Psychiatrie-Hokuspokus, nehme ich an. Das Resultat war das gleiche; Johnny blieb ein Zombie. Nur, daß das Geld anstelle aus seiner Tasche aus der des Staates floß.«

»Kennen Sie die Namen der Freunde?«

»Nein, ich hoffe nur, Sie betrachten mich nicht als total gewinnsüchtig, wenn ich Ihnen sage, daß mein anhaltendes Interesse an Jonathan Liebling ausschließlich unsere vertraglichen Vereinbarungen betrifft. Ich habe Johnny nie mehr wiedergesehen, nachdem er in den Krieg gegangen war. Das einzige, was zählte, war, ob er noch lebte oder nicht mehr. Ein oder zweimal pro Jahr kontaktieren meine Anwälte die Klinik und erhalten eine eidesstattliche Erklärung mit dem Inhalt, daß er immer noch unter den Lebenden weilt. Die Situation hatte sich bis zum letzten Wochenende nicht geändert.«

»Was ist dann passiert?«

»Etwas sehr Merkwürdiges. Johnnys Klinik ist außerhalb von Poughkeepsie. Ich hatte geschäftlich in der Nähe zu tun und beschloß ganz kurzfristig, meinem alten Bekannten einen Besuch abzustatten. Vielleicht wollte ich sehen, was sechzehn Jahre Bettlägrigkeit aus einem Menschen machen. In der Klinik sagte man mir, daß unter der Woche nur nachmittags Besuchszeit sei. Ich ließ mich nicht abweisen, und der diensthabende Arzt erschien. Er informierte mich, daß sich Johnny gerade in einer Spezialtherapie befinde und bis zum folgenden Montag nicht gestört werden dürfe.«

Ich sagte: »Klingt ganz so, als ob Sie jemand an der Nase herumführen würde.«

»Tatsächlich. Da war etwas an dem Burschen, was mir nicht gefiel.« Cyphre steckte die Zigarrenspitze in seine Westentasche und faltete die Hände auf dem Tisch. »Ich blieb in Poughkeepsie bis zum Montag und ging dann noch mal zur Klinik, genau während der vorgeschriebenen Besuchszeiten. Ich traf den Doktor nicht wieder an, aber als ich nach Johnny fragte, wollte das Mädchen an der Rezeption wissen, ob ich ein Verwandter sei. Natürlich sagte ich nein. Sie behauptete, nur Familienmitglieder hätten das Recht, die Patienten zu besuchen.«

»Das hatte vorher keiner erwähnt?«

»Mit keinem Wort. Ich wurde ziemlich ungehalten. Ich glaube, daß ich einen ziemlichen Aufstand machte. Das war ein Fehler. Die Empfangsdame drohte mit der Polizei, wenn ich nicht sofort ginge.«

»Was haben Sie getan?«

»Ich bin gegangen, was hätte ich sonst tun sollen. Es ist eine Privatklinik. Ich wollte keine Schwierigkeiten bekommen. Deshalb benötige ich Ihre Dienste.«

»Sie wollen, daß ich dorthin fahre und alles für Sie herausfinde?«

»Genau.« Cyphre machte eine ausladende Geste, wobei er seine Handflächen nach außen kehrte, wie ein Mann, der zeigen will, daß er nichts zu verbergen hat.

»Als erstes muß ich wissen, ob Johnny Favorite überhaupt noch lebt; das ist das Wesentliche. Wenn ja, möchte ich wissen, wo.«

Ich griff in meine Tasche und holte ein dünnes Notizbuch aus Leder heraus und etwas zum Schreiben. »Das ist kein Problem. Wie sind der Name und die Adresse der Klinik?«

»Sie heißt Emma Dodd Harvest Memorial Clinic; sie liegt östlich von der Stadt auf der Pleasant Valley Road.«

Ich notierte es mir und fragte nach dem Namen des Arztes, der Cyphre reingelegt hatte.

»Fowler. Ich glaube der Vorname war entweder Albert oder Alfred.«

Ich schrieb es auf. »Ist Favorite unter seinem wirklichen Namen eingetragen?«

»Ja, Jonathan Liebling.«

»Das sollte ausreichen.« Ich steckte mein Notizbuch ein und stand auf. »Wie kann ich Sie erreichen?«

»Am besten über meinen Anwalt.« Cyphre glättete mit den Fingerspitzen seinen Bart. »Sie wollten doch nicht etwa gehen? Ich dachte, wir essen zusammen?«

»Ich schlage ungern eine Einladung aus, aber wenn ich mich gleich auf den Weg mache, kann ich in Poughkeepsie sein, bevor die Klinik schließt.«

»Kliniken haben keine Geschäftszeiten.«

»Die Büroangestellten schon. Und von denen hängt alles ab. Es kostet Ihr Geld, wenn ich bis Montag warten muß. Ich bekomme 50 Dollar am Tag, plus Spesen.«

»Das klingt preiswert für eine gute Arbeit.«

»Es wird in Ordnung gehen. Zufriedenheit wird garantiert. Ich werde Winesap anrufen, sobald ich etwas weiß.«

»Ausgezeichnet. Es hat mich gefreut, Sie kennenzulernen, Mr. Angel.«

Der Geschäftsführer lächelte immer noch höhnisch, als ich auf dem Hinausweg meinen Mantel und meine Aktentasche abholte.

3. KAPITEL

Meinen sechs Jahre alten Chevy hatte ich in der ›Hippodrom‹-Garage in der 44. Straße, nahe der Sixth Avenue, geparkt. Nur der Name erinnerte noch an den Ort des legendären Theaters. Die Pavlowa hatte im ›Hippodrom‹ getanzt. John Philip Sousa war der Orchesterchef gewesen. Jetzt stank es nach Autoabgasen, und die einzige Musik, unterbrochen von den Satzfetzen eines puertorikanischen Ansagers, kam aus einem tragbaren Radio, das im Büro stand.

Gegen zwei Uhr war ich auf dem West Side Highway auf dem Weg nach Norden. Der Wochenendexodus hatte noch nicht begonnen, und der Verkehr entlang des Saw Mill River Parkway war flüssig. Ich hielt in Yonkers an und kaufte eine Flasche Bourbon, um Gesellschaft zu haben. Als Peekshill hinter mir lag, war sie halb leer, und ich verstaute sie im Handschuhfach für die Rückfahrt.

Ich fuhr in heiterer Stille durch die schneebedeckte Landschaft. Es war ein schöner Nachmittag, viel zu schön, um ihn durch die verblödeten Hitparaden aus dem Autoradio zu verderben. Nach dem gelben Matsch in der Stadt sah hier alles weiß und sauber aus, wie eine von Grandma Moses gemalte Szenerie.

Ich erreichte die Außenbezirke von Poughkeepsie kurz nach drei und fand die Pleasant Valley Road, ohne auch nur ein einziges Girl vom Vassar College zu erspähen. Fünf Meilen außerhalb der Stadt kam ich zu einem ummauerten

Anwesen, mit einem geschwungenen, schmiedeeisernen Tor; auf dem Mauerwerk stand in großen Bronzelettern: EMMA DODD HARVEST MEMORIAL CLINIC. Ich bog auf einen Kiesweg ein und schlängelte mich ungefähr eine halbe Meile durch dichtes Gebüsch, als plötzlich vor mir ein rotes, sechsstöckiges Backsteingebäude auftauchte, das mehr an ein Studentenwohnheim als an ein Krankenhaus erinnerte.

Drinnen sah allerdings alles nach Krankenhaus aus. Die Wände in einem blassen Grün, und der graue Linoleumboden war sauber genug, um darauf zu operieren. Der verglaste Empfangsraum befand sich zurückgesetzt in einem Alkoven an der einen Wand. Gegenüber hing ein großes Ölgemälde, das eine bulldoggengesichtige Witwe zeigte, von der ich annahm, daß es sich um Emma Dodd Harvest handelte. Dazu brauchte ich die kleine Plakette, die an den vergoldeten Rahmen geschraubt war, nicht erst zu lesen. Weiter vorn konnte ich einen glänzenden Flur sehen, auf dem ein Weißgekleideter einen leeren Rollstuhl entlangschob. Er bog um eine Ecke und war verschwunden.

Ich habe Hospitäler immer gehaßt. Während des Krieges hatte ich zu viele Monate darin verbringen müssen. Die effiziente Sterilität dieser Orte hatte etwas Deprimierendes an sich. Dieses geräuschlose Huschen von Gummisohlen auf lysolgeschwängerten, hellen Korridoren. Gesichtsloses Personal in gestärkten, weißen Uniformen. Die Monotonie der Routine gab sogar dem Wechseln einer Bettpfanne den Stellenwert eines Rituals. Die Erinnerung an die Krankenstation stieg wie ein würgender Horror in mir auf. Krankenhäuser und Gefängnisse sehen von innen immer gleich aus.

Das Mädchen am Empfang war jung und reizlos. Sie war weiß gekleidet und trug ein kleines schwarzes Namensschild, das sie als R. FLEECE auswies. Hinter der Rezeption öffnete sich ein Büro voller Aktenständer. »Kann ich Ihnen helfen?« fragte Miß Fleece mit engelsüßer Stimme. Auf ihrer dicken, randlosen Brille schimmerten funkelnde Lichter.

»Ich denke doch«, sagte ich. »Mein Name ist Andrew Conroy; ich mache eine Studie für die nationale Gesundheitsbehörde.« Ich stellte meinen kalbsledernen Diplomatenkoffer auf den Empfangsschalter und zeigte ihr irgendeinen gefälschten Ausweis aus meiner Extrabrieftasche für Extra-Identitäten. Im Fahrstuhl von Nr. 666, Fifth Avenue, hatte ich sie neu arrangiert. Die oberste Karte steckte jetzt in der Sichtblende.

Miß Fleece beobachtete mich mißtrauisch, ihre trüben, wässrigen Augen schwammen hinter den dicken Brillengläsern wie tropische Fische in einem Aquarium. Ich konnte mir vorstellen, daß ihr mein zerknitterter Anzug oder die Suppenflecken auf meiner Krawatte nicht gefielen, aber der Diplomatenkoffer riß alles raus. »Möchten Sie mit jemand Bestimmtem sprechen, Mr. Conroy?« fragte sie und versuchte ein schwaches Lächeln.

»Vielleicht können Sie mir weiterhelfen.« Ich steckte meine gefälschten Papiere in meine Brusttasche zurück und lehnte mich gegen den Empfangsschalter. »Die Klinik verfügt über eine Aufstellung irreparabler Verletzungsfälle. Meine Aufgabe besteht darin, Informationen über die überlebenden Opfer zu sammeln, die in privaten Kliniken untergebracht sind. Soviel ich weiß, haben Sie einen Patienten, auf den diese Beschreibung zutrifft.«

»Wie ist der Name des Patienten, bitte?«

»Jonathan Liebling. Jede Information, die Sie mir geben, wird streng vertraulich behandelt. Tatsächlich werden in der Untersuchung überhaupt keine Namen erwähnt werden.«

»Einen Moment bitte.« Die reizlose Empfangsdame mit der himmlischen Stimme zog sich in das hintere Büro zurück und zog aus einem Aktenschrank eine der unteren Schubladen heraus. Sie brauchte nicht lange, um zu finden, wonach sie suchte. Sie kehrte mit einem offenen Aktendeckel zurück und schob ihn mir durch den Schlitz der Verglasung rüber. »Wir hatten einmal einen solchen Patienten, wie Sie sehen können, aber er wurde schon vor Jahren in das Veteranenhospital in Albany verlegt. Hier ist seine Akte. Alles, was wir über ihn haben, müßte dort drinstehen.«

Die Überweisung war ordnungsgemäß auf dem Formular bestätigt, auch das Datum: 5.12.45. Ich zog mein Notizbuch heraus und kritzelte ein paar Zahlen hinein. »Wissen Sie, wer der behandelnde Arzt war?«

Sie griff rüber und drehte den Ordner so, daß sie es lesen konnte. »Es war Dr. Fowler.« Sie deutete mit dem Zeigefinger auf den Namen.

»Arbeitet er noch in der Klinik?«

»Natürlich. Er hat gerade Dienst. Möchten Sie mit ihm sprechen?«

»Wenn es keine Umstände macht.«

Sie versuchte wieder ein Lächeln. »Ich rufe an und werde sehen, ob er Zeit hat.« Sie ging zur Telefonanlage rüber und sprach leise in ein kleines Mikrofon. Über den Lautsprecher hallte ihre Stimme durch einen entfernten Flur. »Dr. Fowler, zum Empfang bitte ... Dr. Fowler, zum Empfang bitte.«

»Haben Sie letztes Wochenende gearbeitet«, fragte ich, während wir warteten.

»Nein, ich war für ein paar Tage weg. Meine Schwester hat geheiratet.«

»Haben Sie den Brautstrauß aufgefangen?«

»So viel Glück habe ich nicht.«

Plötzlich war Dr. Fowler aus dem Nichts aufgetaucht. Er bewegte sich geräuschlos wie eine Katze auf seinen Kreppsohlen. Er ging leicht gebeugt, was ihm fast das Aussehen eines Buckligen vermittelte. Er trug einen unordentlichen braunen Fischgrätanzug, der ein paar Nummern zu groß war. Ich schätzte ihn ungefähr auf siebzig. Das wenige verbliebene Haar war grau wie Zinn.

Miß Fleece stellte mich als Mr. Conroy vor. Ich erzählte wieder mein Märchen von der Gesundheitsbehörde und fügte hinzu: »Wenn Sie mir irgend etwas sagen könnten, das Jonathan Liebling betrifft, würde mich das sehr interessieren.«

Dr. Fowler nahm den Aktendeckel. Daß seine Hand zitterte, konnte von einem Schlaganfall herrühren, aber ich hatte da meine Zweifel.

»Das ist so lange her«, sagte er. »Er war im Showbusiness vor dem Krieg. Ein trauriger Fall. Es gab keinen medizinischen Beweis für einen Gehirnschaden; trotzdem hat er auf keine Behandlung angesprochen. Daher gab es keinen Grund, ihn länger hierzubehalten, allein schon wegen der Kosten, und wir überwiesen ihn nach Albany. Er war ein Veteran und hat für den Rest seines Lebens Anspruch auf ein Krankenbett.«

»Und dort kann ich ihn finden, in Albany?«

»Ich denke schon. Vorausgesetzt, er lebt noch.«

»Nun, Doktor, ich möchte Sie nicht länger aufhalten.«

»Keine Ursache. Es tut mir leid, daß ich Ihnen nicht besser helfen konnte.«

»Ich bitte Sie, Sie waren eine große Hilfe.« Das war er tatsächlich. Ein einziger Blick in seine Augen genügte, und man wußte Bescheid.

4. KAPITEL

Ich fuhr nach Poughkeepsie zurück und hielt an der ersten Grillbar, die ich fand. Zuerst rief ich das Veteranenhospital in Albany an. Es dauerte eine Zeitlang, aber sie bestätigten, was ich bereits wußte: Es hatte nie eine Einweisung des Patienten Jonathan Liebling gegeben. Weder 1945 noch sonstwann. Ich dankte ihnen und hängte nicht auf, während ich Dr. Fowlers Nummer heraussuchte. Ich schrieb die Nummer und Adresse in mein Notizbuch und rief den guten Doktor an. Keine Antwort. Ich ließ es ein dutzendmal klingeln, bevor ich auflegte.

Ich nahm einen schnellen Drink und ließ mir von dem Barmann den Weg zur South Kittridge Street 419 erklären. Er zeichnete eine rohe Skizze auf eine Serviette und bemerkte mit ausgesuchter Zurückhaltung, daß es sich dabei um einen noblen Teil der Stadt handelte. Die Wegbeschreibung des Barmanns war ihr Geld wert. Ich bekam dafür sogar ein paar Girls vom Vassar College zu Gesicht.

South Kittridge war eine hübsche, baumbestandene Straße, nur ein paar Blocks vom Universitätsgelände entfernt.

Das Haus des Doktors war ein neugotischer Bau mit einem runden Turm an der Ecke. Von den Dachrändern hing jede Menge feinstes Schnitzwerk herunter; es sah aus wie der Spitzenkragen einer alten Lady. Ringsum ging eine breite Veranda mit dorischen Säulen, und hohe Fliederbüsche schützten den Hof gegen alle benachbarten Häuser.

Ich fuhr langsam vorbei, schaute mir alles genau an und parkte den Chevy um die Ecke von einer Kirche aus grauem Bruchstein. Ein Schild kündigte die Sonntagspredigt an: DIE RETTUNG LIEGT IN DIR. Ich ging zu Nummer 419 zurück, meinen Diplomatenkoffer hatte ich dabei. Ich sah aus wie ein ganz normaler Versicherungsvertreter, der auf einen Abschluß aus ist.

In die Vordertür war ein Glasoval eingelassen, das einen Blick in eine dämmrige, getäfelte Halle gestattete, von der aus eine teppichbelegte Treppe nach oben führte. Ich läutete zweimal und wartete. Kein Mensch kam. Ich läutete nochmals und versuchte die Tür zu öffnen. Sie war verschlossen. Das Schloß war mindestens vierzig Jahre alt, und ich hatte nichts Passendes dabei.

Ich ging um die Veranda herum und probierte jedes Fenster, ohne Erfolg. Hinten befand sich eine Kellertür. Sie war mit einem Vorhängeschloß verschlossen, aber der farblose Holzrahmen war weich und alt. Ich nahm ein Brecheisen aus meinem Diplomatenkoffer und brach das Schloß weg.

Die Stufen waren dunkel und von Spinnweben überzogen. Meine Taschenlampe bewahrte mich davor, mir den Hals zu brechen. Die alte Kohlenheizungsanlage stand in der Mitte des Kellers wie ein heidnischer Götze. Ich fand die Treppe und ging rauf. Die obere Tür war unverschlossen, und ich trat in eine Küche, die während der 30er Jahre als ein technisches Wunder gegolten hätte. Da standen ein Gasofen mit hohen, gebogenen Beinen und ein Kühlschrank, dessen runder Motor obenauf saß wie eine Hutschachtel. Falls der Doktor allein lebte, war er ein ordentlicher Mann. Das Frühstücksgeschirr war abgewaschen und steckte im Ablaufgitter. Der Linoleumboden war gewachst. Ich ließ meine Aktentasche auf dem Küchentisch stellen und untersuchte den Rest des Hauses.

Das Eßzimmer und der vordere Wohnraum schienen noch nie benutzt worden zu sein. Staubbedeckt, dunkel und wuchtig standen die Möbel wie fürs Schaufenster arrangiert da. Oben waren drei Schlafzimmer. Die Schränke in zweien waren leer. Im kleinsten Zimmer, mit einem schmalen Eisenbett und einer einfachen Eichenkommode, lebte Dr. Fowler.

Ich warf einen Blick in die Kommode, fand aber nichts außer der üblichen Anzahl von Hemden, Taschentüchern und Baumwollunterwäsche. Im Wandschrank hingen neben einem Schuhbord ein paar modrige Anzüge aus Wolle. Ich durchsuchte ziellos die Taschen und fand nichts. In seinem Nachtschränkchen lag ein 45er Webley-Revolver neben einer schmalen ledergebundenen Bibel. Es war ein besonderes Modell; es wurde während des Ersten Weltkrieges an britische Offiziere abgegeben. Die Wahl der Bibeln war freigestellt gewesen. Ich untersuchte die Waffe, aber sie war nicht geladen.

Im Badezimmer hatte ich Glück. Ein Sterilisator dampfte auf einem Gestell. Er enthielt ein halbes Dutzend Nadeln und drei Spritzen. Die Hausapotheke erhielt nichts, abgesehen von der Standardausrüstung an Aspirin, Hustensäften, Zahnpastatuben und Augentropfen. Ich prüfte mehrere Fläschchen, die rezeptpflichtige Pillen enthielten, aber alles schien einwandfrei. Keine Narkotika weit und breit.

Ich wußte, daß es irgendwo sein mußte, deshalb ging ich runter und schaute in den altmodischen Kuhlschrank. Es lag im gleichen Fach wie die Milch und die Eier: Morphium. Grob gezählt mindestens fünfzig Fläschchen. Genug, um ein Dutzend Junkies einen Monat lang bei Laune zu halten.

5. KAPITEL

Es wurde langsam dunkel draußen. Die kahlen Bäume zeichneten sich als Silhouetten gegen den kobaltblauen Himmel ab, bis sie schließlich ganz im Dunkel verschwanden. Ich rauchte eine Zigarette nach der anderen und füllte den alten Aschenbecher randvoll mit Kippen. Ein paar Minuten vor sieben tauchten die Scheinwerfer eines Autos in der Einfahrt auf und gingen aus. Ich lauschte auf die Schritte des Doktors auf der Veranda, aber ich hörte nichts, bis sich der Schlüssel im Schloß drehte.

Er schaltete eine Deckenbeleuchtung an; ein Teil des Lichts drang in das dunkle Wohnzimmer und beleuchtete meine ausgestreckten Beine bis zu den Knien. Ich gab keinen Mucks von mir, aber ich erwartete, daß er den Rauch riechen würde. Ich hatte mich getäuscht. Er hängte seinen Mantel an die Garderobe und schlurfte in Richtung Küche. Als er das Licht andrehte, ging ich durch das Eßzimmer zurück.

Doktor Fowler schien meinen Diplomatenkoffer auf dem Küchentisch nicht zu bemerken. Er hatte die Kühlschranktür geöffnet; vorgebeugt fummelte er im Kühlschrank herum. Ich lehnte an der bogenförmigen Eßzimmertür und beobachtete ihn.

»Wohl Zeit für den Abendfix?« sagte ich.

Er schnellte herum und hielt dabei einen Milchkarton mit beiden Händen fest. »Wie sind Sie hier rein gekommen?«

»Durch den Postschlitz. Warum setzen Sie sich nicht und trinken Ihre Milch, und wir unterhalten uns ein bißchen?«

»Sie sind nicht von der Gesundheitsbehörde. Wer sind Sie?«

»Mein Name ist Angel. Ich bin ein Privatdetektiv aus New York.« Ich zog einen Küchenstuhl vor, und er ließ sich erschöpft darauf nieder; dabei hielt er seine Milch fest, als wäre sie das einzige in der Welt, das ihm geblieben war.

»Einbruch und unbefugtes Betreten fremder Häuser ist ein schweres Verbrechen«, sagte er. »Ich nehme an, daß Sie ihre Lizenz verlieren, wenn ich die Polizei anrufe.«

Ich nahm mir einen Stuhl, setzte mich rittlings drauf und verschränkte die Arme über der Lehne. »Wir wissen beide, daß Sie nicht nach dem Arm des Gesetzes rufen werden. Es wäre zu peinlich, wenn das Opium im Kühlfach entdeckt werden würde.«

»Ich bin Mediziner. Ich habe durchaus die Befugnis, pharmazeutische Produkte zu Hause zu lagern.«

»Ach lassen Sie das doch, Doc, ich habe ihr Besteck im Badezimmer kochen sehen. Seit wann sind Sie süchtig?«

»Ich bin kein ... Süchtiger! Ich protestiere gegen derartige Schlußfolgerungen. Ich leide an schwerer rheumatischer Arthritis. Wenn die Schmerzen manchmal zu unerträglich werden, nehme ich ein mildes Schmerzmittel. Und nun schlage ich vor, daß Sie gehen, sonst hole ich wirklich die Polizei.«

»Nur zu«, sagte ich, »ich wähle sogar die Nummer für Sie. Die werden sich freuen, wenn die Ihren Bluttest zu Gesicht bekommen.«

Dr. Fowler sackte in den Falten seines übergroßen Anzugs zusammen. Er schien vor meinen Augen geradezu zu schrumpfen. »Was wollen Sie von mir?« Er schob den Milchkarton zur Seite und stützte den Kopf in seine Hände.

»Immer noch das gleiche wie in der Klinik«, sagte ich. »Informationen über Jonathan Liebling.«

»Ich habe Ihnen alles gesagt, was ich wußte.«

»Doc, lassen Sie uns nicht rumalbern. Liebling wurde nie an irgendein Veteranenhospital überwiesen. Ich weiß das, weil ich in Albany angerufen und das ganze überprüft habe. Es ist nicht besonders schlau, sich so eine windige Geschichte auszudenken.« Ich holte eine Zigarette aus der Packung, steckte sie in den Mund, zündete sie aber nicht an. »Der zweite Fehler war, daß Sie bei der Fälschung des Formulars einen Kugelschreiber benutzten. 1945 gab es nämlich praktisch keine.«

Dr. Fowler stöhnte und wiegte den Kopf in seinen Armen. »Ich wußte, daß alles vorbei war, als der erste Besucher auftauchte. In nahezu fünfzehn Jahren kamen nie Besucher, nicht einer.«

»Scheint ja ein beliebter Junge zu sein«, sagte ich und zündete meine Zigarette an. »Wo ist er jetzt?«

»Ich weiß nicht.« Dr. Fowler richtete sich auf, was ihn die letzte Kraft zu kosten schien. »Ich habe ihn seit der Zeit, als er während des Krieges mein Patient war, nicht mehr gesehen.«

»Er muß doch irgendwo abgeblieben sein, Doktor.«

»Ich habe keine Ahnung, wo. Vor langer Zeit kamen eines Nachts ein paar Leute. Er stieg in ein Auto und fuhr mit ihnen weg. Ich habe ihn nie mehr wiedergesehen.«

»In ein Auto? Ich dachte, er war ein hilfloses Wrack?«

Der Doktor rieb sich die Augen und blinzelte. »Als er zu uns kam, war er im Koma. Aber er sprach gut auf die Behandlung an, und innerhalb eines Monats war er wieder auf den Beinen. Nachmittags haben wir immer Tischtennis gespielt.«

»Dann war er gesund, als er wegging?«

»Gesund? Was für ein abscheuliches Wort. Es hat überhaupt keine Bedeutung.« Dr. Fowlers nervös trommelnde Finger ballten sich zu Fäusten auf dem verblichenen Wachstuch. An seiner linken Hand trug er einen goldenen Siegelring, in den ein fünfzackiger Stern eingraviert war. »Um Ihre Frage zu beantworten, Liebling war nicht so wie Sie und ich. Nachdem er seine Sinne wiedergewonnen hatte, seine Sprache, das Sehen, den Gebrauch der Gliedmaßen, und so weiter, litt er weiterhin an akuter Amnesie.«

»Sie meinen, er hatte sein Gedächtnis verloren?«

»Vollkommen. Er hatte keine Ahnung, wer er war oder woher er kam. Nicht einmal sein Name sagte ihm etwas. Er bestand darauf, jemand anderer zu sein; seine Erinnerung würde schon irgendwann zurückkehren. Ich sagte, daß er mit Freunden weggegangen sei; dafür habe ich nur deren Wort. Jonathan Liebling hat sie nicht erkannt. Für ihn waren sie Fremde.«

»Erzählen Sie mir mehr über diese Freunde. Wer waren sie? Wie hießen sie?«

Der Doktor schloß die Augen und preßte seine zitternden Finger gegen die Schläfen. »Es ist so lange her. Endlose Jahre. Ich habe alles getan, um es zu vergessen.«

»Berufen Sie sich nicht auf Amnesie, Doc.«

»Es waren zwei«, sagte er. Er sprach langsam; die Worte wurden einer fernen Vergangenheit entrissen, aus den schweren Schichten des Kummers herausgefiltert. »Ein Mann und eine Frau. Über die Frau kann ich nichts sagen. Es war dunkel, und sie blieb im Wagen. Jedenfalls hatte ich sie vorher noch nie gesehen. Der Mann war mir bekannt. Ich hatte ihn mehrmals getroffen. Er hat alles arrangiert.«

»Wie hieß er?«

»Er sagte, er hieße Edward Kelley. Ich habe keine Ahnung, ob das stimmte oder nicht.«

Ich notierte mir den Namen. »Was waren das für Arrangements, die Sie eben erwähnten? Was war der springende Punkt dabei?«

»Geld.« Der Doktor spuckte das Wort aus, wie einen Bissen verdorbenes Fleisch. »Hat nicht jeder Mensch seinen Preis? Ich jedenfalls hatte meinen. Kelley besuchte mich eines Tages und bot mir Geld an ...«

»Wieviel Geld?«

»Fünfundzwanzigtausend Dollar. Vielleicht erscheint das heute nicht viel, aber während des Krieges war es mehr, als ich mir jemals erträumt hatte.«

»Davon würde mancher auch heute noch träumen«, sagte ich. »Was wollte Kelley für das Geld?«

»Was Sie wahrscheinlich schon vermutet haben. Die Entlassung von Jonathan Liebling, ohne Aufbewahrung der Krankengeschichte. Jeder Hinweis auf seine gesundheitliche Wiederherstellung sollte vernichtet werden. Am wichtigsten war, daß ich weiterhin vorgeben sollte, daß er noch immer ein Patient des ›Emma Harvest‹ war.«

»Und das haben Sie getan.«

»Es war nicht sehr schwierig. Abgesehen von Kelley und Lieblings Agent oder Manager, hatte er nie Besuch.«

»Wie war der Name des Agenten?«

»Ich glaube Wagner. An den Vornamen erinnere ich mich nicht.«

»Hatte er teil an den Vereinbarungen mit Kelley?«

»Soviel ich weiß, nicht. Ich sah die beiden nie zusammen, und er schien nicht zu wissen, wo Liebling war. Er rief während eines Jahres alle paar Monate an und fragte, ob eine Besserung eingetreten sei, aber er kam nie zu Besuch. Nach einer Weile rief er nicht mehr an.«

»Und die Klinik? Bemerkte die Verwaltung nicht, daß ein Patient fehlte?«

»Warum sollte sie? Ich hielt seine Akte auf dem neuesten Stand, Woche für Woche; und jeden Monat kam ein Scheck von Lieblings Vermögensverwaltung, der die Kosten deckte. Solange die Rechnungen bezahlt werden, stellt kein Mensch Fragen. Ich erfand ein paar Geschichten, um die Schwestern ruhig zu stellen, aber die hatten andere Patienten, um die sie sich kümmern mußten. Es war nicht schwierig, wirklich. Wie gesagt, er hatte nie Besuch. Nach einer Weile mußte ich bloß die eidesstattliche Erklärung ausfüllen, die regelmäßig alle sechs Monate von einer Anwaltskanzlei aus New York kam.«

»McIntosh, Winesap und Spy?«

»Richtig.« Dr. Fowler blickte gequält von der Tischplatte auf, und unsere Blicke trafen sich.

»Das Geld war nicht für mich. Ich möchte, daß Sie das wissen. Damals lebte meine Frau Alice noch. Sie hatte Krebs und brauchte eine Operation, die wir uns nicht leisten konnten. Das Geld reichte dafür und für eine Reise auf die Bahamas, aber sie starb trotzdem. Es dauerte kein Jahr. Den Schmerz kann einem niemand abkaufen. Nicht für alles Geld der Welt.«

»Erzählen Sie mir von Jonathan Liebling.«

»Was wollen Sie wissen?«

»Alles. Kleinigkeiten. Gewohnheiten, Hobbys, wie er seine Eier am liebsten hatte. Was für eine Farbe hatten seine Augen?«

»Ich erinnere mich nicht.«

»Erzählen Sie, was Sie wissen. Beginnen Sie mit der Beschreibung seiner Erscheinung.«

»Das ist unmöglich. Ich habe keine Ahnung mehr, wie er aussah.«

»Spielen Sie mit mir nicht rum, Doc.« Ich lehnte mich vor und blies ihm eine Rauchwolke in die wässrigen Augen.

»Ich sage die Wahrheit«, hustete der Doktor. »Der junge Liebling kam zu uns nach einer Gesichtsoperation.«

»Plastische Chirurgie?«

»Ja. Sein Kopf war während seines gesamten Aufenthalts verbunden. Ich habe die Verbände nicht gewechselt und deshalb auch nie sein Gesicht gesehen.«

»Ich weiß, was sie ›Plastische Chirurgie‹ nennen«, sagte ich und befühlte meine Nase, die sich wie eine gekochte Tomate anfühlte.

Der Doktor warf einen professionellen Blick auf meine Züge. »Wachs?«

»Ein Souvenir aus dem Krieg. Ein paar Jahre sah es gut aus. Der Typ, für den ich arbeitete, hatte ein Sommerhaus am Strand von Jersey. Eines Tages bin ich im August in der Sonne eingeschlafen, und als ich aufwachte, war innen alles geschmolzen.«

»Heute verwendet man kein Wachs mehr zu diesem Zweck.«

»Das habe ich auch gehört.« Ich stand auf und lehnte mich an den Tisch.

»Erzählen Sie mir alles über Edward Kelley.«

»Es ist lange her«, sagte der Doktor, »und die Leute verändern sich.«

»Wie lange, Doc? Wann verließ Liebling die Klinik?«

»Es war 1943 oder 44. Während des Krieges. Ich kann mich nicht genauer erinnern.«

»Haben Sie schon wieder einen Amnesie-Anfall?«

»Es ist über fünfzehn Jahre her. Was erwarten Sie da?«

»Die Wahrheit, Doc.« Ich begann, ungeduldig zu werden mit dem alten Mann.

»Ich sage die Wahrheit, so gut ich kann.«

»Wie sah dieser Edward Kelley aus?« knurrte ich ihn an.

»Er war ein junger Mann damals, Mitte Dreißig, würde ich sagen. Heute ist er jedenfalls über fünfzig.«

»Doc, Sie halten mich hin.«

»Ich traf den Mann nur dreimal.«

»Doc.« Ich langte runter, packte ihn beim Krawattenknoten und drückte zu. Nicht allzu stark, aber als ich ihn zu mir hochzog, gab er nach wie ein leerer Sack. »Ersparen Sie sich den Ärger. Oder soll ich die Wahrheit aus Ihnen rausquetschen.«

»Ich habe alles gesagt, was ich weiß.«

»Warum schützen Sie Kelley?«

»Das tue ich nicht. Ich kenne ihn kaum. Ich…«

»Wenn Sie nicht so ein alter Arsch wären, würde ich Sie hochgehen lassen wie ein Knallbonbon.« Als er sich wegzudrehen versuchte, zog ich den Knoten etwas fester zu. »Warum muß ich mich so anstrengen, wenn es auch leichter geht?« Dr. Fowlers blutunterlaufene Augen verrieten seine Furcht. »Der kalte Schweiß ist Ihnen ausgebrochen, nicht wahr, Doc? Sie können es nicht erwarten, mich loszuwerden, damit Sie an Ihren Mist im Kühlfach rankommen.«

»Jeder braucht etwas, das ihm hilft zu vergessen«, flüsterte er.

»Ich möchte nicht, daß Sie vergessen. Erinnern sollen Sie sich, Doc.« Ich nahm ihn beim Arm und zog ihn aus der Küche. »Deshalb gehen wir jetzt rauf in Ihr Zimmer, wo Sie sich hinlegen und nachdenken können. In der Zwischenzeit gehe ich eine Kleinigkeit essen.«

»Was wollen Sie wissen? Kelley hatte dunkles Haar und einen dieser dünnen Oberlippenbärtchen, der Clark Gable berühmt gemacht hat.«

»Das reicht nicht, Doc.« Ich zog ihn am Kragen seines Tweedjackets die Treppe rauf. »Ein ›Cold Turkey‹ für ein paar Stunden dürfte Ihr Gedächtnis auffrischen.«

»Er war immer teuer gekleidet«, flehte Dr. Fowler. »Konservative Anzüge. Nichts Auffälliges.«

Ich schob ihn durch die schmale Tür seines spartanischen Zimmers, und er fiel auf sein Bett. »Sie werden nachdenken, Doc.«

»Er hatte perfekte Zähne. Ein einladendes Lächeln. Bitte gehen Sie nicht.«

Ich schloß die Tür hinter mir und drehte den Schlüssel im Schloß herum. Er war die Art von Schlüssel, den Großmutter benutzte, um ihre kleinen Geheimnisse wegzusperren. Ich schob ihn in meine Tasche und ging pfeifend die teppichbelegten Stufen runter.

6. KAPITEL

Es war nach Mitternacht, als ich zu Dr. Fowlers Haus zurückkam. Nur oben im Schlafzimmer brannte Licht. Dem Doktor war diese Nacht nicht viel Schlaf vergönnt. Mein Gewissen wurde dadurch nicht belastet. Ich hatte ohne Gewissensbisse einen exzellenten Grillteller verzehrt und mir einen Film angesehen. Bei diesem Job muß man hart sein.

Ich öffnete die Vordertür und ging durch die dunkle Halle in die Küche. Der Kühlschrank surrte im Dunkeln. Ich nahm eine Flasche Morphium aus dem obersten Fach – der Köder für den Doktor – und ging nach oben; meine Taschenlampe wies mir den Weg. Das Schlafzimmer war fest verschlossen.

»Alles in Ordnung mit Ihnen, Doc«, rief ich, und suchte nach dem Schlüssel in meinen Taschen. »Ich habe Ihnen ein paar Tröpfchen mitgebracht.«

Ich drehte den Schlüssel herum und öffnete die Tür. Dr. Fowler sagte kein Wort. Er war gegen die Kissen in seinem Bett gelehnt und hatte noch immer seinen Fischgrätanzug an. Mit der linken Hand preßte er die gerahmte Fotografie einer Frau gegen seine Brust. In der rechten hielt er den Webley-Revolver. Der Schuß war durch sein rechtes Auge gegangen. Verdicktes Blut quoll aus der Wunde wie Tränen aus einem Rubin. Der Druck hatte das andere Auge zur Hälfte aus der Höhle getrieben; er sah aus wie ein glotzender tropischer Fisch.

Ich berührte seinen Handrücken. Er war so kalt wie ein Stück Fleisch aus dem Metzgerladen. Bevor ich irgend etwas anderes berührte, öffnete ich meinen Diplomatenkoffer und streifte mir ein paar Gummihandschuhe über, die ich in einem Fach in der Innenseite des Kofferdeckels hatte.

Irgend etwas stimmte an der ganzen Sache nicht. Sich durch das Auge zu erschießen war schon komisch genug; aber möglicherweise waren Mediziner über solche Angelegenheiten besser informiert als andere Leute. Ich versuchte mir vorzustellen, wie der Doc den Webley-Revolver verkehrt herum gehalten hatte, den Kopf nach hinten gebeugt, als würde er sich Augentropfen einträufeln. So konnte es nicht gewesen sein. Die Tür war verschlossen gewesen, und ich hatte den Schlüssel in meiner Tasche. Selbstmord war die einzige logische Erklärung. »Wenn dein Auge dich beleidigt ...«, murmelte ich abwesend. Das Zimmer sah genauso aus wie vorher. Spiegel und Haarbürste am gleichen Fleck, in den Schubladen die gleiche Ordnung von Socken und Unterwäsche.

Ich hob die in Leder gebundene Bibel auf dem Nachttisch hoch, und eine offene Patronenschachtel fiel auf den gewebten Teppich. Die Bibel war innen hohl, eine Attrappe. Darum hatte ich die Patronen nicht früher entdeckt. Ich sammelte sie vom Boden auf, suchte unter dem Bett nach weiteren und legte sie in die leere Bibel zurück.

Ich ging mir meinem Taschentuch durch den Raum und wischte alles ab, was ich bei meiner ersten Durchsuchung berührt hatte. Der Polizei von Poughkeepsie hätte es nicht sonderlich gefallen, daß ein auswärtiger Privatdetektiv einen ihrer prominenten Einwohner in den Selbstmord getrieben hat. Ich redete mir ein, daß, wenn es sich um Selbstmord handelte, sie auch nicht nach Fingerabdrücken suchen würden, und wischte weiter.

Ich putzte die Klinke, den Schlüssel und schloß die Tür, ohne das Schloß zu verschließen. Unten leerte ich den Inhalt des Aschenbechers in meine Jackentasche, trug ihn in die Küche, wusch ihn aus und stellte ihn zu dem Geschirr auf dem Ablaufgitter. Ich stellte das Morphium und den Milchkarton in den Eisschrank und wischte alles in der Küche sorgfältig mit meinem Taschentuch ab. Auf dem Rückweg durch den Keller wischte ich das Geländer und die Türklinken ab. An dem herausgebrochenen Schloß der Kellertür war nichts mehr zu ändern. Ich setzte es einfach wieder drauf und schob die Schrauben in das schwammige Holz zurück. Jeder Untersuchungsbeamte hätte das sofort entdeckt.

Auf dem Rückweg in die Stadt hatte ich Zeit genug zum Nachdenken. Die Vorstellung, daß ich einen alten Mann in den Tod getrieben hatte, gefiel mir nicht. Vage Gefühle von Kummer und Reue bedrängten mich. Es war ein schwerer Fehler gewesen, ihn mit einer solchen Kanone einzusperren. Der Nachteil traf vor allem mich, denn der Doktor hätte noch eine Menge zu erzählen gehabt.

Ich versuchte, die Szenerie wie ein Foto im Gedächtnis zu behalten. Dr. Fowler ausgestreckt auf dem Bett mit einem Loch im Auge und sein Gehirn über der Bettdecke verspritzt. Eine Lampe brannte am Bett, daneben die Bibel. In der Bibel die Patronen. Die gerahmte Fotografie von der Kommode im festen, erkalteten Griff des Doktors. Sein Finger auf dem Abzugshahn.

So oft ich mir die Szene auch ins Gedächtnis zurückrief, irgendwas fehlte, ein Stück in dem Puzzle fehlte. Aber welches? Und wo gehörte es hin? Ich konnte mich nur an meinen Instinkt halten. Ein nagendes Gefühl, das mich nicht losließ. Vielleicht rührte es bloß daher, daß ich mir meine Schuld nicht eingestehen wollte, aber ich war sicher, daß Dr. Fowlers Tod kein Selbstmord war. Es war Mord.

7. KAPITEL

Der Montagmorgen war sonnig und kalt. Was von dem Schneesturm übriggeblieben war, war weggefegt und in den Hafen gekippt worden. Nach dem Schwimmen im ›Y‹ gegenüber meiner Wohnung im Chelsea Hotel fuhr ich in die Stadt, parkte meinen Chevy in der Hippodrom Garage und ging in mein Büro. Zuvor hatte ich an einem Zeitungsstand an der Nordecke des Times Towers eine Ausgabe des ›Poughkeepsie New Yorker‹ vom vorigen Tag gekauft. Über Dr. Fowler stand nichts drin.

Es war kurz nach zehn, als ich meine Bürotür aufschloß. Gegenüber liefen die üblichen schlechten Nachrichten: NEUER IRAKISCHER ANGRIFF AUF SYRIEN VERMUTET ... BEI GRENZÜBERFALL DURCH DREISSIGKÖPFIGES KOMMANDO SOLDAT VERWUNDET ... Ich rief Herman Winesaps Wall-Street-Kanzlei an, und die Sekretärin stellte mich ohne Verzögerung durch.

»Was kann ich heute für Sie tun, Mr. Angel?« fragte der Anwalt, mit einer Stimme so geschmeidig wie eine frisch geölte Türangel.

»Ich versuchte, Sie am Wochenende anzurufen, aber das Dienstmädchen sagte, Sie wären in Sag Harbor.«

»Ich leiste mir einen Platz, wo ich mich entspannen kann. Ohne Telefon. Ist etwas Wichtiges passiert?«

»Die Nachricht hätte Mr. Cyphre betroffen, aber ich konnte ihn im Telefonbuch nicht finden.«

»Das trifft sich ausgezeichnet. Mr. Cyphre sitzt mir gerade gegenüber. Ich verbinde Sie mit ihm.«

Man hörte das dumpfe Murmeln von jemandem, der die Hand über den Hörer hält, und dann hörte ich Cyphres glatten Tonfall am anderen Ende. »Sehr gut, daß Sie anrufen, Sir«, sagte er. »Ich bin schon begierig zu erfahren, was Sie herausgefunden haben.« Ich erzählte ihm das meiste von dem, was ich in Poughkeepsie erlebt hatte, von Dr. Fowlers Tod erwähnte ich nichts. Als ich fertig war, hörte ich nur ein schweres Atmen am anderen Ende. Ich wartete. Cyphre murmelte: »Unglaublich.«

Ich sagte: »Es gibt drei Möglichkeiten. Kelley und die Frau wollten Favorite aus dem Weg haben und haben ihn auf eine Fahrt mitgenommen. In diesem Fall ist er schon lange tot. Es könnte sein, daß sie im Auftrag von jemand anderem gehandelt haben; das Resultat wäre das gleiche. Oder Favorite hat die Amnesie nur vorgetäuscht und die ganze Sache selbst inszeniert. In jedem Fall handelt es sich um das perfekte Untertauchen.«

»Ich möchte, daß Sie ihn finden«, sagte Cyphre. »Es ist mir egal, wie lange es dauert und wieviel es kostet, ich möchte, daß der Mann gefunden wird.«

»Das ist ein ziemlich schwieriger Auftrag, Mr. Cyphre. Fünfzehn Jahre sind eine lange Zeit. Mit so wenig Anhaltspunkten ist die Spur so kalt wie Eis. Es wäre am besten, wenn Sie sich an die offizielle Vermißtenstelle wenden würden.«

»Keine Polizei. Es handelt sich um eine private Angelegenheit. Ich möchte sie nicht an die Öffentlichkeit gezerrt haben, wo sich eine Menge naseweiser Untersuchungsbeamter einmischen würden.« Cyphres Stimme klang ätzend vor Zorn.

»Ich habe das vorgeschlagen, weil die Behörde das nötige Personal für einen solchen Auftrag hätte«, sagte ich. »Favorite könnte überall sein, hier oder im Ausland. Ich bin allein und ganz auf mich gestellt, von mir können Sie nicht die gleichen Ergebnisse erwarten, wie von einer Organisation mit internationalen Verbindungen.«

Cyphres Stimme wurde noch eine Spur schärfer. »Es läuft nur auf eines hinaus, Mr. Angel: Wollen Sie den Job oder nicht? Wenn Sie nicht daran interessiert sind, engagiere ich jemand anderen.«

»Oh, ich bin schon interessiert, Mr. Cyphre, aber es wäre Ihnen als meinem Klienten gegenüber unfair, die Schwierigkeiten des Unternehmens zu unterschätzen.« Warum gab mir Cyphre das Gefühl, ich wäre ein Anfänger?

»Natürlich. Ich schätze Ihre Aufrichtigkeit in dieser Angelegenheit, genauso wie ich die Schwierigkeit des Unternehmens einsehe.« Cyphre macht eine Pause, und ich hörte das Klicken eines Feuerzeugs und das Inhalieren von Rauch, während er sich eine seiner teuren Panatelas anzündete. Etwas freundlicher gestimmt durch den guten Tabak, fuhr er fort: »Ich möchte, daß Sie sofort anfangen. Die Art und Weise des Vorgehens überlasse ich Ihnen. Machen Sie es ganz so, wie Sie es für das Beste halten. Die ganze Sache muß aber diskret durchgeführt werden.«

»Ich bin so verschwiegen wie ein Beichtvater, wenn es sein muß«, sagte ich.

»Davon bin ich überzeugt, Mr. Angel. Ich gebe meinem Anwalt die Anweisung, Ihnen einen Scheck über fünfhundert Dollar im voraus auszustellen. Er geht noch heute in die Post. Sollten Sie mehr benötigen, wenden Sie sich bitte an Mr. Winesap.«

Ich sagte, daß fünfhundert sicherlich ausreichen würden, und wir hängten auf. Der Drang, zur Feier des Tages die Büroflasche zu knacken, war nie stärker, aber ich hielt mich zurück und zündete mir statt dessen eine Zigarre an. Vor dem Mittagessen zu trinken bringt kein Glück.

Ich begann meine Arbeit, indem ich Walt Rigler anrief, einen Reporter, den ich von der ›Times‹ kannte. »Was kannst du mir über Johnny Favorite sagen?« fragte ich nach dem üblichen einleitenden Geplauder.

»Johnny Favorite? Du machst wohl Witze. Warum fragst du mich nicht nach dem Namen von den anderen Jungs, die mit Bing Crosby und den A&P-Zigeunern gesungen haben?«

»Im Ernst, kannst du etwas über ihn ausgraben?«

»Ich bin sicher, daß das Archiv eine Akte hat. Gib mir fünf oder zehn Minuten, und ich habe das Zeug für dich.«

»Danke, Kumpel, ich wußte, daß ich mich auf dich verlassen kann.«

Er brummte ein Abschiedswort, und wir hängten ein. Ich rauchte meine Zigarre zu Ende, während ich die Morgenpost sortierte, zumeist Rechnungen und Reklame. Damit war meine Büroarbeit beendet. Über die Feuerleiter ist man immer schneller als mit dem sargengen Lift, aber ich hatte keine Eile; deshalb drückte ich den Fahrstuhlknopf und wartete. Aus Ira Kipnis' Büro klang das Rattern einer Rechenmaschine.

Das Gebäude der ›Times‹ auf der 43. Straße war gleich um die Ecke. Ich ging zu Fuß und fühlte mich vom Glück begünstigt. Ich nahm den Aufzug zur Redaktion im dritten Stock, nachdem ich in der Eingangshalle ein paar finstere Blicke mit der Statue von Adolph Ochs getauscht hatte. Ich fragte am Empfang nach Walt und wartete ein paar Minuten, bis er in Hemdsärmeln und geöffneter Krawatte von hinten auftauchte. Er sah aus wie der typische Reporter im Film.

Wir schüttelten die Hände, und er führte mich in den Redaktionsraum. Das Geklapper von hundert Schreibmaschinen hallte durch den von Rauchschwaden durchzogenen Raum.

»Hier ist es so düster wie in der Hölle, seit Mike Berger letzten Monat starb«, sagte Walt. Er wies auf einen leeren Schreibtisch mit einer zugedeckten Schreibmaschine, auf der eine welke rote Rose in einem Glas stand.

Ich folgte ihm durch den Lärm der Reporterabteilung zu seinem Schreibtisch in der Mitte des Raumes. Auf seinem Ablagekorb lag ein dicker Aktendeckel. Ich nahm ihn und warf einen Blick auf die vergilbten Zeitungsausschnitte, die drinnen lagen. »Ist es in Ordnung, wenn ich mich hier bediene?« fragte ich.

»Nach den Regeln des Hauses nicht.« Walt griff nach seinem Kammgarnjacket, das über der Lehne seines Drehstuhls hing. »Ich geh zum Essen. In der unteren Schublade sind acht bis zwölf Umschläge. Versuch, nichts zu verlieren, und mein Gewissen bleibt rein.«

»Danke, Walt. Wenn ich dir mal einen Gefallen tun kann ...«

»Ja, ja. Für einen Typen, der das ›Journal America‹ liest, bist du am richtigen Platz für deine Studien.«

Ich beobachtete ihn beim Hinausschlendern durch die Schreibtischreihen; er tauschte ein paar witzige Bemerkungen mit den anderen Reportern und winkte einem Redakteur in seinem Abteil zu. Ich saß an seinem Schreibtisch und sah Johnny Favorites Akte durch.

Die meisten der alten Ausschnitte waren nicht aus der ›Times‹, sondern aus anderen New Yorker Tageszeitungen;

eine Reihe stammte aus überregionalen Illustrierten. Die meisten handelten von seinen Auftritten mit dem Spider Simpson Orchester. Es gab auch ein paar Reportagen über ihn, die ich mit Aufmerksamkeit durchlas.

Er war ausgesetzt worden. Ein Polizist fand ihn in einer Schuhschachtel, auf der nur sein Name und ›2. Juni 1920‹, sein Geburtsdatum, stand. Die ersten paar Monate seines Lebens verbrachte er in dem alten Findlingsheim an der 68. Straße. Aufgezogen wurde er in einem Waisenhaus in der Bronx, und mit sechzehn Jahren stand er auf eigenen Füßen und arbeitete als Hilfskellner in mehreren Restaurants. Innerhalb eines Jahres lernte er Klavier und sang in Rasthäusern in der Provinz.

1938 wurde er von Spider Simpson ›entdeckt‹ und machte bald Karriere mit einem Fünfzehn-Mann-Orchester. Der Besucherrekord während seines einwöchigen Engagements im Paramount Theater 1940 wurde erst 1944 wieder von Sinatra erreicht. 1941 verkaufte er über fünf Millionen Schallplatten, und sein Einkommen wurde auf über 750 000 Dollar geschätzt. Es gab mehrere Berichte über seine Verletzung in Tunesien; einer behauptete, daß er ›vermutlich tot‹ sei, das war alles. Keine Zeile über seinen Krankenhausaufenthalt oder seine Rückkehr in die Staaten. Ich sortierte den Rest des Materials und machte einen kleinen Stoß von Sachen, die ich behalten wollte. Zwei Fotos, eine wunderschöne Studioaufnahme von Favorite im Smoking, das Haar erstarrt zu einer pomadisierten schwarzen Welle. Hintendrauf war der Stempel seines Agenten: WARREN WAGNER, THEATER AGENT, 1619 BROADWAY, WYNDHAM 9-3500.

Das andere Foto zeigte das Spider Simpson Orchester im Jahr 1940. Johnny stand auf einer Seite und hielt die Hände gefaltet wie ein Chorknabe. Die Namen der übrigen Mitglieder standen auch drauf.

Ich borgte mir noch drei andere Sachen aus; es handelte sich um Ausschnitte, die meine Aufmerksamkeit erregt hatten, weil sie irgendwie nicht zu der Sammlung zu gehören schienen. Das erste war ein Foto aus dem ›Life Magazine‹. Es war in Dickie Wells Bar in Harlem aufgenommen und zeigte Johnny gegen einen Flügel gelehnt mit einem Drink in der Hand, während er mit einem schwarzen Pianisten namens Edison ›Toots‹ Sweet sang. Dann gab es noch einen Ausschnitt aus ›Downbeat‹, in dem etwas über den Aberglauben von Sängern stand. Es wurde behauptet, daß Johnny, immer wenn er sich in der Stadt aufhielt, einmal pro Woche nach Coney Island zu einer Zigeunerin namens Madame Zora zum Handlesen gehe.

Bei der letzten Sache handelte es sich um Klatsch aus Walter Winchells Kolumne vom 20.11.42. Es wurde gesagt, daß Johnny Favorite seine zweijährige Verlobung mit Margret Krusemark, der Tochter von Ethan Krusemark, einem Reedereimillionär, aufgelöst habe.

Ich legte das ganze Zeug zusammen und steckte es in einen Umschlag aus der unteren Schublade. Einer Ahnung nachgebend, zog ich das Glanzfoto von Favorite heraus und rief die Nummer von Johnnys Agent an, die hintenaufgestempelt war.

»Warren Wagner und Co.«, meldete sich eine hochnäsige weibliche Stimme. Ich sagte ihr meinen Namen und vereinbarte einen Termin mit Mr. Wagner am Mittag.

»Er hat um halb eins eine Verabredung zum Essen und hat nur ein paar Minuten für Sie Zeit.«

»Die nehme ich«, sagte ich.

8. KAPITEL

Wenn du nicht am Broadway bist, ist alles wie Bridgeport.« Diese treffende Bemerkung machte Arthur ›Bugs‹ Bear 1915 zu George M. Cohan. Ich las Bears Kolumne im ›Journal American‹ seit Jahren Tag für Tag. Es mochte 1915 gestimmt haben. Ich habe keine Ahnung, ich war damals nicht dort. Es war die Ära des ›Rector‹, des ›Shanley‹ und des ›New York Roof‹. Der Broadway, den ich kannte, war Bridgeport. Eine runtergekommene Straße mit Schießbuden, Spielhöllen und Hotdog-Ständen. Die beiden alten Witwen, der Times Tower und das Astor Hotel waren alles, was von den goldenen Zeiten übriggeblieben war, von denen ›Bugs‹ Bear sprach.

Das Brill-Gebäude war an der Ecke Broadway und 49. Straße. Als ich die 43. Straße runterging, versuchte ich mich zu erinnern, wie der ›Square‹ ausgesehen hatte, als ich ihn das erste Mal sah. Eine Menge hatte sich verändert. Es war in der Neujahrsnacht 1943 gewesen. Ich hatte ein volles Jahr meines Lebens verloren. Ich kam gerade aus einem Armeehospital mit einem nagelneuen Gesicht und nichts in meinen Taschen außer ein paar Münzen. Am frühen Abend hatte jemand meine Brieftasche gestohlen und mir alles genommen: Führerschein, Entlassungspapiere, Erkennungsmarke …

Eingekeilt in die riesige Menge und umgeben von dem Feuerwerksspektakel, fühlte ich mich, als hätte ich meine Vergangenheit abgestreift wie eine alte Schlangenhaut. Ich hatte keine Papiere, kein Geld, keine Wohnung, und das einzige, was ich wußte, war, daß es in Richtung Zentrum ging.

Ich brauchte eine Stunde, um vom Palace Theater zur Mitte des ›Square‹ zu kommen, zwischen dem Astor und ›Bond Clothes‹, die den ›Zwei-Hosen-Anzug‹ erfunden hatten. Ich stand dort um Mitternacht und betrachtete den Goldball an der Spitze des Times Tower, einen Orientierungspunkt, den ich nach einer weiteren Stunde erreichte. Dann sah ich die Lichter im ›Crossroads‹ Büro, und, einer Eingebung folgend, kam ich zu Ernie Cavalero und zu einem Job, den ich bis heute nicht aufgegeben habe.

In jenen Tagen umrahmten zwei nackte Mammutstatuen, eine männliche und eine weibliche, den Wasserfall auf dem Dach von ›Bond Clothes‹. Heute nahmen zwei gigantische Pepsi-Flaschen ihren Platz ein. Ich fragte mich, ob die Gipsfiguren immer noch da wären, eingeschlossen in den Flaschen wie schlafende Raupen in ihren Kokons.

Vor dem Brill-Gebäude ging ein Penner in einem zerfetzten Militärmantel auf und ab und sagte »Dreckstück, Dreckstück« zu jedem, der hineinging. Ich sah mir die Schilder am Ende der engen Eingangshalle an und fand Warren Wagner & Co., umgeben von Dutzenden von Songpromotern, Preiskampfmanagern und zweifelhaften Musikverlegern. Der quietschende Aufzug brachte mich in den achten Stock, und ich ging einen dämmrigen Flur entlang, bis ich das Büro gefunden hatte. Es war in einer Ecke des Gebäudes, mehrere hasenstallartige Räume mit Verbindungstüren dazwischen

Die Empfangsdame strickte gerade, als ich die Tür öffnete. »Sie sind Mr. Angel?« fragte sie kaugummikauend.

Ich bejahte und zog eine Karte aus meiner ›Extra-Brieftasche‹. Sie trug zwar meinen Namen, bezeichnete mich aber als Vertreter der Occidental Versicherung. Ein Freund, der im Village eine Druckerei hat, stellt sie für mich mit allen möglichen Berufsbezeichnungen her. Alles vom Anwalt bis zum Zoologen.

Die Empfangsdame hielt die Karte zwischen ihren Fingernägeln, die so grün und glänzend schimmerten wie die Flügel von Käfern. Sie hatte große Brüste und schmale Hüften und betonte ihre Vorzüge durch einen rosa Angorapullover und einen engen schwarzen Rock. Ihr Haar war von einem ins Rötliche schimmernden Platin.

»Würden Sie bitte einen Moment hier warten«, sagte sie lächelnd und gleichzeitig kauend. »Setzen Sie sich, wenn Sie wollen.«

Sie ging an mir vorbei, klopfte an eine Tür mit dem Schild ›Privat‹ und ging hinein. Gegenüber war eine identische Tür, ebenfalls ›Privat‹. Die Wände dazwischen hingen voll mit gerahmten Fotografien. Das blasse Lächeln auf den Gesichtern erinnerte an konservierte Motten. Ich sah mich um und entdeckte das gleiche Hochglanzfoto von Johnny Favorite, das ich in dem Umschlag bei mir hatte. Es hing hoch oben an der linken Wand, eingerahmt von dem Bild einer weiblichen Bauchrednerin und dem Foto eines fetten Mannes, der Klarinette spielte.

Die Tür hinter mir öffnete sich, und die Empfangsdame sagte:

»Mr. Wagner empfängt Sie sofort.«

Ich dankte und ging hinein. Das innere Büro war nur halb so groß wie das Kabuff draußen. Die Bilder an den Wänden schienen neuer, aber das Lächeln auf den Gesichtern war genauso blaß. Ein Tisch voller Brandflecken nahm den größten Teil des Raums ein. Dahinter saß ein junger Mann, der sich mit einem Elektrorasierer rasierte. »Fünf Minuten«, sagte er und hob dabei die Hand, damit ich die Finger zählen konnte.

Ich stellte meinen Diplomatenkoffer auf den abgetretenen Teppich und starrte den Jungen an, bis er mit dem Rasieren fertig war. Er hatte lockiges, rostfarbenes Haar und Sommersprossen. Hinter seiner Hornbrille konnte er nicht mehr als vierundzwanzig oder fünfundzwanzig sein.

»Mr. Wagner?« fragte ich, nachdem er den Apparat abgestellt hatte.

»Ja?«

»Mr. Warren Wagner?«

»Ganz richtig.«

»Sie sind sicher nicht der gleiche Mann, der Johnny Favorites Agent war?«

»Sie sprechen von meinem Vater. Ich bin Warren Junior.«

»Dann würde ich gern mit Ihrem Vater sprechen.«

»Das geht leider nicht. Er ist seit vier Jahren tot.«

»Ich verstehe.«

»Was wollen Sie eigentlich?« Warren Junior lehnte sich in seinem Ledersessel zurück und faltete die Hände hinter dem Kopf.

»Jonathan Liebling ist der Begünstigte in der Versicherungspolice eines unserer Kunden. Dieses Büro war als Adresse angegeben.«

Warren Wagner Junior begann zu lachen.

»Es handelt sich um keine große Geldsumme«, sagte ich. »Die Geste eines alten Fans vielleicht. Können Sie mir sagen, wie ich Mr. Favorite finden kann?«

Der Junge lachte jetzt wie irre. »Das ist großartig«, prustete er. »Wirklich großartig, Johnny Favorite, der verlorengegangene Erbe.«

»Offen gesagt, ich kann dabei nun wirklich nichts Lustiges finden.«

»Ach, wirklich? Dann lassen Sie es mich so sagen. Johnny Favorite liegt in einem Irrenhaus irgendwo in der Provinz. Seit fast zwanzig Jahren ist der so ansprechbar wie ein Kohlkopf.«

»Na, das war ja ein toller Scherz. Haben Sie davon noch ein paar auf Lager?«

»Sie verstehen nicht ganz«, sagte er, nahm seine Brille ab und wischte sich die Augen. »Johnny war Vaters großer Hit. Mit seinem ganzen Geld hat er ihn von Spider Simpson gekauft. Und dann, als er gerade anfing, Karriere zu machen, groß rauskam, wurde Favorite eingezogen. Filmverträge und alles mögliche waren am Laufen. Die Armee hat ein Millionenvermögen nach Nordafrika geschickt, und dafür haben wir drei Monate später einen Sack Kartoffeln zurückbekommen.«

»Das tut mir leid.«

»Ich danke für das Mitgefühl. Vor allem wegen Vater. Er ist nie drüber weggekommen. Jahrelang glaubte er, Favorite würde sich erholen und ein großes Comeback haben und er selbst würde aus dem Dreck rauskommen. Der arme alte Idiot.«

Ich stand auf. »Können Sie mir Name und Adresse des Hospitals geben, in dem Favorite untergebracht ist?«

»Fragen Sie meine Sekretärin. Sie muß sie irgendwo haben.«

Ich dankte ihm und ging. Draußen ließ ich mir von der Sekretärin die Adresse der Emma Dodd Harvest Memorial Clinic geben.

»Waren Sie jemals in Poughkeepsie?« fragte ich, während ich das gefaltete Papier in die Tasche meines Hemdes steckte. »Es ist eine hübsche Stadt.«

»Machen Sie Witze? Ich war nie in der Bronx.«
»Nicht mal im Zoo?«
»Im Zoo? Wozu brauch ich einen Zoo?«
»Ich weiß nicht«, sagte ich. »Probieren Sie's mal. Es könnte was sein für Sie.«
Mit einem letzten Blick sah ich beim Hinausgehen einen roten Mund, rund wie ein Hulahoop-Reifen, und einen formlosen Klumpen Kaugummi auf der rosafarbenen Zunge.

9. KAPITEL

Im Erdgeschoß des Brill-Gebäudes gab es zwei Bars, die auf den Broadway hinausgingen. Die eine war die Tränke für Jack Dempseys Anhänger nach einem Preikampf, die andere, das ›Turf‹, war eine Kaschemme für Musiker und Songschreiber. Die blauverspiegelte Fassade ließ es so kühl und einladend wie die Grotte von Capri erscheinen. Drinnen war es nichts als die übliche Säuferhöhle. Ich machte eine Runde um die Bar und fand genau den Mann, nach dem ich suchte: Kenny Pomeroy, einen Begleiter und Arrangeur, der schon im Geschäft war, als ich noch gar nicht das Licht der Welt erblickt hatte.

»Wie geht's Kenny«, flüsterte ich, als ich auf den Hocker neben ihm kletterte.

»Sieh an, Harry Angel, der berühmte Schnüffler. Lange nicht gesehen, alter Freund.«

»Ne ganze Weile nicht. Dein Glas sieht leer aus, Kenny. Bleib sitzen, und ich geb dir einen aus.« Ich winkte dem Barmann und bestellte einen Manhattan und einen Drink für Kenny.

»Auf dich«, sagte er und hob sein Glas, nachdem die Drinks gekommen waren. Kenny Pomeroy war ein dicker, glatzköpfiger Mensch mit einer Kartoffelnase und mehreren Stockwerken an Doppelkinn übereinander. Er hatte einen Hang zu quergestreiften Jackets und blitzenden Ringen am kleinen Finger. Der einzige Ort, an dem ich ihn jemals, außer im Probenraum, gesehen hatte, war das ›Turf‹.

Wir plauderten ein bißchen über alte Zeiten, bis Kenny fragte: »Was treibt dich in diese Gegend? Die Jagd nach Übeltätern?«

»Nicht ganz«, sagte ich. »Ich hab gerade einen Job, bei dem du mir vielleicht helfen könntest.«

»Wann immer du willst.«

»Was weißt du über Johnny Favorite?«

»Johnny Favorite? Das ist lang her.«

»Hast du ihn gekannt?«

»Nein. Ich hab ein paarmal vor dem Krieg seine Show gesehen. Das letzte Mal war es im ›Starlight‹ in Trenton, wenn ich mich recht erinnere.«

»Du hast ihn also in den letzten fünfzehn Jahren nicht irgendwo gesehen?«

»Machst du Witze. Der ist doch tot, oder?«

»Nicht direkt. Er ist in einer Klinik auf dem Land.«

»Na, wenn er in einer Klinik ist, wie kann ich ihn dann gesehen haben?«

»Er war nicht durchgängig drin«, sagte ich. »Hör mal, schau dir das mal an.« Ich zog das Foto des Spider Simpson Orchesters raus und gab es ihm. »Welcher von den Typen ist Simpson? Das steht nicht drauf.«

»Simpson ist der Schlagzeuger.«

»Was macht er heute? Leitet er immer noch eine Band?«

»Nein. Schlagzeuger sind keine guten Bandleader.«

Kenny süffelte seinen Drink, schaute nachdenklich und hielt eine Augenbraue angestrengt nach oben gezogen. »Das letzte, was ich gehört habe, war, daß er in einem Studio an der Westküste arbeitet. Du könntest Nathan Fishbine im ›Capitol‹ anrufen.«

Ich notierte mir das und fragte Kenny, ob er jemand von den restlichen Orchestermitgliedern kennen würde.

»Ich hatte mal einen Job in Atlantic City mit dem Posaunisten. Das ist Ewigkeiten her.« Kenny deutete mit seinen Wurstfingern auf das Foto. »Dieser Typ ist Red Diffendorf. Er macht jetzt Schnulzenmusik mit Lawrence Welk.«

»Und was ist mit den anderen? Weißt du, wo ich die finden kann?«

»Na ja, ich kenne eine Menge von den Namen. Sie sind immer noch im Geschäft, aber ich kann dir nicht sagen, mit wem sie spielen. Du müßtest dich umhören. Oder ruf die Musikervereinigung an.«

»Kennst du einen schwarzen Pianisten namens Edison Sweet?«

»Toots? Er ist der Größte. Der hat eine Linke wie Art Tatum. Wunderbar. Nach ihm brauchst du nicht lange zu suchen. Er spielt seit fünf Jahren im ›Red Rooster‹ auf der 138. Straße.«

»Kenny, du bist ein Hort wertvoller Information. Wie wär's mit einem Lunch?«

»So'n Zeug rühr ich nie an. Aber zu einem Drink würde ich nicht nein sagen.«

Ich bestellte Drinks für uns beide und für mich einen Cheeseburger mit Pommes frites. In der Zwischenzeit fand ich einen Münzapparat und rief die Amerikanische Musikervereinigung an. Ich sagte, daß ich ein freischaffender Journalist sei, der für das Magazin ›Look‹ arbeitet, und daß ich Interviews mit den ehemaligen Mitgliedern des Spider Simpson Orchesters machen wollte.

Sie verbanden mich mit einem Mädchen, das die Mitgliederliste führte. Ich wickelte sie ein bißchen ein, indem ich sagte, daß ich in meinem Artikel für die Vereinigung Werbung machen würde, und sagte ihr die Namen der Bandmitglieder und welche Instrumente sie spielten.

Ich wartete zehn Minuten, bis sie nachgesehen hatte. Von den ursprünglichen fünfzehn Musikern waren vier gestorben, und sechs waren aus der Liste gestrichen worden. Von den restlichen gab sie mir Adresse und Telefonnummer. Diffendorf, der Posaunist bei Lawrence Welk, lebte in Hollywood. Spider Simpson hatte auch eine Wohnung in der Gegend von Los Angeles. Die anderen lebten hier in der Stadt.

Da war ein Saxophonist namens Vernon Hyde in der Hauskapelle des ›Tonight‹, er war über NBC Studios zu erreichen. Zwei Bläser, Ben Hogarth, Trompete, der auf der Lexington Avenue wohnte, und ein Posaunist, Carl Walinski, der in Brooklyn lebte. Ich notierte mir alles und dankte dem Mädchen von Herzen. Danach rief ich die Nummern in der Stadt an, ohne Erfolg. Die Bläser waren nicht zu Hause, und das einzige, was ich tun konnte, war meine Büronummer bei NBC zu hinterlassen.

Ich begann mich allmählich wie der letzte Trottel zu fühlen. Die Chance stand eins zu einer Million, daß jemand von den Bandmitgliedern Johnny nach dem Krieg noch einmal gesehen hatte. Aber wo sollte ich sonst anfangen. Es war die einzige Spur, die ich hatte, und an die mußte ich mich halten.

Zurück an der Bar, aß ich mein Sandwich und kaute ein paar lasche Pommes frites. »Ist das Leben nicht schön, was Harry?« sagte Kenny Pomeroy und klimperte mit dem Eis in seinem leeren Glas.

»Wundervoll.«

»Ein paar arme Deppen müssen arbeiten, um zu leben.«

Ich strich das Wechselgeld von der Bar in die Hand. »Bleib mein Freund, auch wenn ich anfange, für meinen Unterhalt zu arbeiten.«

»Du gehst doch noch nicht, Harry?«

»Ich muß leider, alter Freund. Obwohl ich lieber hierbleiben und mit dir zusammen meine Leber vergiften möchte.«

»Als nächstes wirst du einen Wecker kaputtschlagen. Du weißt, wo du mich finden kannst, wenn du mich noch brauchen solltest.«

»Danke, Kenny.« Ich zog meinen Mantel über. »Sagt dir der Name Edward Kelley irgendwas?«

Kenny legte seine breite Stirn in konzentrierte Falten. »Es gab einen Horace Kelley«, sagte er. »Ungefähr zu der Zeit, als Pretty Boy Floyd diese Typen vom FBI hochgejagt hat. Horace spielte Piano im ›Reno Club‹. Nebenbei nahm er Wetten an. Hat der mit dem was zu tun?«

»Ich hoffe nicht«, sagte ich. »Bis bald.«

»Wer's glaubt, wird selig.«

10. KAPITEL

Ich nahm die U-Bahn und fuhr eine Haltestelle zum Times Square, um meine Sohlen zu schonen. Als ich mein Büro betrat, klingelte gerade das Telefon. Ich nahm ab. Es war Vernon Hyde, der Saxophonspieler.

»Sehr freundlich, daß Sie anrufen«, sagte ich und spulte wieder die Geschichte mit dem Magazin ›Look‹ runter. Er schluckte alles, und ich schlug vor, daß wir uns auf einen Drink treffen sollten, wenn er Zeit hätte.

»Ich bin im Moment im Studio«, sagte er. »Wir beginnen in zwanzig Minuten mit der Probe. Ich bin vor halb fünf nicht fertig.«

»Das paßt mir sehr gut. Wenn Sie dann eine halbe Stunde Zeit hätten, könnten wir uns treffen. In welcher Straße ist Ihr Studio?«

»Auf der 45. Straße. Das Hudson Theater.«

»In Ordnung. Das ›Hickory‹-Haus ist nur um ein paar Ecken. Wie wär's, wenn wir uns dort um Viertel vor fünf treffen?«

»Alles klar. Ich hab meine Axt dabei; Sie werden mich gleich erkennen.«

»Ein Mann mit einer Axt ist nicht zu übersehen«, sagte ich.

»Mann, Sie haben das nicht kapiert. Die Axt ist mein Instrument, klar?«

Ich hatte kapiert und sagte ihm das. Wir hängten auf. Nachdem ich mich aus meinem Mantel geschält hatte, setzte ich mich hinter den Schreibtisch und warf einen Blick auf die

Fotos und Zeitungsausschnitte, die ich mit mir herumgetragen hatte. Ich arrangierte sie auf der Unterlage wie eine Ausstellung und starrte auf Johnny Favorites öliges Lächeln, bis ich es nicht mehr aushalten konnte. Wo begann man bei der Suche nach einem Knaben, der nie an dem Platz war, wo man dachte.

Die Winchell-Kolumne war so brüchig vor Alter wie die Schriftrollen vom Toten Meer. Ich las nochmals die Geschichte über das Ende von Favorites Verlobung und wählte Walt Riglers Nummer in der ›Times‹.

»Hallo Walt«, sagte ich. »Ich bin's noch mal. Ich muß etwas über Ethan Krusemark herausfinden.«

»Den großen Reeder?«

»Genau den. Ich hätte gern alles, was du finden kannst, mit Adresse. Ich bin besonders an der aufgelösten Verlobung seiner Tochter mit Johnny Favorite interessiert. Es war in den frühen 40er Jahren.«

»Schon wieder Johnny Favorite. Er scheint im Moment angesagt zu sein.«

»Ganz recht. Er ist der Star in meiner Show. Kannst du mir weiterhelfen?«

»Ich versuch's in der Frauen-Abteilung«, sagte er. »Die beschäftigen sich mit der Gesellschaft und den kleinen Skandalen. Ich ruf dich in ein paar Minuten zurück.«

»Sei gesegnet dafür.« Ich legte auf. Es war zehn vor zwei. Ich nahm mein Notizbuch heraus und meldete ein paar Ferngespräche nach Los Angeles an. Bei Diffendorfs Apparat in Hollywood nahm keiner ab, aber bei Spider Simpson erreichte ich das Dienstmädchen. Sie war Mexikanerin, und obwohl mein Spanisch nicht besser war als ihr Englisch, schaffte ich es, meinen Namen und meine Büronummer zu hinterlassen, und zwar so, daß es den Eindruck von einiger Bedeutung auf sie machte.

Ich legte auf, und es klingelte wieder. Es war Walt Rigler. »Ich hab das Zeug«, sagte er. »Krusemark ist heute ganz oben. Wohltätigkeitsbälle und so was. Er hat ein Büro im Chrysler-Gebäude. Seine Wohnung ist am Sutto Platz, Nummer 2. Er steht im Telefonbuch. Hast du das?«

Ich sagte, daß ich alles schwarz auf weiß aufgeschrieben hätte, und er fuhr fort: »Also, Krusemark war nicht immer so weit oben. In den 20er Jahren hat er als Handelsschiffer gearbeitet, und es geht das Gerücht, daß er sein erstes Geld mit Schnapsschmuggel verdient hat. Er wurde nie wegen irgendwas angeklagt, seine Akte ist sauber, wenn auch seine Weste nicht ganz weiß sein dürfte. Während der Depression fing er an, seine eigene Flotte aufzubauen, unter der Flagge von Panama, natürlich.

Sein wirklicher Aufstieg begann, als er für die Kriegsversorgung Schiffskörper aus Beton baute. Es gab zwar Anklagen, daß seine Firma minderwertiges Konstruktionsmaterial verwenden würde, und tatsächlich sind auch eine Menge seiner ›Liberty Schiffe‹ bei schwerer See auseinandergebrochen. Aber er wurde durch einen Untersuchungsausschuß entlastet, und alles war vergessen.«

»Was ist mit seiner Tochter«, fragte ich.

»Margret Krusemark. Geboren 1922. Die Eltern ließen sich 1926 scheiden. Die Mutter beging im gleichen Jahr Selbstmord. Margret lernte Favorite auf einem Collegefest kennen. Er sang dort mit seiner Band. Ihre Verlobung war der Gesellschaftsskandal von 1941. Es scheint, daß er sie fallengelassen hat, obwohl niemand etwas Näheres darüber weiß. Das Mädchen galt allgemein als etwas angeknackst, vielleicht deswegen.«

»Inwiefern angeknackst?«

»Sie hatte Visionen. Auf Parties pflegte sie die Zukunft vorauszusagen. Sie hatte immer einen Stoß Tarotkarten in der Tasche. Die Leute fanden das eine Weile ganz lustig, aber als sie anfing, in der Öffentlichkeit Zaubersprüche auszusprechen, wurde es ihnen etwas zu viel.«

»Ist das wahr?«

»Absolut. Sie war bekannt als die ›Hexe von Wellesley‹. Das war ein gängiger Scherz unter den Reichen.«

»Wo ist sie jetzt?«

»Das scheint niemand zu wissen. Die Klatschreporterin sagte, daß sie nicht bei ihrem Vater lebt. Und sie ist nicht der Typ, der zu den Bällen im Waldorf eingeladen wird, deshalb haben wir nichts über sie. Das letztemal wurde sie in der ›Times‹ erwähnt anläßlich ihrer Abreise nach Europa vor zehn Jahren. Sie könnte immer noch dort sein.«

»Walt, du warst eine große Hilfe. Ich werde die ›Times‹ lesen, wenn Comics drin sind.«

»Was soll die ganze Sache mit Favorite? Ist da was für mich drin?«

»Ich kann jetzt noch nichts sagen, alter Freund. Aber wenn es soweit ist, kriegst du die Sache als erster.«

»Vielen Dank. Sehr aufmerksam.«

»Ich danke dir auch. Bis bald, Walt.«

Ich holte das Telefonbuch und sah unter ›K‹ nach. Es gab mehrere Krusemarks. Ethan Krusemark und eine Krusemark Schiffsgesellschaft, ebenso eine Krusemark M., Astrologische Beratungen. Das schien einen Versuch wert zu sein. Die Adresse war Seventh Avenue 881. Ich wählte die Nummer und ließ es klingeln. Eine Frau hob ab.

»Ich bekam die Nummer von einem Freund«, sagte ich.

»Ich persönlich glaube nicht so sehr an die Sterne, aber meine Verlobte ist fest überzeugt davon. Ich dachte, ich überrasche sie und lasse das Horoskop für uns beide stellen.«
»Ich verlange fünfzehn Dollar für jedes«, sagte die Frau.
»Ist mir recht.«
»Ich mache keine telefonischen Beratungen. Sie müssen einen Termin vereinbaren.«
Ich war auch damit einverstanden und fragte sie, ob es heute passen würde.
»Mein Terminkalender ist heute nachmittag ganz frei«, sagte sie, »Sie können kommen, wann Sie wollen.«
»Wie wär's sofort. Sagen wir in einer halben Stunde?«
»Das wäre wunderbar.«
Ich sagte ihr meinen Namen. Sie fand auch den wunderbar. Ihr Apartment sei in der Carnegie Hall. Ich sagte, daß ich es finden würde, und hängte auf.

11. KAPITEL

Ich nahm den Bus zur 57. Straße und stieg an der Ecke Carnegie Hall aus. Ein Bettler tauchte auf und ging mich um zehn Cent an, als ich den Studioeingang betrat. Gegenüber auf der Seventh Avenue paradierte eine Kette von Streikenden vor dem Park Sheraton. Die Eingangshalle der Carnegie-Hall-Apartments war eng und ohne Verzierungen. Rechts waren zwei Lifttüren und daneben ein Briefkasten. Auf dem Schild suchte ich nach Krusemark, M., Astrologische Beratungen, und fand den Namen im 11. Stockwerk.

Der kupferne Zeiger beschrieb einen Bogen über die Stockwerksnummem; es sah aus wie eine rückwärts ablaufende Uhr. Der Zeiger hielt auf 7 und dann auf 3, bevor er auf ›Erdgeschoß‹ stehenblieb. Zuerst kam eine Dänische Dogge heraus, die an einer fülligen Frau im Pelz zerrte. Ihnen folgte ein bärtiger Mann mit einem Cellokasten. Ich stieg ein und sagte dem alten Fahrstuhlführer, der in seiner schlecht sitzenden Uniform wie ein Veteran aus der Balkanarmee aussah, die Stockwerksnummer. Er betrachtete meine Schuhe und sagte gar nichts. Er schloß die Metalltür, und wir fuhren hoch.

Ohne Zwischenstop fuhren wir zum 11. Stockwerk. Der Flur war lang und sah genauso freudlos wie die Eingangshalle aus. An der Wand hingen aufgerollte Feuerwehrschläuche in bestimmten Abständen. Aus den Apartments drangen die Geräusche mehrerer Pianos, die sich zu einem dissonanten Klang vereinigten. In der Ferne konnte ich einen Sopran beim Einsingen hören, immer die Tonleitern rauf und runter.

Ich fand M. Krusemarks Apartment. Der Name war in Goldlettern auf die Tür gemalt, darunter war ein merkwürdiges Symbol, das wie ein ›M‹ aussah mit einem umgekehrten Pfeil am Ende. Ich läutete und wartete. Das Geräusch von Stöckelschuhen näherte sich, ein Schloß wurde aufgesperrt, und die Tür öffnete sich gerade um den Spalt, den die Sicherheitskette zuließ.

Ein Auge blickte aus dem Schatten auf mich. Die Stimme fragte: »Ja?«

»Ich bin Harry Angel«, sagte ich. »Ich habe vorhin angerufen.«

»Natürlich. Einen Moment bitte.« Die Tür schloß sich, und ich hörte das Ausklinken der Kette. Als sich die Tür wieder öffnete, blickte ich in ein paar katzenhaft grüne Augen, die in einem blassen, eckigen Gesicht standen. Sie brannten in dunklen Augenhöhlen unter dichten, schweren Augenbrauen. »Kommen Sie rein«, sagte sie und trat zur Seite.

Sie war ganz in Schwarz gekleidet, wie ein Wochenend-Bohèmien in einem Kaffeehaus im Village. Schwarzer Wollrock und Pullover, von Nadeln gehalten, die aussahen wie Eßstäbchen aus Ebenholz. Walt Rigler hatte angedeutet, daß sie zwischen sechsunddreißig oder siebenunddreißig sein müßte, aber ohne Make-up sah sie weit älter aus. Sie war sehr dünn, fast ausgemergelt; unter dem dicken Pullover waren ihre Brüste kaum erkennbar. Als einzigen Schmuck trug sie ein goldenes Medaillon an einer einfachen Kette. Es war ein aufrechtstehender fünfzackiger Stern.

Keiner von uns sagte ein Wort. Ich starrte auf das Medaillon: »Geh und fang den fallenden Stern ...« Die erste Zeile des Gedichts von Donne fiel mir ein; im selben Moment erinnerte ich mich an Dr. Fowlers Hände. Einen Augenblick lang sah ich den Ring auf seinen trommelnden Fingern. Ein fünfzackiger Stern war darauf eingraviert. Diesen Ring trug Dr. Fowler nicht mehr, als ich seinen Körper in dem verschlossenen Schlafzimmer fand. Das war das fehlende Stück in dem Puzzle.

Die Erkenntnis wirkte auf mich wie ein Eisklistier. Ein kalter Schauder lief über meinen Rücken, und meine Nackenhaare sträubten sich. Was war mit dem Ring des Doktors passiert? Er hätte in seiner Tasche sein können; ich hatte seine Kleider nicht durchsucht. Aber warum sollte er ihn abgenommen haben, bevor er sich erschoß? Und wenn er ihn nicht abgenommen hat, wer dann?

Ich fühlte, wie die Frau mich mit ihren Fuchsaugen anstarrte. »Sie müssen Miß Krusemark sein«, sagte ich, um das Schweigen zu brechen.

»Die bin ich«, sagte sie ohne ein Lächeln.

»Ich sah den Namen an der Tür, konnte aber das Symbol nicht erkennen.«

»Es ist mein Zeichen«, sagte sie und verschloß die Tür wieder.

»Ich bin Skorpion.« Sie starrte mich einen Moment an, als könnte man in meinen Augen etwas erspähen.

»Und Sie?«

»Ich?«

»Was ist Ihr Sternzeichen?«

»Ich weiß nicht genau«, sagte ich, »Astrologie ist nicht meine Stärke.«

»Wann sind Sie geboren?«

»Am 2. Juni 1920.« Ich gab ihr Johnny Favorites Geburtsdatum, um sie zu testen, und für den Bruchteil einer Sekunde glaubte ich in ihrem starren, unbeteiligten Blick ein Flackern erkannt zu haben.

»Zwilling«, sagte sie. »Komisch, ich kannte einmal jemanden, der am gleichen Tag geboren war.«

»Wirklich? Wer war das?«

»Das hat keine Bedeutung«, sagte sie. »Es ist schon lange her. Mein Gott wie unhöflich von mir, Sie im Gang stehen zu lassen. Bitte kommen Sie und setzen Sie sich.«

Ich folgte ihr aus dem düsteren Flur in einen großen, hohen Wohnraum. Die Möbel schienen aus den Beständen der Heilsarmee zu stammen; verschönt wurde das Ganze durch gemusterte Decken und eine Masse von gestickten Kissen, die kühne Geometrie einiger edler türkischer Teppiche bildete den Ausgleich zu dem übrigen Second-Hand-Dekor. Überall standen Farne jeder Gattung und Palmen, die bis zur Decke reichten. Das Grünzeug quoll aus hängenden Körben, und in Glaskästen dampften ganze Regenwälder en miniature.

»Herrlicher Raum«, sagte ich, während sie meinen Mantel nahm und auf die Couch legte.

»Ja, er ist wunderbar, nicht wahr. Ich bin sehr glücklich hier.« Sie wurde durch ein scharfes Pfeifen unterbrochen, das aus einem anderen Raum kam. »Möchten Sie Tee?« fragte sie. »Ich habe gerade den Kessel aufgesetzt, als Sie kamen.«

»Wenn es keine Umstände macht.«

»Überhaupt nicht. Das Wasser kocht schon. Nehmen Sie lieber Darjeeling, Jasmin oder Oolong?«

»Was Sie lieber mögen. Ich bin kein Teekenner.«

Sie lächelte schwach und kümmerte sich um das anhaltende Pfeifen. Ich sah mich genauer um.

Jedes Stück freier Boden war mit exotischem Schnickschnack vollgestellt. Dinger, die nach Tempelflöten und Gebetsmühlen aussahen, Fetische von Hopi-Indianern und Figuren aus Pappmaché, die den indischen Gott Vishnu, aus den Mündern von Fischen und Schildkröten aufsteigend, zeigten. Ein aztekischer Dolch aus Obsidian, in Vogelform geschnitzt, glänzte auf dem Bücherregal. Die Sammlung ihrer Bücher schien willkürlich. Ich erspähte das I Ging, eine Ausgabe von Oaspe und mehrere Exemplare aus der tibetanischen Reihe von Evans-Wentz.

Als M. Krusemark zurückkam, trug sie ein Silbertablett mit Teegeschirr drauf; ich stand am Fenster und dachte über Dr. Fowlers verlorengegangenen Ring nach. Sie stellte das Geschirr auf einen niedrigen Tisch bei der Couch und kam zu mir her. Gegenüber, auf dem Dach des Osborn-Gebäudes, stand ein Penthouse mit weißen, dorischen Säulen. Es sah aus, als wäre ein Hochhaus gekrönt worden. »Hat da jemand Jeffersons Villa gekauft und hier draufgesetzt?« scherzte ich.

»Es gehört Earl Blackwell. Er gibt wundervolle Partys. Sie sehen jedenfalls hübsch aus.«

Ich folgte ihr zur Couch. »Das ist ein bekanntes Gesicht.« Ich deutete auf ein Ölgemälde mit dem Porträt eines alternden Piraten im Smoking.

»Mein Vater, Ethan Krusemark.« Der Tee strudelte in die durchsichtigen Porzellantassen.

Auf den entschlossenen Lippen lag der Hauch eines schurkischen Lächelns; in den Augen, so grün wie die seiner Tochter, blitzte ein Hauch von Rücksichtslosigkeit und Schläue. »Er ist Reeder, nicht wahr? Ich habe ein Foto in ›Forbes Magazine‹ gesehen.«

»Er haßte das Gemälde. Er sagte, es sei wie ein gestohlenes Spiegelbild. Sahne oder Zitrone?«

»Danke, ohne alles.«

Sie gab mir die Tasse. »Es wurde letztes Jahr gemalt. Ich finde, es hat große Ähnlichkeit.«

»Er ist ein gutaussehender Mann.«

Sie nickte. »Man würde nicht meinen, daß er über sechzig ist. Er sah immer zehn Jahre jünger aus. Seine Sonne steht im Trigon mit Jupiter. Eine sehr glückliche Konstellation.«

Ich ging auf den Unsinn nicht ein und sagte, daß er wie ein verwegener Kapitän aus den Piratenfilmen aussehen würde, die ich als Kind gesehen hatte.

»Das ist wahr. Als ich im College war, sagten alle Mädchen im Schlafsaal, daß er wie Clark Gable aussieht.«

Ich trank meinen Tee in kleinen Schlucken. Er schmeckte nach Pfirsich. »Mein Bruder kannte ein Mädchen namens Krusemark, als er in Princeton war«, sagte ich. »Sie war im Wellesley College und hat ihm einmal bei einem Fest die Zukunft vorausgesagt.«

»Das muß meine Schwester Margret gewesen sein«, sagte sie. Ich bin Millicent. Wir sind Zwillinge. Sie ist die böse Hexe in unserer Familie, ich bin die gute.«

Ich fühlte mich wie ein Mann, dem ein Goldschatz vor seinen Augen dahinschmilzt. »Lebt Ihre Schwester hier in New York«, fragte ich, um die Spur weiterzuverfolgen.

»Mein Gott, nein. Maggie zog vor zehn Jahren nach Paris. Ich habe sie ewig nicht mehr gesehen. Wie heißt Ihr Bruder?«

Die ganze Farce war wie eine Luftblase zerplatzt. »Jack«, sagte ich.

»Ich erinnere mich nicht, daß Maggie jemals einen Jack erwähnt hat. Natürlich gab es damals eine Menge junger Männer in ihrem Leben. Sie müssen mir ein paar Fragen beantworten.« Sie griff nach dem Schreibzeug auf dem Tisch. »Damit ich Ihr Horoskop stellen kann.«

»Nur zu.« Ich zog eine Zigarette aus der Schachtel und steckte sie in den Mund.

Millicent Krusemark wischte mit den Fingern in der Luft herum, wie eine Frau, die ihren Nagellack trocknen möchte. »Bitte nicht. Ich bin allergisch gegen Rauch.«

»Natürlich.« Ich steckte die Zigarette hinters Ohr.

»Sie wurden also am 2. Juni 1920 geboren«, sagte sie. »Allein daraus kann ich schon eine ganze Menge über Sie schließen.«

»Sagen Sie mir alles über mich.«

Millicent Krusemark fixierte mich mit ihren Katzenaugen. »Ich weiß, daß Sie ein geborener Schauspieler sind. Schauspielern fällt Ihnen leicht. Sie können so leicht in andere Persönlichkeiten schlüpfen, wie ein Chamäleon die Farbe wechselt. Obwohl Sie darauf aus sind, die Wahrheit herauszufinden, fällt es Ihnen nicht schwer, zu lügen.«

»Ganz gut. Fahren Sie fort.«

»Ihre Fähigkeit zum Schauspielern hat eine unangenehme Seite und wird dann zum Problem, wenn Sie mit der Doppelnatur Ihrer Persönlichkeit konfrontiert werden. Ich würde sagen, daß Sie meist das Opfer Ihrer Zweifel werden. Die Frage: ›Wie konnte ich das nur tun‹, ist es, die Sie ständig bedrängt. Sie neigen zu Gewalttätigkeit, gleichzeitig finden Sie es aber unverständlich, daß Sie so begabt sind, andere zu verletzen. Auf der einen Seite denken Sie analytisch und bedächtig, auf der anderen verlassen Sie sich zu einem großen Teil auf Ihre Intuition.« Sie lächelte. »Was Frauen betrifft, so sollen sie am besten jung und dunkelhaarig sein.«

»Stimmt genau«, sagte ich. »Sie sind Ihr Geld wert.« Das war sie tatsächlich. Sie hatte ins Schwarze getroffen. Ein Analytiker hätte dafür fünfundzwanzig Dollar pro Stunde auf der Couch berechnet. Es gab nur ein Problem: Es war das falsche Geburtsdatum. Sie erzählte etwas über mich anhand von Favorites Lebensdaten.

»Können Sie mir sagen, wo ich eine dunkelhaarige Frau finden kann?«

»Ich werde Ihnen eine Menge mehr sagen können, wenn ich habe, was ich brauche.« Die gute Hexe kritzelte etwas auf ihr Papier. »Ich kann Ihnen nicht die Frau Ihrer Träume versprechen, aber ich kann mich genauer ausdrücken. Ich skizziere hier die Sternkonstellation dieses Monats, so daß ich daraus ersehen kann, wie sie Ihr Horoskop beeinflußt. Nicht nur das Ihre, sondern auch das des Jungen, den ich erwähnte. Ihre beiden Horoskope sind zweifellos gleich.«

»Ich bin dabei.«

Millicent Krusemark runzelte die Stirn, während sie ihre Aufzeichnungen studierte. »Sie sind in einer Zeit großer Gefahr. Sie sind erst kürzlich in einen Todesfall verwickelt gewesen, es ist eine Woche her. Sie kannten den Verstorbenen nicht gut, trotzdem hat sein Tod Sie sehr mitgenommen. Es hatte etwas mit Medizin zu tun. Vielleicht werden Sie selbst bald in ein Hospital kommen; die ungünstigen Aspekte sind sehr stark ausgeprägt. Hüten Sie sich vor Fremden.«

Ich starrte die eigenartige Frau an und fühlte, wie die Angst mein Inneres zusammenzukrampfen begann. Woher wußte sie das alles? Mein Mund war trocken und meine Lippen schwer, als ich sprach: »Was bedeutet der Schmuck um Ihren Hals?«

»Das?« Die Hand der Frau legte sich auf ihren Hals, wie ein Vogel, der vom Flug ausruht. »Nur ein Pentagramm. Das bringt Glück.«

Dr. Fowlers Pentagramm brachte ihm kein Glück, aber er trug es auch nicht, als er starb. Oder hatte es ihm jemand abgenommen, nachdem er den alten Mann getötet hatte.

»Ich brauche weitere Informationen«, sagte Millicent Krusemark, und ihr filigraner Goldstift deutete wie ein Pfeil auf mich.

»Wann und wo wurde Ihre Verlobte geboren? Ich brauche die exakte Stunde und den Ort. Dann kann ich die Stellung der Sterne errechnen. Auch haben Sie mir Ihren Geburtsort nicht gesagt.«

Ich erfand ein paar Daten und Orte und blickte dabei auf meine Armbanduhr. Wir erhoben uns zur gleichen Zeit.

»Danke für den Tee.«

Sie führte mich zur Tür und sagte, daß die Horoskope nächste Woche fertig sein würden. Ich sagte, daß ich anrufen würde. Wir schüttelten uns so förmlich, mechanisch die Hände wie zwei Figuren einer Spieluhr.

12. KAPITEL

Ich fand die Zigarette hinter meinem Ohr, als ich mit dem Fahrstuhl nach unten fuhr, und zündete sie an, sobald ich auf der Straße war. Der Märzwind war erfrischend. Ich hatte noch fast eine Stunde Zeit bis zu meinem Treffen mit Vernon Hyde, also ging ich langsam die Seventh Avenue runter und versuchte, mir über die namenlose Angst klar zu werden, die mich in dem überwucherten Apartment der Astrologin überfallen hatte. Ich wußte, daß es nur ein Schwindel, ein verbaler Taschenspielertrick sein konnte, irgendeine Art von gebildetem Verkäufergeschwätz. Hüten Sie sich vor Fremden. Das war genau der Mist, den man für einen Penny überall zu hören bekam. Sie hatte mich mit ihrer orakelnden Stimme und ihren hypnotischen Augen eingelullt.

Die 52. Straße sah heruntergekommen aus. Das ›21‹ zwei Blocks weiter erinnerte immer noch an elegante Prohibitionslokale, aber an die Stelle der Jazzclubs waren eine Menge mieser Striplokale getreten. Nachdem es den ›Onyx Club‹ nicht mehr gab, hielt nur noch das ›Birdland‹ die Flagge des Bebop hoch. Jimmy Ryan und das ›Hickory‹-Haus waren die einzigen Überlebenden auf einer Straße, in deren Sandsteinhäusern während der Prohibition mehr als fünfzig verbotene Kneipen florierten.

Ich ging nach Osten, vorbei an chinesischen Restaurants und herumhängenden Huren, die ihre Täschchen schwenkten. Im ›Hickory‹ war das Don Shirley Trio engagiert, aber die Musik begann erst viel später. So war die Bar ruhig und dämmrig, als ich eintrat. Ich bestellte einen Whisky Sour und setzte mich an einen Tisch, von dem aus ich die Tür sehen konnte. Nach zwei weiteren Drinks sah ich einen Typen mit einem Saxophonkasten. Er trug eine braune Wildlederjacke über einem pastellfarbenen Rollkragenpullover. Sein kurzgeschnittenes Haar war mit grauen Sprenkeln durchsetzt. Ich winkte, und er kam rüber.

»Vernon Hyde?«

»Das bin ich«, sagte er und verzog sein Gesicht zu einem Lächeln.

»Stellen Sie Ihre Axt ab und nehmen Sie einen Drink.«

»Gut.« Er legte seinen Kasten vorsichtig auf einen Tisch und zog sich einen Stuhl heran. »Sie sind also ein Schriftsteller. Was schreiben Sie denn?«

»Für Magazine meistens«, sagte ich. »Über Leute, Persönlichkeitsporträts.«

Die Bedienung kam, und Hyde bestellte eine Flasche Heineken Bier. Wir plauderten ein bißchen, bis sie das Bier brachte und einschenkte. Hyde nahm einen tiefen Schluck und kam dann zur Sache. »Sie wollen also über das Spider Simpson Orchester schreiben. Da sind Sie bei mir an der richtigen Adresse. Ich hab fast mein ganzes Leben mit der Band zugebracht.«

Ich sagte: »Sehen Sie, ich will Ihnen nichts vormachen. Die Band wird in der Story erwähnt, aber ich bin hauptsächlich an Johnny Favorite interessiert.«

Vernon Hydes Lächeln verwandelte sich in ein Stirnrunzeln. »An dem? Was wollen Sie denn über den Arsch schreiben?«

»Er war also nicht direkt ein Freund von Ihnen?«

»Wer erinnert sich schon noch an Johnny Favorite?«

»Ein Redakteur vom ›Look-Magazine‹ jedenfalls kann sich so gut erinnern, daß er die Geschichte vorgeschlagen hat. Und Ihr Gedächtnis scheint auch in Ordnung zu sein. Wie war er denn so?«

»Der Kerl war ein Miststück. Was er Spider angetan hat, war unter aller Sau.«

»Was hat er denn getan?«

»Sie müssen wissen, daß Spider ihn entdeckt hat; er hat ihn aus irgendeiner Provinzbierhalle herausgeholt.«

»Ich weiß das.«

»Favorite verdankte Spider eine ganze Menge. Er war auch an den Einnahmen beteiligt; er bekam nicht bloß Gehalt, wie der Rest der Gruppe. Deshalb weiß ich nicht, was ihm nicht gepaßt hat. Sein Vertrag war noch nicht abgelaufen, als er wegging. Er wäre noch vier Jahre gültig gewesen. Wegen dieses kleinen Niemands mußten wir ein paar gute Engagements absagen.«

Ich nahm mein Notizbuch heraus und tat so, als würde ich mir etwas aufschreiben. »Hatte er noch jemals Kontakt zu irgendeinem der Bandmitglieder?«

»Seit wann können Geister rumlaufen?«

»Wie bitte?«

»Der Junge ist draufgegangen. Bei einem Bombenangriff umgekommen.«

»Ist das wahr?« sagte ich. »Ich hörte, daß er in einem Hospital auf dem Land sein soll.«

»Kann schon sein, aber so weit ich mich erinnere, ist er tot.«

»Ich habe gehört, er soll abergläubisch gewesen sein. Können Sie sich da an irgendwas erinnern?«

Vernon Hyde verzog wieder sein Gesicht zu einem schiefen Lächeln.

»Ja, er war immer hinter Seancen und Kristallkugeln her. Einmal, auf einer Tour, ich glaube es war in Cincy, engagierten wir die Hotelnutte als Handleserin für ihn. Sie sagte ihm, er würde den Tripper kriegen, und bis zum Ende der Tour hat er Angst gehabt.«

»Er hatte doch eine Freundin aus der High Society, die Wahrsagerin war?«

»Ja, irgendsowas. Ich hab die Tante nie getroffen. Johnny und ich lebten in verschiedenen Welten.«

»Spider Simpson hielt sich an die Rassentrennung, als Favorite dabei war, richtig?«

»Ja, wir waren nur Weiße. Ich glaube, einmal gab es einen Kubaner am Vibraphon.« Vernon Hyde trank sein Bier aus. »Duke Ellington hat die Rassentrennung auch nicht durchbrochen, wissen Sie.«

»Das ist wahr.« Ich kritzelte in meinem Notizbuch herum. »Aber außerhalb der Auftritte konnte man sich dort treffen?«

Hydes Lächeln verlor das meiste an Verschlagenheit, als er sich an die rauchigen Kneipen erinnerte. »Wenn die Band von Basie in der Stadt war, sind immer ein paar von uns hingegangen und haben die ganze Nacht Jam Sessions gemacht.«

»War Favorite auch dabei?«

»Nein. Johnny machte sich nichts aus Schwarzen. Die einzigen Schwarzen, die er nach einem Auftritt sehen wollte, waren die Dienstmädchen in den Penthouses der Park Avenue.«

»Interessant. Ich dachte, Favorite wäre ein Freund von Toots Sweet gewesen?«

»Vielleicht hat er ihn mal gefragt, ob er ihm die Schuhe putzt. Ich sagte Ihnen doch, Favorite mochte die Schwarzen nicht. Ich habe ihn mal sagen hören, Georgie Auld würde einen besseren Tenor spielen als Lester Young. Stellen Sie sich das vor.« Ich sagte, daß ich mir das nicht vorstellen könnte.

»Er glaubte, sie würden Unglück bringen.«
»Tenorspieler?«
»Schwarze, Mann. Für Johnny waren sie wie schwarze Katzen, ohne Witz.«

Ich fragte ihn, ob Johnny mit irgend jemandem in der Band befreundet gewesen sei.

»Ich glaube, Johnny hatte auf der ganzen Welt keinen Freund«, sagte Vernon Hyde. »Und Sie können mich zitieren, wenn Sie wollen. Er war ein Einzelgänger. Er war immer allein. Oh ja, er machte Witze mit einem und hatte immer ein breites Lächeln auf dem Gesicht, aber das hatte gar nichts zu bedeuten. Er war sehr charmant. Er benutzte seinen Charme wie ein Schild, um sich die Leute vom Hals zu halten.«

»Was wissen Sie über sein Privatleben?«
»Ich sah ihn nur auf der Bühne oder auf nächtlichen Busfahrten irgendwohin. Spider kannte ihn am besten. Ihn sollten Sie fragen.«

»Ich habe seine Nummer an der Westküste«, sagte ich. »Ich habe ihn aber noch nicht erreicht. Noch ein Bier?«

Hyde hatte nichts dagegen. Wir verbrachten die nächste Stunde damit, uns Klatsch über die 52. Straße während der guten alten Zeit zu erzählen. Johnny Favorites Name wurde nicht mehr erwähnt.

13. KAPITEL

Vernon Hyde ging kurz vor sieben, und ich ging ein Steak essen. Ungefähr um neun hatte ich meine Zigarre geraucht, meine zweite Tasse Kaffee getrunken, und ein Taxi brachte mich zu meiner Garage.

Ich fuhr die Sixth Avenue rauf und folgte dem Verkehrsstrom nach Norden durch den Central Park. Ich verließ den Park und kam in eine Gegend, bestehend aus Mietskasernen und dunklen Seitenstraßen. Seitdem sie letztes Jahr das Savoy abgerissen hatten, war ich nicht mehr in Harlem gewesen, aber es sah immer noch genauso aus. Ich sah einen Parkplatz gegenüber vom ›Red Rooster‹ und wartete an der Ampel. Ein junger, kaffeebrauner Mann mit einer Fasanenfeder am Hut löste sich aus einer herumlungernden Gruppe an der Ecke und fragte, ob ich eine Uhr kaufen wolle. Er schob beide Ärmel seines geschniegelten Mantels hoch und zeigte mir ein halbes Dutzend Uhren an jedem seiner Arme. »Ich kann einen guten Preis machen, Kumpel. Wirklich gut.«

Ich sagte, daß ich schon eine Uhr hätte, und fuhr bei Grün über die Kreuzung.

Das ›Red Rooster‹ war plüschig und dunkel. Die Tische an der Bühne waren mit lauter Prominenz besetzt; reiche Typen aus der Stadt. Die glitzernden Damen an ihrer Seite trugen schulterfreie Abendkleider, die in allen Regenbogenfarben schimmerten.

Ich fand einen freien Barhocker und bestellte einen Cognac. Edison Sweets Trio spielte hier, aber von meinem Platz konnte ich nur den Rücken des Pianisten sehen, wie er sich über die Tasten beugte. Außer ihm gab es noch einen Baß und eine Gitarre.

Die Band spielte einen Blues, die Gitarre schwirrte wie ein Kolibri über und unter der Melodie. Das Piano schluchzte und donnerte. Die Linke von Toots Sweet war so gut, wie Kenny Pomeroy gesagt hatte. Die Gruppe brauchte keinen Schlagzeuger. Über die traurigen, verschlungenen Baßrhythmen legte Toots seine klagenden Pianotöne und seine Stimme klang bittersüß vor Trauer, als er sang:

»Ich sing den Voodoo Blues
Den bösen Voodoo Blues
Petro Loa läßt nicht von mir
Jede Nacht hör ich die Zombies klagen
Lord, ich sing den bösen alten Voodoo Blues

Zuzu war eine Mambo, sie liebte einen Erhängten
Daß sich Erzuli einmischte, gehörte nicht zu ihrem Plan
Der Zauber der Trommeln machte sie zur Sklavin
Und jetzt tanzt Baron auf ihrem Grab

Ja, sie singt den Voodoo Blues
Den bösen alten Voodoo Blues ...«

Als die Nummer vorbei war, lachten und redeten die Musiker und wischten sich mit großen weißen Taschentüchern den Schweiß vom Gesicht. Nach einer Weile kamen sie an die Bar. Ich sagte dem Barmann, daß ich der Gruppe eine Runde ausgeben wollte. Er führte die Bestellung aus und nickte in meine Richtung.

Der Bassist und der Gitarrist nahmen ihre Drinks, warfen mir einen Blick zu und verschwanden in der Menge. Toots nahm einen Hocker am Ende der Bar und lehnte sich zurück, damit er alles überblicken konnte, den großen Kopf voller Kräuselhaar an die Wand gelehnt. Ich nahm mein Glas und ging zu ihm rüber.

»Ich wollte mich nur bedanken, Mr. Sweet«, sagte ich und kletterte auf den Hocker. »Sie sind ein großer Künstler, Mr. Sweet.«

»Sag Toots zu mir, Junge. Ich beiß nicht.«

»Also gut, Toots.«

Sweets Gesicht war so breit, dunkel und verrunzelt wie ein gebeiztes Tabakblatt. Sein dickes Haar hatte die Farbe von Zigarrenasche. Den glänzenden blauen Anzug füllte er bis zur letzten Naht aus; seine Füße jedoch, in schwarzweißen Pumps steckend, waren so klein und zart wie die einer Frau.

»Der Blues, den du am Schluß gespielt hast, gefiel mir gut«, sagte ich.

»Den hab ich vor Jahren in Houston auf eine Serviette geschrieben.« Er lachte. Die plötzliche Weiße in seinem Gesicht erschien wie die hellen Ränder bei einer Mondfinsternis. Vorne in seinem Gebiß saß ein Goldzahn, dessen Emaillefüllung durch einen herausgeschnittenen, fünfzackigen Stern hindurchschimmerte. Es war nicht zu übersehen.

»Kommst du aus Houston?«

»Mein Gott, nein, ich war nur zu Besuch da.«

»Woher kommst du?«

»Ich? Aus New Orleans; ich bin dort geboren und aufgewachsen. Ich bin ein ganz seltenes Exemplar. Schon bevor ich vierzehn war, hab ich in den Puffs von Storyville gespielt. Ich hab die ganzen Jungs gekannt, Bunk, Jelly und Satchelmouth. Dann bin ich den Fluß rauf nach Chicago, ha, ha, ha.« Toots grölte vor Lachen und schlug sich auf die dicken Knie, während die Ringe an seinen Stummelfingern glitzerten.

»Du nimmst mich wohl hoch?« sagte ich.

»Vielleicht ein bißchen, bloß ein bißchen.«

Ich grinste und zog mir meinen Drink rein. »Es ist eine feine Sache, wenn man so viele Erinnerungen hat.«

»Du schreibst ein Buch. Ich mache einen Schriftsteller so schnell aus wie der Fuchs die Henne.«

»Du bist nah dran, alter Fuchs. Ich schreib einen Artikel für das ›Look‹.«

»Eine Geschichte über Toots im ›Look‹. Im gleichen Heft wie Doris Day, ha?«

»Nun, ich will dir nichts vormachen, Toots. Die Story soll über Johnny Favorite gehen.«

»Über wen?«

»Über den Schnulzensänger. Er spielte mit der Spider Simpson Swingband in den frühen 40er Jahren.«

»Ja, ich erinnere mich an Spider. Er spielte Schlagzeug, wie wenn zwei Ambosse bumsen würden.«

»Was weißt du über Johnny Favorite?« fragte ich.

Edison Sweet blickte so unschuldig wie ein Schüler, der die Antwort nicht weiß. »Ich weiß nichts über ihn. Außer, daß er vielleicht seinen Namen geändert hat und Frank Sinatra geworden ist oder fürs Wochenende Vic Damone.«

»Vielleicht hat man mich falsch informiert«, sagte ich. »Ich dachte, ihr seid große Kumpels gewesen.«

»Ach, Mann, er hat irgendwann mal eine Platte mit meinen Songs gemacht, und ich danke ihm für die längst verbrauchten Tantiemen; daraus entsteht doch keine Freundschaft.«

»Ich hab ein Foto in ›Life‹ gesehen, wo ihr beide zusammen singt.«

»Ja, daran erinnere ich mich. Das war in Dickie Wells Bar. Ich hab ihn ein- oder zweimal hier gesehen, aber er kam nie meinetwegen in diese Gegend.«

»Weswegen kam er dann her?«

Toots senkte den Blick mit gespielter Affektiertheit. »Ich soll wohl aus der Schule plaudern, was, Junge?«

»Was liegt schon daran, nach all den Jahren«, sagte ich. »Ich nehme an, er besuchte eine Lady.«

»Sie war jeder Zoll eine Lady, das stimmt.«

»Wie hieß sie?«

»Es ist kein Geheimnis. Jeder, der vor dem Krieg hier war, wußte, daß Evangeline Proudfoot eine Affäre mit Johnny Favorite hatte.«

»Die Klatschspalten der Zeitungen jedenfalls nicht.«

»Mann, wenn du damals nach Harlem gegangen bist, hast du es nicht gerade ausposaunt.«

Toots lächelte. »Sie war eine schöne, starke Frau aus der Karibik«, sagte er. »Sie war zehn oder fünfzehn Jahre älter als Johnny, aber immer noch so durchtrieben, daß sie ihn an der Leine hatte.«

»Weißt du, wo ich sie treffen könnte?«

»Ich habe Evangeline seit Jahren nicht mehr gesehen. Sie wurde krank. Den Laden gibt's noch, vielleicht sie auch.«

»Was für ein Laden war das?« Ich tat mein Bestes, nicht den Anflug eines Verhörs aufkommen zu lassen.

»Evangeline hatte einen Kräuterladen drüben auf der Lenox Avenue. Er war jeden Tag bis Mitternacht geöffnet, außer samstags.« Toots machte eine theatralische Geste zum Abschied. »Es ist Zeit für meinen Auftritt. Bleibst du noch auf einen Song?«

»Ich komm zurück«, sagte ich.

14. KAPITEL

›Proudfoots Pharmazieprodukte‹ lag an der Ecke von Lenox Avenue und 123. Straße. Der Name hing in sechs Zoll hoher Leuchtschrift im Schaufenster. Ich parkte ein paar Blocks weiter unten und sah mir den Laden an. Das angestaubte Zeug in der Auslage war in dunstiges blaues Licht getaucht. Auf den ringsum laufenden Regalen lagen leicht verblichene Schachteln mit homöopathischen Mitteln. An der hinteren Wand hing eine anatomische Darstellung des menschlichen Körpers, die weder Knochen noch Muskeln, sondern nur die inneren Organe zeigte. Jedes der Regale war durch ein schlaff hängendes Seidenband mit dem entsprechenden inneren Organ auf der Darstellung verbunden. Das Mittel, das mit dem Herzen verbunden war, hieß ›Proudfoots heilsames Belladonna Extrakt‹.

Hinter der Rückwand des Schaufensters konnte ich einen Teil des Ladens sehen. An der gestanzten Blechdecke hingen Neonleuchten, und entlang der hinteren Wand standen altmodische Glasvitrinen. Das Ticken einer Pendeluhr schien das einzig Lebendige zu sein.

Ich trat ein. Die Luft war angefüllt mit dem Geruch von Räucherstäbchen. Als ich die Tür hinter mir schloß, bimmelten ein paar Glöckchen. Ich sah mich kurz um. Auf einem Drehständer nahe der Eingangstür stand eine Kollektion von ›Traumbüchern‹ und billig aufgemachten Heftchen, die den Kunden auf die verschiedenen Probleme der Liebe aufmerksam machten. In zylinderförmigen Schachteln wurde

Glückspulver angeboten, das man am Morgen auf seine Kleider streuen mußte; zusammen mit der aus dem Traumbuch gezogenen Nummer sollte das äußerst gewinnbringend wirken. Ich begutachtete gerade die bunten parfümierten Kerzen, die bei ständigem Gebrauch ebenfalls Glück versprachen, als ein junges, mokkafarbenes Mädchen aus dem Hinterzimmer kam und hinter den Ladentisch trat. Sie trug einen weißen Kittel über ihrem Kleid und war nicht älter als neunzehn oder zwanzig Jahre. Ihr schulterlanges, welliges Haar glänzte wie poliertes Mahagoni. An ihrem zarten Handgelenk klirrten ein paar Silberarmreife. »Kann ich Ihnen helfen?« fragte sie. Untergründig hörte man in ihrer sorgfältigen Sprechweise den Rhythmus des karibischen Calypso mitschwingen.

Mir fiel nichts ein außer: »Haben Sie Alraunenwurzel?«

»Gemahlen oder ganz?«

»Im Ganzen natürlich. Ich dachte, es wäre gerade die Form, die den Zauber bewirkt?«

»Wir verkaufen keine Zaubermittel, Sir. Wir sind ein pharmazeutisches Geschäft.«

»Und wie nennen Sie das Zeug da vorne?« fragte ich. »Gehört das zur Schulmedizin?«

»Wir führen auch ein bißchen Krimskrams.«

»Ich habe bloß gescherzt. Ich wollte Sie nicht beleidigen.«

»Schon in Ordnung. Sagen Sie mir, wieviel Alraune Sie brauchen, und ich wiege sie Ihnen ab.«

»Ist Miß Proudfoot hier?«

»Ich bin Miß Proudfoot«, sagte sie.

»Miß Evangeline Proudfoot?«

»Ich bin Epiphany. Evangeline war meine Mutter.«

»Sie sagten ›war‹?«

»Mama ist letztes Jahr gestorben.«

»Das tut mir leid.«

»Sie war lange krank, Jahre ans Bett gefesselt. Es war am besten so.«

»Sie hat Ihnen einen hübschen Namen hinterlassen, Epiphany«, sagte ich. »Er paßt zu Ihnen.«

Unter ihrem kaffeebraunen Teint errötete sie ein bißchen. »Sie hat mir eine Menge mehr hinterlassen. Dieser Laden hier läuft seit vierzig Jahren sehr gut. Hatten Sie geschäftlich mit Mama zu tun?«

»Nein, ich habe sie nie gekannt. Ich habe gehofft, sie könnte mir ein paar Fragen beantworten.«

Epihany Proudfoots Topasaugen verdunkelten sich. »Wer sind Sie? So eine Art Bulle?«

Ich lächelte. Die ›Look‹-Geschichte lag mir schon wieder auf der Zunge, aber ich dachte, daß sie zu schlau wäre, um sie mir abzukaufen. Deshalb sagte ich: »Ich bin Privatdetektiv, ich kann Ihnen meine Lizenz zeigen.«

»Ihre billige Lizenz können Sie sich sparen. Worüber wollten Sie mit Mama sprechen?«

»Ich suche einen Mann namens Johnny Favorite.«

Sie wurde ganz steif. Es sah aus, als hätte man ihr Genick mit einem Eiswürfel berührt. »Er ist tot«, sagte sie.

»Das stimmt nicht, obwohl alle Leute das zu glauben scheinen.«

»Alles, was ich weiß, ist, daß er tot ist.«

»Haben Sie ihn gekannt?«

»Ich habe ihn nie getroffen.«

»Edison Sweet sagte, er sei ein Freund ihrer Mutter gewesen.«

»Das war, bevor ich geboren wurde.«

»Hat Ihnen Ihre Mutter je von ihm erzählt?«

»Sicher, Mr. Irgendwer. Sie glauben doch wohl nicht, daß ich das Vertrauen meiner Mutter mißbrauche. Sie sind kein Gentleman.« Ich nahm das hin.

»Vielleicht könnten Sie mir sagen, ob Sie oder Ihre Mutter Johnny Favorite in den letzten fünfzehn Jahren gesehen haben?«

»Ich habe Ihnen doch schon gesagt, daß ich ihn nie gesehen habe, und ich habe *alle* Freunde meiner Mutter gekannt.«

Ich zog meine Brieftasche heraus, in der ich mein Bargeld verwahre, und gab ihr meine Visitenkarte. »Also gut«, sagte ich, »es ist lange her. Da unten steht meine Büronummer. Es würde mich freuen, wenn Sie mich anrufen würden, falls Ihnen irgend etwas einfällt. Oder falls Sie von irgend jemandem hören, der Johnny Favorite gesehen hat.«

Sie lächelte, aber ohne Wärme. »Warum sind Sie hinter ihm her?«

»Ich bin nicht hinter ihm her. Ich will bloß wissen, wo er ist.«

Sie steckte meine Karte in die verzierte Registrierkasse. »Und wenn er nun doch tot ist?«

»Dann werde ich auch bezahlt.«

Sie brachte fast so etwas wie ein Lachen hervor. »Ich hoffe, Sie finden ihn zwei Meter unter der Erde«, sagte sie.

»Mir wäre das gleich. Bitte verlieren Sie meine Karte nicht. Man weiß nie, was passieren kann.«

»Das ist wahr.«

»Ich danke Ihnen, daß Sie mir so viel Zeit geschenkt haben.«

»Sie gehen doch nicht ohne die Alraunenwurzel, oder?«

Ich richtete mich auf. »Sehe ich aus, als hätte ich Sie nötig?«
»Mr. Crossroads«, sagte sie, und ihr Lachen war mit einem Mal breit und voll. »Sie sehen aus, als könnten Sie alle Hilfe der Welt brauchen.«

15. KAPITEL

Als ich schließlich in den ›Red Rooster‹ zurückkam, hatte ich einen ganzen Auftritt verpaßt, und Toots saß auf dem gleichen Barhocker wie vorher. Neben ihm stand ein Glas sprudelnder Champagner. Ich zündete eine Zigarette an und wühlte mich durch die Menge. »Hast du herausgefunden, was du wolltest?« fragte Toots gelangweilt.

»Evangeline Proudfoot ist tot.«

»Tot? Das ist wirklich eine Schande. Sie war eine tolle Frau.«

»Ich habe mit ihrer Tochter gesprochen. Sie war keine große Hilfe.«

»Vielleicht solltest du lieber über jemand anderen schreiben, Junge.«

»Ich finde nicht. Es fängt gerade an, mich zu interessieren.«

Die Asche von meiner Zigarette fiel auf meine Krawatte, und als ich sie wegwischte, hatte ich neben dem Suppenfleck noch einen zweiten Flecken.

»Du scheinst Evangeline Proudfoot ganz gut gekannt zu haben. Was kannst du mir noch über ihre Affäre mit Johnny Favorite erzählen?«

Toots kam schwerfällig auf seine kleinen Füße. »Ich bin zu fett, um mich unter die Betten anderer Leute zu legen. Außerdem muß ich an meine Arbeit zurück.«

Mit einem Grinsen, das seinen verzierten Zahn aufblitzen ließ, ging er zur Bühne. Ich hängte mich an ihn wie ein eifriger Reporter. »Vielleicht erinnerst du dich an ein paar andere ihrer Freunde. Leute, die sie gekannt haben, als die beiden zusammen waren.«

Toots setzte sich ans Klavier und suchte mit seinen Blicken den Raum nach seinen säumigen Kollegen ab. Während er von Tisch zu Tisch schaute, sagte er: »Ich glaube, ich werde mich mit etwas Musik beruhigen. Vielleicht fällt mir dann etwas ein.«

»Ich hab keine Eile. Ich kann die ganze Nacht zuhören.«

»Dann warte den Auftritt ab, Junge.« Toots öffnete den Flügel. Auf den Tasten lag das Bein eines Huhns. Er warf den Deckel zu. »Hör endlich auf, mir über die Schultern zu schauen«, sagte er ärgerlich. »Ich muß jetzt spielen.«

»Was war das?«

»Gar nichts. Das geht dich gar nichts an.«

Es war aber nicht nichts, sondern ein Hühnerbein, das von der scharfen gelben Klaue auf den eidechsenartigen Zehen bis zu dem abgeschnittenen blutenden Gelenk eine ganze Oktave umspannte. Unterhalb eines Büschels von weißen Federn, das drangeblieben war, war ein schwarzes Band zu einer Schleife gebunden. Es war eine ganze Menge mehr als nichts. »Was ist los, Toots?«

Der Gitarrist nahm seinen Platz ein und drehte den Verstärker auf. Er blickte auf Toots und probierte mit der Lautstärke herum. Er hatte Schwierigkeiten mit der Rückkoppelung. Toots zischte: »Hier gibt's nichts, was dich etwas anginge. Ich werde nicht mehr mit dir reden. Auch nicht nach dem Auftritt. Nie mehr!«

»Wer ist hinter dir her, Toots?«

»Mach, daß du rauskommst.«

»Was hat Johnny Favorite damit zu tun?«

Toots sprach sehr langsam und achtete nicht auf den Bassisten, der neben ihm auftauchte. »Wenn du nicht sofort von hier verschwindest, und ich meine, raus auf die Straße, dann wirst du dir wünschen, daß dein lilienweißer Arsch niemals geboren worden wäre.«

Ich sah den undurchdringlichen Blick des Bassisten und schaute mich um. Das Haus war voll. Ich wußte, wie General Custer sich auf dem Hügel am Little Big Horn gefühlt haben mußte.

»Ich brauch bloß ein Wort zu sagen«, sagte Toots.

»Ich hab schon verstanden, Toots.«

Ich warf meine Zigarettenkippe auf die Tanzfläche und trat sie aus. Dann ging ich.

Mein Wagen parkte immer noch an der gleichen Stelle in der Seventh Avenue, und als die Ampel auf Grün wechselte, ging ich rüber. Die Hängertypen waren inzwischen weitergezogen, und ihr Platz wurde von einer dünnen, dunklen Frau eingenommen, die einen schäbigen Fuchspelz trug. Sie schwankte auf ihren spitzen Absätzen hin und her, während sie die Luft durch die Nasenflügel so gierig einsog wie ein alter Kokser. »Wie wär's, Mister«, fragte sie, als ich vorbeiging.

»Nicht heute nacht«, sagte ich.

Ich setzte mich hinters Steuerrad und zündete mir eine Zigarette an. Die dünne Frau beobachtete mich noch eine Weile, bevor sie die Straße hinunterschwankte. Es war noch nicht ganz elf.

Gegen Mitternacht hatte ich nichts mehr zu rauchen, und ich dachte mir, daß Toots nicht vor Lokalschluß gehen würde. Es war also genug Zeit. Ich ging die Seventh Avenue hinunter und kaufte mir in einem Geschäft, das nachts geöffnet hatte, eine Packung Lucky Strike und eine Flasche

Whisky. Auf dem Rückweg ging ich über die Straße und blieb einen Moment vor dem ›Red Rooster‹ stehen. Von drinnen hörte man die merkwürdige Mischung aus Beethoven und Spelunkenmusik, die Toots' Stil war.

Es war eine kalte Nacht, und ab und zu ließ ich den Motor laufen, bis ich mich wieder aufgewärmt hatte. Fast wäre ich eingeschlafen. Als schließlich um Viertel vor vier die Musik aufhörte, quoll mein Aschenbecher über von Zigarettenkippen, und die Flasche war leer. Ich fühlte mich gut.

Toots kam fünf Minuten vor Lokalschluß heraus. Er knöpfte seinen schweren schwarzen Mantel zu und scherzte mit dem Gitarristen. Auf seinen schrillen Pfiff stoppte ein vorüberfahrendes Taxi mit quietschenden Reifen. Ich schaltete die Zündung ein und startete meinen Chevy.

Der Verkehr war nur spärlich, und ich wollte ihnen etwas Vorsprung geben, deshalb ließ ich die Scheinwerfer abgedreht und beobachtete durch den Rückspiegel, wie das Taxi an der 138. Straße umdrehte und in meine Richtung zurückfuhr. Ich ließ sie bis zu dem Getränkeladen fahren, dann drehte ich die Scheinwerfer an und fuhr auch los.

Ich verfolgte das Taxi bis zur 152. Straße, wo es nach rechts abbog. Schließlich hielt es vor einem der Harlem River Häuser. Aus einiger Entfernung sah ich das Taxi mit offener Tür und ausgeschalteter Beleuchtung vor dem Haus warten. Toots war nur hinaufgegangen, um sein Hühnerbein loszuwerden. Ich drehte meine Lichter ebenfalls ab und parkte an einem Platz, von wo aus ich das Taxi beobachten konnte. Toots kehrte nach ein paar Minuten zurück. Er trug einen rotkarierten Bowlingsack.

Das Taxi bog am Macomb Platz nach links und fuhr dann die Eighth Avenue runter. Ich folgte ihm in einigem Abstand, bis es an der 100. Straße nach Osten fuhr, den Central Park entlang, wo sich St. Nicholas und Lenox Avenue gablen. Als ich an dem Taxi vorbeifuhr, sah ich, wie Toots gerade mit der Brieftasche in der Hand auf das Wechselgeld wartete.

Ich bog scharf nach links ab und parkte an der Ecke der St. Nicholas Avenue, lief zurück zur 100. Straße und sah gerade noch das Taxi davonfahren und Toots Sweet verschwinden. Wie ein Schatten glitt er in die dunkle Stille des Central Parks.

16. KAPITEL

Er hielt sich auf dem Weg, der den westlichen Rand des ›Harlem Meers‹ begrenzte, und passierte die Lichtkegel einer Reihe von Laternen. Ich selbst ging auf der anderen Seite im Schatten, aber Toots sah sich nicht um. Er eilte unter dem Bogen der Huddleston Brücke entlang; von oben hörte man ab und zu ein Taxi über den East River sausen.

Jenseits des East Drive war das ›Loch‹, der abgelegenste Teil des Central Parks. Der Weg wand sich durch eine tiefe Schlucht; durch Busche und Bäume verdeckt, war sie von der Stadt vollkommen abgeschlossen. Hier war es dunkel und sehr still. Einen Moment lang glaubte ich, Toots verloren zu haben. Dann hörte ich die Trommeln.

Im Unterholz glommen Lichter wie von Glühwürmchen. Ich schlich langsam durch die Bäume, bis ich hinter einem großen Felsen Deckung fand. Auf Tellern, die auf dem Boden standen, flackerten vier weiße Kerzen. Ich zählte fünfzehn Personen in dem trüben Licht. Drei Trommler spielten auf verschieden großen Instrumenten. Die größte sah wie eine Konga aus. Ein schlanker, grauhaariger Mann schlug sie mit der bloßen Hand und mit einem kleinen Holzhammer. Ein Mädchen, das ein weißes Kleid und einen Turban trug, zeichnete spiralförmige Muster auf den Boden zwischen den Kerzen. Wie ein Sandmaler bei den Hopi-Indianern füllte sie die verschlungenen Linien mit Mehl aus, die sich um eine runde Grube in der Erde schlängelten. Als sie sich herumdrehte und ihr Gesicht von der Kerze beleuchtet wurde, erkannte ich Epiphany Proudfoot.

Die Zuschauer wiegten sich im Rhythmus der Trommeln, sangen und klatschten dabei in die Hände. Einige der Männer schwangen Kürbisrasseln, und eine Frau produzierte mit einer Eisenklapper erschreckende Geräusche; Toots schwang seine Rumbakugeln wie der legendäre Xavier Cugat. Die leere Bowlingtasche lag zu seinen Füßen.

Epiphany war trotz der Kälte barfuß, tanzte zu den pulsierenden Rhythmen und verstreute dabei ganze Hände voller Auszugsmehl auf dem Boden. Als das Muster fertig war, sprang sie zurück und hob ihre geisterbleichen Hände über den Kopf wie eine Wegweiserin zum Jüngsten Gericht. Von ihren spastisch schüttelnden Bewegungen wurde bald die ganze Gruppe ergriffen.

Groteske Schatten bewegten sich in dem flackernden Kerzenlicht. Der dämonische Schlag der Trommeln bannte die Tänzer in ihren hämmernden Zauber. Ihre Augen verdrehten sich, und Schaum trat auf ihre singenden Lippen. Männer und Frauen rieben sich aneinander und stöhnten, ihre Becken rollten in ekstatischen Bewegungen, die an Geschlechtsverkehr erinnerten. Das Weiße in ihren Augen glühte wie Opal in den schweißnassen Gesichtern.

Ich schlich mich im Schutz der Bäume weiter vor, um besser sehen zu können. Ein Mann spielte auf einer Trillerpfeife. Die schrillen Töne durchschnitten die Nacht und überlagerten den dissonanten Klang der Eisenklappern. Die Trommeln rollten. Es war wie ein Fieber, rasend und trunken. Eine Frau fiel zu Boden und wand sich wie eine Schlange, während ihre Zunge mit reptilartiger Geschwindigkeit vor und zurück schnellte.

Epiphanys weißes Kleid klebte an ihrem nassen jungen Körper. Sie griff in einen Weidenkorb und holte einen an den Füßen zusammengebundenen Hahn heraus. Der Vogel hatte den Kopf stolz erhoben; sein roter Kamm glänzte im Kerzenschein. Epiphany rieb sein weißes Gefieder gegen ihre Brust, während sie tanzte. Gleichzeitig wand sie sich durch die Menge und streichelte abwechselnd die Teilnehmer. Das durchdringende Krähen des Hahns brachte die Trommeln zum Schweigen.

Mit graziöser Bewegung beugte sich Epiphany über die runde Grube und durchschnitt mit einer scharfen Klinge den Hals des Hahns. Blut floß in das dunkle Loch. Das trotzige Krähen des Hahns wurde zu einem gurgelnden Schrei. Während er starb, schlug er wild mit den Flügeln um sich. Die Tänzer stöhnten.

Epiphany legte das bluttriefende Tier neben die Grube, wo es sich noch mehrmals aufbäumte und zuckte, bis sich seine Flügel in einem letzten Schauder ausbreiteten und langsam zusammenfalteten. Ein Tänzer nach dem anderen taumelte nach vorn und warf Opfergaben in die Grube. Münzen, getrocknetes Korn, Plätzchen, Süßigkeiten und Früchte. Eine Frau goß eine Flasche Cola über das tote Huhn.

Danach nahm Epiphany den schlaffen Vogel und hängte ihn mit dem Kopf nach unten an die Zweige eines Baumes. Alles begann sich nun aufzulösen. Mit hängenden Köpfen und gefalteten Händen standen einige der Teilnehmer um den aufgehängten Hahn. Die anderen packten ihre Instrumente, und nachdem sie sich die Hände geschüttelt hatten, erst die linke, dann die rechte, glitten sie in der Dunkelheit davon. Toots, Epiphany und zwei drei andere gingen den Weg in Richtung ›Harlem Meer‹ zurück. Keiner sprach.

Ich folgte ihnen im Schutz der Bäume. Am ›Harlem Meer‹ teilte sich der Weg. Toots ging nach links, Epiphany und die anderen wandten sich nach rechts. Ich warf eine Münze und folgte Toots. Er nahm den Ausgang auf die Seventh Avenue. Wenn er sofort nach Hause wollte, würde er nicht lange dafür brauchen. Ich wollte vor ihm da sein.

Ich arbeitete mich durch das Gebüsch, kletterte über die hohe Mauer und rannte über die 110. Straße. Als ich die Ecke der St. Nicholas Avenue erreicht hatte, blickte ich zurück und sah Epiphany in ihrem weißen Kleid am Eingang des Parks stehen. Sie war allein. Ich unterdrückte den Wunsch, eine andere Spur zu verfolgen, und rannte zu meinem Chevy. Die Straßen waren fast leer, und ich raste die St. Nicholas Avenue hinauf, ohne daß mich eine Ampel aufgehalten hätte. Nachdem ich auf die Edgecomb eingebogen war, fuhr ich über Broadhurst am Rand des Colonial Parks entlang zur 151. Straße.

Ich parkte an der Ecke des Macomb Platzes und ging zu Fuß durch die Anlage der Harlem River Häuser. Es waren hübsche, vierstöckige Gebäude, die um Höfe und Promenaden angelegt waren. Der Stil aus der Ära der Depression war ein wesentlich zivilisierterer Versuch, Mietshäuser zu gestalten, als die unmenschlichen Kasernen, die die Stadt im Moment bauen ließ. Ich fand den Eingang zu Toots' Haus in der 152. Straße und suchte auf den Messingbriefkästen nach der Nummer seines Apartments.

Die Haustür war kein Problem. Kaum eine Minute, und ich hatte sie mit der Klinge meines Taschenmessers geöffnet. Toots wohnte im dritten Stock. Ich ging die Treppen rauf und untersuchte das Türschloß. Hier war ohne meinen Diplomatenkoffer nichts zu machen; deshalb setzte ich mich auf die obere Treppe und wartete.

17. KAPITEL

Ich mußte nicht lange warten. Ich hörte ihn die Treppe heraufschnaufen und drückte die Zigarette an meiner Schuhsohle aus. Er sah mich nicht. Seine Bowlingtasche hatte er auf den Boden gestellt, während er nach dem Schlüssel suchte. Als er die Tür geöffnet hatte, stand ich auf.

Er griff nach seinem karierten Sack, als ich ihn von hinten erwischte. Mit der einen Hand packte ich ihn am Mantelkragen, mit der anderen zerrte ich ihn in seine Wohnung. Er stolperte und fiel auf die Knie, die Tasche rasselte in der Dunkelheit wie ein Korb voller Klapperschlangen. Ich schaltete die Deckenbeleuchtung an und schloß die Tür hinter mir.

Voller Wut kam Toots wieder auf die Beine und keuchte wie ein Tier in äußerster Bedrängnis. Mit der rechten Hand griff er in die Jackentasche und zog eine Klinge heraus. Ich ließ ihn los. »Ich will dir nicht wehtun, Alter.«

Er murmelte etwas Unverständliches und stolperte mit erhobenem Messer auf mich zu. Ich erwischte seinen Arm mit meiner linken Hand, trat nahe an ihn heran und stieß mein Knie mit aller Wucht an die Stelle, wo ein Schlag am effektivsten sitzt. Toots sackte mit einem leisen Seufzen zusammen. Ich entwand ihm die Klinge und kickte sie gegen die Wand.

»Du bist blöd, Toots.« Ich klappte das Messer zusammen und steckte es in meine Tasche.

Toots saß da und hielt sich den Bauch mit beiden Händen, als würde er etwas verlieren, wenn er losließe. »Was willst du von mir?« stöhnte er. »Du bist kein Schriftsteller.«

»Allmählich dämmert's dir. Also lassen wir den Mist, und du sagst mir, was du von Johnny Favorite weißt.«

»Ich bin verletzt. Ich fühl mich innerlich völlig zerschlagen.«

»Das wird schon wieder. Möchtest du dich setzen?«

Er nickte. Ich zog eine schwarzrote Lederottomane heran und half seiner massigen Gestalt hinauf. Er stöhnte und hielt seinen Leib umklammert.

»Hör zu, Toots«, sagte ich. »Ich hab euren kleinen Schwoof im Park gesehen. Epiphany Proudfoots Nummer mit dem Huhn auch. Was hatte das zu bedeuten?«

»Obi-Kult«, stöhnte er. »Voodoo. Nicht jeder Schwarze ist Baptist.«

»Was hat die Proudfoot damit zu tun? Was macht sie da?«

»Sie ist eine Mambo, wie ihre Mutter auch eine war. Mächtige Geister sprechen durch das Kind. Sie ist dabei, seit sie zehn ist, und mit dreizehn wurde sie Priesterin.«

»Damals als Evangeline Proudfoot krank wurde?«

»Ja, ungefähr zu derselben Zeit.«

Ich bot Toots etwas zu rauchen an, aber er schüttelte den Kopf. Ich zündete mir also selbst eine an und fragte: »War Johnny Favorite auch an Voodoo interessiert?«

»Er hatte doch ein Verhältnis mit einer Mambo, oder?«

»Ging er mit zu den Treffen?«

»Klar. Eine ganze Menge von den Jungs. Er war ein ›Hunsi-Bosal‹.«

»Ein was?«

»Er war initiiert, aber nicht getauft.«

»Und wie heißen die, die getauft sind?«

»Hunsi-Kanzo.«

»Dann bist du ein ›Hunsi-Kanzo‹?«

Toots nickte. »Ich wurde schon vor Jahren getauft.«

»Wann hast du Johnny Favorite das letzte Mal bei einer eurer Hühnerpartys gesehen?«

»Ich hab dir gesagt, es war vor dem Krieg.«

»Was hatte das Hühnerbein zu bedeuten. Das im Piano mit der Schleife?«

»Das bedeutete, daß ich zuviel rede.«

»Über Johnny Favorite?«

»Über alles.«

»Das reicht mir nicht, Toots.« Ich blies ihm etwas Rauch ins Gesicht. »Hast du schon mal probiert, mit einem Gipsverband Klavier zu spielen?«

Toots versuchte aufzustehen, sackte aber mit einer Grimasse auf die Ottomane zurück. »Das würdest du nicht tun.«

»Ich tue genau das, was ich tun muß, Toots. Ich kann einen Finger wie ein Streichholz abbrechen.«

In den Augen des Pianisten stand die nackte Angst. Ich knackte mit den Knöcheln an meiner rechten Hand, um der Sache Nachdruck zu verleihen.

»Frag mich alles, was du willst«, sagte er. »Ich werde dir die Wahrheit sagen.«

»Du hast Johnny Favorite seit fünfzehn Jahren nicht gesehen?«

»Nein.«

»Und was war mit Evangeline Proudfoot? Hat sie jemals erwähnt, ihn gesehen zu haben?«

»Nicht, daß ich wüßte. Das letzte Mal, daß sie von ihm sprach, ist acht oder zehn Jahre her. Ich erinnere mich daran, weil damals ein Professor vorbeikam, der etwas über den Obi-Kult der westindischen Neger schreiben wollte. Evangeline sagte ihm, daß Weiße an den Treffen nicht teilnehmen dürften. Um sie ein bißchen zu necken, sagte ich: ›Außer sie können singen‹.«

»Was antwortete sie darauf?«

»Ich will es ja gerade sagen. Sie lachte nicht, aber sie war auch nicht sauer. Sie sagte: ›Toots, wenn Johnny am Leben wäre, dann wäre er ein sehr mächtiger Priester, aber das heißt noch lange nicht, daß ich jedem weißen Schreiberling meine Tür öffnen werde.‹ Du siehst also, daß ihrer Meinung nach Johnny Favorite tot und begraben war.«

»Toots, ich werde dir dieses eine Mal glauben. Wie kommst du zu dem Stern im Zahn?«

Toots machte eine Grimasse. Der Stern blitzte im Schein der Deckenbeleuchtung. »Damit die Leute sicher sind, daß ich ein Nigger bin. Ich möchte sie nicht im Unklaren lassen.«

»Warum steht er mit der Spitze nach oben?«

»Weil's hübscher aussieht.«

Ich legte eine meiner Crossroads-Visitenkarten auf den Fernseher.

»Ich laß dir meine Karte mit der Telefonnummer da. Wenn du etwas hörst, ruf mich an.«

»Na klar, ich hab ja noch nicht genug Schwierigkeiten, ich werd mir noch ein paar herbeitelefonieren.«

»Man kann nie wissen. Vielleicht brauchst du Hilfe, wenn die nächste Hühnerbeinlieferung kommt.«

Draußen lag die aufziehende Morgenröte wie Rouge auf den Wangen einer jungen Tänzerin. Als ich zum Auto ging, warf ich das Taschenmesser von Toots in einen Abfallkorb.

18. KAPITEL

Die Sonne stand am Himmel, als ich endlich in die Falle kam, aber ich schaffte es, bis zum Mittag zu schlafen, trotz all der schlechten Träume. Die Alpträume, die mich verfolgten, waren plastischer als die Horrorshows im Fernsehen. Voodoo-Trommeln hämmerten, als Epiphany Proudfoot den Hals eines Hahns durchschnitt. Die Tänzer schwankten und stöhnten, aber diesmal hörte das Blut nicht auf zu fließen. Aus dem zappelnden Vogel sprudelte eine purpurne Fontäne und überströmte alles wie ein tropischer Regenguß; die Tänzer ertranken in einem Meer von Blut. Ich sah Epiphany darin untergehen und rannte aus meinem Versteck, während das Blut gegen meine Füße schwappte.

Blind vor Panik rannte ich durch verlassene nächtliche Straßen. Abfalltonnen waren zu Pyramiden getürmt, Ratten, so groß wie Bulldoggen, starrten aus den Kloaken. Über allem lag der Gestank von Verwesung. Ich rannte weiter, auf merkwürdige Weise wurde ich plötzlich vom Opfer zum Verfolger. Ich jagte eine entfernte Figur durch endlose, unbekannte Straßen.

Aber so schnell ich auch rannte, ich holte sie nie ein. Der Gejagte entzog sich mir immer wieder. Als die Straße endete, ging die Jagd an einem Fluß entlang, dessen Ufer mit toten Fischen bedeckt war. Vor mir lag plötzlich eine Schnecke, so riesig wie ein Wolkenkratzer. Der Mann rannte hinein. Ich folgte ihm.

Das Innere der Schnecke glich dem Gewölbe einer opalisierenden Kathedrale. Unsere Schritte hallten in der gewundenen Spirale. Der Weg wurde enger, und als ich um die letzte Windung bog, sah ich, daß mein Gegner vor der bebenden Mauer aus dem Fleisch des Tieres stand. Es gab kein Entkommen mehr.

Ich packte den Mann beim Kragen, wirbelte ihn herum und drückte ihn in die schleimige Masse. Er war mein Ebenbild. Es war, als schaute ich in einen Spiegel. Er umarmte mich brüderlich und küßte meine Wange. Die Lippen, die Augen, das Kinn, jeder Zug von ihm war ich selbst. Die Spannung ließ nach, und ich wurde von einer Welle der Zuneigung überflutet. Dann spürte ich seine Zähne. Sein brüderlicher Kuß wurde bestialisch. Würgende Hände schlossen sich um meinen Hals.

Ich kämpfte, und wir fielen beide um, meine Finger griffen nach seinen Augen. Wir schlugen auf dem harten Perlmuttboden auf. Sein Griff lockerte sich, als ich mit meinen Daumen zudrückte. Er gab während des Kampfes keinen Ton von sich. Meine Hände gruben sich tief in sein Fleisch. Die vertrauten Züge verformten sich zwischen meinen Fingern wie nasser Teig. Sein Gesicht war ein formloser Brei, ohne Knochen und Knorpel; als ich losließ, war es, als hätte ich meine Hände aus klebrigem Pudding gezogen. Schreiend wachte ich auf.

Eine heiße Dusche beruhigte mich wieder. Ich rasierte mich, zog mich an und fuhr in mein Büro. Ich parkte den Chevy in meiner Garage und ging zu dem Zeitungsstand neben dem Times Tower. Das Bild von Dr. Albert Fowler war auf dem Titelblatt der Montagsausgabe des ›Poughkeepsie New Yorkers‹. »Bekannter Arzt tot aufgefunden«, hieß die Schlagzeile. Während meines Frühstücks bei ›Whelan‹ an der Ecke des Paramount-Gebäudes las ich den Artikel. Als Todesursache wurde Selbstmord angegeben, obwohl man keinen Abschiedsbrief gefunden hatte. Der Tote wurde am Montagmorgen von zwei Kollegen gefunden, die sich Sorgen gemacht hatten, nachdem er nicht zur Arbeit erschienen war und sein Telefon nicht abgenommen hatte. Es war fast alles richtig, was in der Zeitung stand. Das gerahmte Foto, das der Tote an sich gedrückt hielt, war seine Frau. Von dem Morphium oder dem Ring wurde nichts erwähnt. Über den Inhalt seiner Taschen wurde auch nichts gesagt, daher konnte ich auch nicht erfahren, ob er den Ring selbst abgestreift hatte oder nicht.

Ich trank eine zweite Tasse Kaffee und ging dann in mein Büro, um die Post durchzusehen. Es war der übliche Mist, unter anderem ein Brief von einem Mann in Pennsylvania, der einen Zehn-Dollar-Fernkurs anbot, bei dem man lernen konnte, Zigarettenasche zu analysieren. Ich warf das ganze Zeug in den Papierkorb und überlegte mir meine nächsten Schritte. Ich hatte vorgehabt, nach Coney Island zu fahren und Madame Zora aufzusuchen, die einmal Johnny Favorites bevorzugte Wahrsagerin war, aber ich entschloß mich, zuerst eine alte Sache abzuschließen und nach Harlem zu fahren. Epiphany Proudfoot hatte mir letzte Nacht eine ganze Menge noch nicht erzählt.

Ich holte gerade meinen Diplomatenkoffer aus dem Bürosafe und knöpfte mir den Mantel zu, als das Telefon klingelte. Es war ein Ferngespräch von Cornelius Simpson. Ich sagte der Telefonistin, daß ich die Gebühren übernehmen würde.

Eine männliche Stimme sagte: »Das Dienstmädchen hat mir ihre Nachricht gegeben. Sie schien es für eine wichtige Angelegenheit zu halten.«

»Sind Sie Spider Simpson?«

»Als ich das letzte Mal in den Spiegel geschaut habe, war ich's noch.«

»Ich wollte Ihnen ein paar Fragen über Johnny Favorite stellen.«

»Was für Fragen?«

»Erst mal, ob Sie ihn die letzten fünfzehn Jahre gesehen haben?«

Simpson lachte. »Das letzte Mal sah ich Johnny einen Tag nach dem Angriff auf Pearl Harbor.«

»Was ist daran so lustig?«

»Nichts. Nichts, was mit ihm zu tun hatte, war je lustig.«

»Warum lachen Sie dann?«

»Ich muß immer lachen, wenn ich daran denke, wieviel Geld ich verloren habe, als er mich verließ«, sagte Simpson. »Es ist weniger schmerzvoll, als zu weinen. Was soll das Ganze überhaupt?«

»Ich schreibe eine Geschichte für ›Look‹ über vergessene Sänger der 40er Jahre. Johnny steht dabei auf meiner Liste an erster Stelle.«

»Mit der Liste hab ich nichts zu tun, mein Lieber.«

»Das ist schon in Ordnung«, sagte ich. »Wenn ich bloß mit seinen Fans sprechen würde, wäre das keine sehr interessante Story.«

»Die einzigen Fans, die Johnny hatte, waren Fremde.«

»Wissen Sie etwas über seine Affäre mit einer Frau aus der Karibik namens Evangeline Proudfoot?«

»Überhaupt nichts. Ich höre das erste Mal davon.«

»Wußten Sie, daß er sich mit Voodoo-Praktiken abgegeben hat?«

»Meinen Sie, Nadeln in Puppen stechen? Na ja, das paßt. Johnny war ein Verrückter. Er war immer in seltsame Sachen verwickelt.«

»Zum Beispiel?«

»Ich hab ihn einmal beobachtet, wie er Tauben auf dem Dach unseres Hotels gefangen hat. Wir waren gerade irgendwo auf Tour, und er stand dort oben mit einem großen Netz wie ein Hundefänger. Ich dachte, ihn würde vielleicht das Gurren stören, aber später, nach dem Auftritt, kam ich in sein Zimmer, und da saß er am Tisch mit der aufgeschlitzten Taube und stocherte in ihren Eingeweiden herum.«

»Was hatte das zu bedeuten?«

»Das habe ich ihn auch gefragt. ›Was soll das‹, fragte ich. Er sagte mir irgendein komisches Wort, an das ich mich nicht erinnern kann, und als ich ihn bat, mir das zu übersetzen, sagte er, er würde damit in die Zukunft schauen können. Er sagte, die Priester im alten Rom hätten es auch so gemacht.«

»Das klingt nach alter schwarzer Magie«, sagte ich.

Spider lachte. »So ist es. Wenn es nicht Taubengedärm war, dann eben irgend etwas anderes; Teeblätter, Handleser, Yoga. Er trug einen dicken Goldring mit lauter hebräischen Zeichen drauf. Aber soweit ich weiß, war er kein Jude.«

»Was war er dann?«

»Keine Ahnung. Rosenkreuzler oder sowas. Er hatte einen Totenschädel in seinem Koffer.«

»Einen menschlichen?«

»Der war mal menschlich. Er sagte, er stammte von einem Mann, der zehn Leute ermordet hatte. Er behauptete, ihm würde das Macht verleihen.«

»Das klingt, als hätte er Sie hochgenommen«, sagte ich.

»Kann schon sein. Vor Auftritten hat er ihn immer angestarrt, stundenlang.«

»Kannten Sie Margret Krusemark?« fragte ich.

»Margret wer?«

»Johnnys Verlobte.«

»Ach, das Mädchen aus der High Society? Ich traf sie ein paarmal. Was ist mit ihr?«

»Wie war sie?«

»Sehr hübsch. Sie sprach nicht viel. Sie kennen den Typ. Die schauen bloß immer bedeutungsvoll und reden nichts.«

»Ich habe erfahren, daß sie Wahrsagerin war.«

»Kann schon sein, mir hat sie nichts geweissagt.«

»Warum haben sie sich getrennt?«

»Woher soll ich das wissen?«

»Können Sie mir die Namen von Johnnys alten Freunden sagen? Leute, die mir bei meiner Story helfen könnten?«

»Mein Lieber, außer dem Schädel in seinem Koffer hatte Johnny keinen Freund auf der ganzen Welt.«

»Und was war mit Edward Kelley?«

»Kenn ich nicht«, sagte Simpson. »Ich kannte einen Pianisten namens Kelly in Kentucky City, aber das war lange, bevor ich Johnny traf.«

»Na gut, vielen Dank für die Information«, sagte ich. »Sie waren eine große Hilfe.«

»Gern geschehen.«

Wir hängten beide ein.

19. KAPITEL

Ich wich den Schlaglöchern auf dem West Side Highway aus und fuhr über die 125. Straße zur Lenox Avenue rüber. Die Neonbeleuchtung in Proudfoots Pharmaziegeschäft war ausgeschaltet. Eine grüne Jalousie war hinter der Tür heruntergezogen, und auf dem Zettel, der auf der Glastür klebte, stand: ›Heute geschlossen‹. Das Geschäft war sorgfältig verriegelt.

In einem Imbißlokal an der Ecke fand ich ein Münztelefon und suchte nach der Nummer. Es gab keinen Eintrag auf den Namen Epiphany Proudfoot, aber die Nummer des Ladens war verzeichnet. Ich probierte es, aber niemand nahm ab. Als ich die Namen im Telefonbuch durchging, fand ich Edison Sweets Nummer. Ich begann zu wählen, hängte dann aber auf, weil ich glaubte, daß ein Überraschungsbesuch mehr bringen würde. Zehn Minuten später parkte ich vor dem Haus.

Am Eingang mühte sich eine junge Hausfrau mit Einkaufstüten und suchte nach dem Schlüssel in ihrer Tasche, während zwei kleine Kinder an ihr zerrten. Ich bot ihr meine Hilfe an und hielt ihre Tüte, während sie die Tür öffnete. Sie wohnte im Erdgeschoß, und als ich ihr die Tüten zurückgab, dankte sie mir mit einem matten Lächeln. Die Kinder klammerten sich an ihrem Mantel fest, schniefelten mit triefenden Nasen und schauten mich mit großen braunen Augen an.

Ich ging in den dritten Stock hoch. Es war sonst niemand zu sehen, und als ich das Schloß von Toots' Apartment untersuchen wollte, bemerkte ich, daß die Tür nicht ganz geschlossen war. Ich stieß die Tür mit dem Fuß auf. Auf der gegenüberliegenden Wand war ein heller roter Fleck. Es hätte Farbe sein können, aber das war nicht der Fall.

Ich schloß die Tür und lehnte mich dagegen, bis das Schloß einschnappte.

Der Raum war ein einziges Chaos, die Möbel waren willkürlich auf dem zusammengeschobenen Teppich durcheinandergeworfen. Es sah nach einem heftigen Kampf aus. Die Gardinenstange war verbogen, und die Vorhänge hingen herunter wie die Strümpfe einer Hure nach einer durchsoffenen Woche. Nur der Fernseher war noch intakt. Er lief auch noch. Eine Krankenschwester in irgendeiner Kitschserie diskutierte mit einem Patienten über Ehebruch.

Ich achtete darauf, nichts zu berühren, als ich über die umgestürzten Möbel stieg. Die Küche zeigte keine Spuren eines Kampfes. Auf dem Tisch stand eine Tasse mit kaltem Kaffee. Alles schien ganz gemütlich hier, bis ich in das Wohnzimmer zurückblickte.

Hinter dem quasselnden Fernseher führte ein kurzer dunkler Gang zu einer verschlossenen Tür. Ich nahm meine Gummihandschuhe aus dem Diplomatenkoffer und streifte sie über, bevor ich die Klinke berührte. Ein einziger Blick in das Schlafzimmer ließ den dringenden Wunsch nach einem Drink in mir aufsteigen. Toots Sweet lag mit dem Rücken auf seinem engen Bett, seine Hände und Füße waren mit Streifen aus zerrissenen Kleidern an die Bettpfosten gefesselt. So tot wie er konnte sonst gar niemand sein. Ein zerknüllter, blutgetränkter Bademantel lag über seinem Bauch. Unter seinem schwarzen Körper starrten die Laken vor Blut.

Toots' Gesicht und Körper waren übel zugerichtet. Das Weiße seiner offenen, hervorstehenden Augen war so gelb wie alte Billiardkugeln, sein Mund war mit einer Art großen Bratwurst geknebelt. Tod durch Ersticken. Dazu brauchte ich den Autopsiebericht nicht erst abzuwarten.

Ich schaute mir das Ding, das zwischen seinen geschwollenen Lippen hervorragte, genauer an, und ich hatte plötzlich das Gefühl, daß *ein* Drink nicht mehr genug wäre. Toots war mit seinen eigenen Genitalien erstickt worden. Aus dem Hof, drei Treppen tiefer, hörte ich fröhliches Kinderlachen.

Keine Macht der Erde hätte mich dazu bringen können, den Bademantel hochzuheben. Ohne nachzusehen, wußte ich, woher die Mordwaffe kam. An der Wand über dem Bett hingen eine Reihe kindlicher Zeichnungen: Sterne, Spiralen und schlangenförmige Linien. Sie waren vollgeschmiert mit dem Blut von Toots. Die Sterne waren fünfzackig und zeigten mit der Spitze nach oben. Ich gewöhnte mich allmählich daran, diese Sterne fallen zu sehen.

Ich sagte mir, daß es an der Zeit wäre, zu gehen. Hier gab es nichts mehr zu holen. Aber mein Schnüfflerinstinkt ließ mich zuerst noch seine Schubladen durchsuchen und in seinen Kleiderschrank sehen. Dazu brauchte ich zehn Minuten, aber ich fand nichts, was einen zweiten Blick wert gewesen wäre.

Ich verabschiedete mich von Edison Sweet und schloß die Schlafzimmertür vor dem blicklosen Starren seiner hervorquollenen Augen. Die Zunge lag mir schwer und trocken im Mund, als ich an seinen Knebel dachte. Ich wollte noch das Wohnzimmer durchsuchen, bevor ich ging, aber auf dem Boden lag zu viel Dreck herum, so daß ich befürchtete, Fußspuren zu hinterlassen. Meine Geschäftskarte lag nicht mehr auf dem Fernseher. Ich hatte sie auch bei seinen Sachen nicht gefunden, und die frische Abfalltüte in der Küche bedeutete, daß der Abfall weggebracht worden war. Ich hoffte, daß meine Karte dabei war.

An der Wohnungstür schielte ich zuerst durch das Guckloch, bevor ich rausging. Ich ließ die Tür einen Spalt offen, genauso, wie ich sie vorgefunden hatte, zog meine Gummihandschuhe aus und steckte sie wieder in meinen Diplomatenkoffer. Auf dem Flur wartete ich einen Moment und hörte auf die Stille unten. Niemand kam über die Treppe. Die Hausfrau im Erdgeschoß würde sich an mich erinnern, aber dagegen war nichts mehr zu machen.

Ich schaffte es, ungesehen über die Treppe zu kommen, und als ich das Haus verließ, spielten ein paar Kinder im Hof. Sie beachteten mich nicht, als ich wegging.

20. KAPITEL

Drei scharfe Drinks beruhigten meine Nerven wieder und versetzten mich in eine geradezu philosophische Stimmung. Es war eine Bar in der Nachbarschaft mit dem üblichen Namen – ›Freddies Place‹ oder ›Teddys Spot‹ oder ›Eddies Nest‹, irgendwas in der Art. Ich saß mit dem Rücken zum Fernseher und dachte über den Vorfall nach. Jetzt hatte ich schon zwei Tote. Beide kannten Johnny Favorite, und beide hatten diese eigenartigen Sterne. Ich fragte mich, ob der Vorderzahn von Toots genauso fehlte, wie der Ring des Doktors, aber ich hatte eigentlich keine Lust, zurückzugehen und nachzusehen. Die Sterne konnten ein Zufall sein, man konnte sie anderswo auch sehen. Es konnte purer Zufall sein, daß beide, ein süchtiger Arzt und ein Bluespianist, Johnny Favorite kannten. Vielleicht. Aber tief in meinem Innersten wußte ich, daß alles mit einer größeren Sache zusammenhing. Mit einer ungeheuerlichen Sache. Ich strich das Wechselgeld von der feuchten Theke und ging an meine Arbeit für Louis Cyphre zurück. Die Fahrt hinaus nach Coney Island war eine willkommene Abwechslung. Der Berufsverkehr war schon vorbei, und der Verkehr floß ruhig dahin. Ich kurbelte mein Fenster runter, als ich den Shore Parkway entlangfuhr, und atmete die kalte Seeluft ein. Der Geruch von Blut verschwand langsam aus meiner Nase. Ich fuhr zur Surf Avenue hinunter und parkte neben einem geschlossenen Autoscooter-Betrieb. Außerhalb der Saison machte Coney Island den Eindruck einer Geisterstadt. Die leeren Achterbahnen erhoben sich über mir wie metallene Spinnennetze. Es fehlte das Kreischen der Menschen, und nur der Wind strich durch die Verstrebungen, so verloren wie das Pfeifen eines Zuges.

Ein paar merkwürdige Typen gingen die Surf Avenue hinunter und suchten nach Abwechslung. Zeitungsfetzen wirbelten wie Weizenstreu durch die breiten, leeren Straßen. Am Himmel flogen ein paar Möwen und suchten einen Bissen auf der Erde zu erhaschen. Entlang der ganzen Straße standen verschlossene Süßigkeitenstände und Spielbuden. Sie erinnerten an Clowns ohne Schminke.

Der Laden von Nathan Famous war wie immer geöffnet, und unter der kühnen Reklametafel genehmigte ich mir einen Hotdog und einen Pappbecher Bier. Der Verkäufer schien schon seit einer Ewigkeit hier zu sein, deshalb fragte ich ihn, ob er je etwas von der Wahrsagerin Madame Zora gehört hätte.

»Madame wer?«

»Zora. In den 40er Jahren war sie eine große Attraktion hier.«

»Da sind Sie an den Falschen geraten, Mann«, sagte er. »Ich hab den Job erst seit einem Jahr. Fragen Sie mich doch etwas über die Staten-Island-Fähre. Da hab ich fünfzehn Jahre lang die Nachtkonzession gehabt. Fragen Sie mich danach.«

»Warum sind Sie von dort weggegangen?«

»Ich kann nicht schwimmen.«

»Na und?«

»Ich hatte Angst vor dem Ersaufen. Wollte mein Glück nicht herausfordern.«

Er lächelte und entblößte vier Zahnlücken. Ich stopfte den Rest des Hotdogs rein und trank im Weggehen mein Bier aus.

Ich schlenderte durch die stillen Buden und fragte mich, was ich als nächstes tun könnte. Die Zigeuner hielten mehr zusammen als der Ku-Klux-Klan in Georgia, und ich wußte, daß ich von dieser Seite keine Hilfe zu erwarten hatte. Also mußte ich einfach herumlaufen, bis irgend jemand auftauchte, der sich an Madame Zora erinnerte und gewillt war, darüber zu sprechen.

Ich hielt es für eine gute Idee, bei Danny Dreenan anzufangen. Er war ein Betrüger, der sich aus dem Geschäft zurückgezogen hatte und jetzt ein heruntergekommenes Wachsfigurenkabinett an der Ecke der 13. Straße führte. Ich hatte ihn 1952 kennengelernt, als er gerade von einem vierjährigen Knasturlaub zurückkehrte. Das FBI hatte versucht, ihm einen Aktienschwindel anzuhängen, aber er sollte die ganze Sache bloß für ein paar Wallstreet-Gauner ausbaden. Ich arbeitete damals für die dritte Partei, die auch das Opfer dieser Betrügereien war, und habe bei der Aufklärung des Falles mitgeholfen. Seit dieser Zeit war Danny Dreenan mir einen Gefallen schuldig, wenn ich mal einen vertraulichen Hinweis brauchte.

Das Wachsfigurenkabinett war in einem engen, einstöckigen Gebäude untergebracht, eingezwängt zwischen einen Pizzastand und einen Spielsalon. Auf der Frontseite stand in purpurroten riesigen Lettern:

Ausstellung
Halle der amerikanischen Präsidenten
Fünfzig berühmte Mörder
Der Anschlag auf Lincoln und Garfield
Dillinger im Leichenschauhaus
Fatty Arbuckle vor Gericht
Lehrreich! Wie im Leben! Schockierend!

Hinter der Kasse saß eine hennarote Alte, die keinen Tag älter war als die Witwe von Präsident Grant. Sie legte eine Patience wie eine der billigen Wahrsagerinnen in dem Spielsalon nebenan.

»Ist Danny Dreenan hier?« fragte ich.

»Hinten«, murmelte sie und zog dabei den Herzbuben von unten aus dem Kartenstoß. »Er arbeitet an einem Ausstellungsstück.«

»Kann ich reingehen und mit ihm reden?«

»Aber das kostet trotzdem Eintritt«, sagte sie und nickte mit ihrem alten Kopf in Richtung einer Tafel: Eintritt 25 Pence. Ich zog einen Vierteldollar aus meiner Hosentasche, schob ihn unter dem vergitterten Fenster durch und ging rein. Drinnen stank es wie in einem Abwasserkanal. Die eingedrückte Pappdecke war übersät mit rostfarbenen Flecken. Der bucklige Holzboden quietschte und stöhnte. Hinter Glas, an den Wänden entlang, standen steife Wachspuppen wie eine Armee Gewehr bei Fuß.

Zuerst kam die Halle der Präsidenten: In den ausrangierten Operettenkostümen sahen alle mehr oder weniger gleich aus. Nach Franklin D. Roosevelt kamen die Mörder. Ich spazierte durch ein Labyrinth wüster Gewalttätigkeiten. Die berühmten Killer wurden bei ihrer Arbeit gezeigt: Sie schwangen Sägen und Hackmesser, stopften abgetrennte Leichenteile in Koffer, alles verschwamm in einem Meer von roter Farbe.

Weiter hinten fand ich Danny Dreenan in einer der Ausstellungskabinen, auf allen Vieren hantierend. Er war kleingewachsen und trug zu einem verblichenen blauen Arbeitskittel eine Wollhose mit Pfeffer-und-Salz-Muster. Die Himmelfahrtsnase und der spärliche blonde Bart ließen ihn wie einen erschreckten Hamster aussehen. Seine Angewohnheit, beim Sprechen mit den Augen zu blinzeln, konnte diesen Eindruck auch nicht verwischen.

Ich klopfte gegen das Glas, er schaute auf und lächelte, den Mund voller Reißzwecken. Er murmelte etwas Unhörbares, legte den Hammer weg und schlüpfte durch einen schmalen Spalt heraus. Er stellte gerade die Szene nach, wie Albert Anastasia, ein Obermafioso, in einem Friseurladen ermordet wurde: Zwei maskierte Killer richteten ihre Revolver auf eine mit Tüchern verhüllte Figur in einem Sessel, während sich der Friseur still im Hintergrund hielt und auf einen neuen Kunden wartete.

»Hallo Harry«, rief Danny Dreenan fröhlich und tauchte hinter mir auf. »Was hältst du von meinem neuesten Meisterwerk?«

»Die scheinen alle schon die Totenstarre zu haben«, sagte ich. »Umberto Anastasia, richtig?«

»Genau. Es kann nicht so schlecht geworden sein, wenn du es sofort erkannt hast.«

»Ich bin gestern gerade am Park Sheraton Hotel vorbeigefahren, wo es passierte; deshalb erinnere ich mich.«

»Das wird die große Attraktion der Saison.«

»Du bist ein Jahr zu spät dran. Das ist doch ein alter Hut.«

Danny blinzelte nervös. »Friseurstühle sind teuer, Harry. Letztes Jahr konnte ich mir keine Investitionen leisten. Das Hotel ist trotzdem gut fürs Geschäft. Wußtest du, daß dort 1928 Arnold Rothstein hochging? Damals hieß es allerdings noch Park Central. Komm mit, ich hab ihn weiter vorne stehen.«

»Ein andermal, Danny. Ich seh genug davon im Leben, das reicht mir.«

»Ja, das glaub ich gern. Was treibt dich ans Ende der Welt? Aber ich kann's mir schon denken.«

»Dann sag's mir doch, wenn du schon so klug bist.«

Danny blinzelte heftig. »Ich weiß gar nichts«, stotterte er. »Aber ich vermute, wenn Harry zu mir kommt, dann will er irgendeine Information haben.«

»Du täuschst dich nicht«, sagte ich. »Was kannst du mir über eine Wahrsagerin namens Madame Zora sagen. Sie arbeitete in den frühen 40er Jahren hier.«

»Ach Harry, du weißt, daß ich dir da nicht helfen kann. Ich war damals in einen Schwindel mit Grundstücken in Florida verwickelt. Damals hatte ich ein leichtes Leben.«

Ich zog eine Zigarette aus meiner Packung und bot Danny eine an, aber er lehnte kopfschüttelnd ab. »Ich hab auch nicht angenommen, daß du sie mir herbeischaffen kannst, Danny«, sagte ich und zündete die Zigarette an. »Aber du bist schon eine ganze Weile hier. Ich will bloß wissen, wo ich die Leute von früher finden kann. Sag mir jemanden, der mir weiterhelfen kann.« Danny kratzte sich am Kopf, um mir zu zeigen, daß er nachdachte.

»Ich tu, was ich kann. Das Problem ist bloß, daß fast jeder, der es sich leisten kann, auf den Bermudas oder sonstwo ist. Wenn ich nicht bis zum Hals in Schulden steckte, würde ich auch irgendwo am Strand liegen. Ich will mich nicht beklagen. Nach der Arbeit sieht es am Brighton Beach so gut wie auf den Bermudas aus.«

»Es muß doch noch irgendwer da sein. Du bist doch nicht der einzige, der geöffnet hat.«

»Ja, jetzt fällt's mir ein. Ich kenne genau die richtigen Leute, zu denen ich dich schicken kann. Es gibt eine Monstershow auf der 10. Straße nahe der Uferpromenade. Normalerweise würden solche Leute zu dieser Jahreszeit mit dem Circus auf Tour sein, aber die sind zu alt. Halbpensionisten könnte man sie nennen. Ferien können die auch nicht machen. Bei ihrem Aussehen hätten sie auch nicht viel Spaß dabei.«

»Wo kann ich sie finden?«

»Es heißt Walters Wundershow. Es wird von einem Typen namens Haggarty geleitet. Den kannst du gar nicht verfehlen. Er ist über und über tätowiert wie eine Landkarte.«

»Danke Danny. Du bist eine Quelle wertvoller Informationen.«

21. KAPITEL

Walters Wundershow war in der 10. Straße nahe der Auffahrt zur Uferpromenade. Noch mehr als die anderen Attraktionen glich sie einem alten Karnevalswagen. Um die Frontseiten des niedrigen Gebäudes hingen Flaggengirlanden, und darunter waren in primitiver Malerei die Attraktionen dargestellt, die es drinnen zu sehen gab. Mit der gleichen Ungerührtheit, die man aus Comics kennt, zeigten die riesigen Bilder menschliche Deformationen, ohne sich dabei um die inhumane Grausamkeit zu bekümmern.

›Die ist vielleicht fett‹, stand unter dem Bild einer Frau, so riesig wie ein Ochse, die über ihrem kürbisgroßen Kopf einen kleinen Sonnenschirm hielt. Der Tätowierte Mann – ›Schönheit ist nur äußerlich‹ – wurde eingerahmt von den Porträts von Jo-Jo, dem Jungen mit dem Hundegesicht, und von Prinzessin Sophia, der Dame mit Bart. Die anderen kruden Bilder zeigten einen Hermaphroditen, ein junges Mädchen, von Reptilien umschlungen, und einen Riesen im Abendanzug.

›Nur samstags und sonntags geöffnet‹, besagte ein Schild an der leeren Kasse. Der Eingang war durch eine Kette versperrt. Ich schlüpfte darunter hindurch und ging hinein.

Die einzige Beleuchtung bestand aus einem kleinen Scheinwerfer, der aber ausreichte, um ein paar mit Flaggen drapierte Plattformen zu erkennen, die sich an beiden Seiten des Raumes aneinanderreihten. Der Geruch von Schweiß und Trauer lag in der Luft. Am hinteren Ende konnte ich einen Lichtstreifen unter einer geschlossenen Tür sehen. Ich ging hin und klopfte. »Es ist offen«, antwortete eine Stimme.

Ich öffnete die Tür und blickte in einen großen, nackten Raum, der mit mehreren durchgesessenen Sofas und bunten Zirkusplakaten an den modrigen Wänden auf gemütlich getrimmt war. Die fette Frau füllte ein Sofa wie einen Sessel aus. Eine winzige Frau, deren schwarzer Bart sich über ihrem bescheidenen rosa Mieder kräuselte, saß ganz in sich vertieft vor einem halbfertigen Puzzlespiel.

Unter einem staubigen Fransenschirm waren vier merkwürdige Figuren gerade beim Pokern. Ein Mann ohne Arme und Beine saß auf einem Kissen und hielt die Karten in seinen Händen, die wie Flossen direkt aus den Schultern herausgewachsen waren. Neben ihm saß ein Riese, in dessen Fingern sich die Karten wie Briefmarken ausnahmen. Der Spieler, der die Karten gab, hatte einen Teint wie die Haut eines Alligators.

»Gehst du mit oder nicht?« fragte er den Spieler zu seiner Linken, einen verhutzelten Kobold im Unterhemd. Sein Hals, die Schultern und seine Arme waren so voller Tätowierungen, daß es aussah, als würde er ein exotisches Gewand tragen. Ganz anders als auf der bunten Zeichnung draußen wirkte er ausgebleicht und fast farblos wie eine verwaschene Kopie von dem, was versprochen wurde.

Der tätowierte Mann sah meinen Diplomatenkoffer. »Was Sie auch anbieten, wir kaufen nichts«, bellte er.

»Ich bin kein Vertreter«, sagte ich. »Weder Versicherungen noch Kabelschnüre.«

»Was wollen Sie dann hier? Eine kostenlose Vorstellung?«

»Sie müssen Mr. Haggarty sein. Ein Freund von mir dachte, daß ich hier ein paar Informationen kriegen könnte.«

»Um wen handelt es sich bei dem Freund?« fragte der tätowierte Mann.

»Es ist Danny Dreenan. Er hat das Wachsfigurenkabinett an der Ecke.«

»Ja, ich kenne Dreenan. Ein kleiner, schmieriger Gauner.« Haggarty spuckte einen Schleimklumpen in einen Abfallkorb zu seinen Füßen. Dann lächelte er, um zu zeigen, daß er es nicht so gemeint hatte. »Jeder Freund von Danny ist willkommen. Sag mir, was du wissen willst. Ich werd' dir alles ganz offen sagen, wenn ich kann.«

»Darf ich mich setzen?«

»Fühl dich ganz wie zu Hause.« Haggarty schob mit dem Fuß einen Klappstuhl zurück. »Setz dich her, Junge.«

Ich saß zwischen Haggarty und dem Riesen, der sich drohend über uns erhob wie Gulliver über die Liliputaner. »Ich suche eine Wahrsagerin, eine Zigeunerin namens Madame Zora«, sagte ich und stellte meinen Koffer zwischen meine Beine. »Vor dem Krieg war sie eine große Attraktion.«

»Kann mich nicht erinnern«, sagte Haggarty. »Und ihr, Jungs?«

»Ich kann mich an eine Kaffeesatzleserin namens Moon erinnern«, sagte der Mann mit den Flossen.

»Das war eine Chinesin«, brummte der Riese. »Sie hat einen Auktionator geheiratet und ist nach Toledo gezogen.«

»Warum suchst du sie?« fragte der Mann mit der Alligatorenhaut.

»Sie kannte einen Mann, den ich zu finden versuche. Ich hoffte, sie würde mir weiterhelfen können.«

»Du bist ein Schnüffler?«

Ich nickte. Leugnen würde alles nur noch schlimmer machen. »Ein Privatbulle, ha?« Haggarty spuckte wieder in den

Abfallkorb. »Ich nehm's dir nicht übel. Wir müssen alle Geld verdienen.«

»Mir sind Schnüffler schon immer auf den Magen geschlagen«, knurrte der Riese.

Ich sagte: »Du bekommst wohl Verstopfung, wenn du Detektive frißt?«

Der Riese schaute mürrisch drein. Haggarty lachte und schlug mit seiner blaurot verzierten Faust auf den Kartentisch, daß die sorgfältig gestapelten Chips tanzten.

»Ich kannte Zora«, sagte die fette Frau mit einer Stimme so hart wie Porzellan. Ihr melodischer Akzent klang süßer als Honig. »Sie war genausowenig eine Zigeunerin wie Sie«, sagte sie.

»Sind Sie sich da sicher?«

»Natürlich. Al Jolson hatte auch ein schwarzes Gesicht; deswegen war er noch lange kein Nigger.«

»Wo kann ich sie jetzt finden?«

»Ich weiß nicht. Ich habe sie aus den Augen verloren, nachdem sie ihren Laden dichtgemacht hat.«

»Wann war das?«

»Im Frühling '42. Eines Tages war sie einfach nicht mehr da. Sie ist weggegangen, ohne jemandem ein Wort zu sagen.«

»Was können Sie mir über sie sagen?«

»Nicht viel. Wir tranken ab und zu eine Tasse Tee zusammen, redeten über das Wetter und so was.«

»Hat sie jemals einen Sänger namens Johnny Favorite erwähnt?«

Die fette Dame lächelte. Hinter all den Fleischmassen schlummerte ein kleines Mädchen mit einem nagelneuen Geburtstagskleid.

»Der hatte eine Stimme wie Samt.« Sie strahlte und summte eine alte Melodie. »Er war mein Liebling, ich geb's zu. Ich habe einmal in einem Skandalblatt gelesen, daß er zu Zora ging, aber als ich sie danach fragte, reagierte sie völlig zugeknöpft. Ich nehme an, daß es bei Wahrsagern so wie beim Beichtvater ist.«

»Können Sie mir sonst irgend etwas sagen?«

»Nein, tut mir leid. So nahe standen wir uns nicht. Wissen Sie, wer Ihnen da weiterhelfen könnte?«

»Nein, wer?«

»Der alte Paul Boltz. Er war ihr Schlepper damals. Er ist immer noch hier.«

»Wo kann ich ihn finden?«

»Drüben in Steeplechase. Er spielt heute den Wachhund dort.«

Die fette Dame fächelte sich mit einer Filmillustrierten Luft zu. »Haggarty, kannst du nichts gegen diese Höllenhitze hier machen. Es ist wie im Heizkeller. Ich bin schon am Schmelzen.«

Haggarty lachte. »Wenn das passiert, gibt's die größte Pfütze der Welt.«

22. KAPITEL

Die Uferpromenade und Brighton Beach waren wie ausgestorben. Dort, wo im Sommer die schwitzenden Massen wie zusammengedrängte Walrösser lagen, suchten jetzt ein paar unentwegte Müllsammler den Strand nach weggeworfenen Limoflaschen ab. Der Atlantik dahinter war von eisengrauer Farbe, und die Brandung wogte gegen die Ufermauer wie bleierne Gischt.

Der Steeplechase Park umfaßte eine Fläche von 10 000 Quadratmetern. Der pilzförmige ›Parachute Jump‹, ein Relikt von der Weltausstellung 1939, ragte über den fabrikgroßen Glaspavillon wie das Gestell eines riesigen Regenschirms. Auf einem Schild an der Frontseite hieß es: »Beste Unterhaltung garantiert«, darüber hing das grinsende Bild des Begründers George C. Tilyou. Aber zu dieser Jahreszeit war Steeplechase so unterhaltsam wie ein Witz ohne Pointe. Ich schaute zu dem breit lächelnden Mr. Tilyou hinauf und fragte mich, was es wohl zu lachen gab.

Ich fand einen Durchschlupf in dem Eisenzaun und klopfte gegen das salzverkrustete Glas neben der verschlossenen Eingangstür. Das Geräusch hallte durch den leeren Amüsierbetrieb wie der Lärm von einem Dutzend aufgescheuchter Poltergeister. Wach auf, alter Mann! Was wäre, wenn hier eine Gang von Dieben wäre, die den ›Parachute Jump‹ stehlen wollten? Ich ging rings um das riesige Gebäude herum und schlug mit der flachen Hand gegen die Scheiben. Als ich gerade um eine Ecke bog, blickte ich in den

Lauf einer Kanone. Es war ein 38er Polizeirevolver, aber aus meinem Blickwinkel wirkte er so groß wie die ›Dicke Berta‹.

Die Waffe wurde von einem alten Mann in einer braunen Uniform gehalten, ohne jegliches Zittern. Über der eingedellten Nase standen ein paar verkniffene Schweinsaugen und fixierten mich scharf. »Keine Bewegung!« sagte er. Seine Stimme klang, als käme sie vom Boden des Meeres. Ich stand still.

»Sie müssen Mr. Boltz sein«, sagte ich, »Paul Boltz.«

»Wer ich bin, geht Sie gar nichts an. Wer, zum Teufel, sind Sie?«

»Mein Name ist Angel. Ich bin Privatdetektiv. Ich muß Sie wegen eines Falles sprechen, an dem ich gerade arbeite.«

»Zeigen Sie mir Ihre Papiere.«

Während ich meine Brieftasche herausholte, hielt Boltz seine 38er nachdrücklich gegen meine Gürtelschnalle gedrückt. »Linke Hand«, knurrte er. Ich nahm den Diplomatenkoffer in meine rechte Hand und zog mit der linken die Brieftasche heraus.

»Lassen Sie sie fallen und gehen Sie zwei Schritte zurück.«

»Sie haben keine Sechs gewürfelt. Sie bekommen keine 200 Dollar.«

»Was soll das?« Boltz beugte sich runter und hob die Brieftasche auf. Die Kanone war immer noch auf meinen Bauch gerichtet.

»Nichts. Ich habe bloß mit mir selber gesprochen. Öffnen Sie die Lasche, gleich vorn ist meine Lizenz.«

»Diesen ›Ehrenbrummer‹ können Sie sich sonstwohin stecken, so ein Blechstück hab ich auch daheim.«

»Ich hab ja auch nicht behauptet, daß er gültig ist. Aber schauen Sie sich meine Lizenz an.«

Der schweinsäugige Wachmann durchsuchte kommentarlos meine Brieftasche. Ich wollte ihn schon um etwas Beeilung bitten, ließ es aber dann sein.

»Okay, Sie sind ein Schnüffler«, sagte er. »Was wollen Sie von mir?«

»Sie sind Paul Boltz?«

»Und wenn ich es wäre.« Er warf meine Brieftasche auf den Kofferdeckel zu meinen Füßen.

Ich hob sie mit der linken Hand auf. »Sehen Sie, ich hatte einen schweren Tag. Nehmen Sie doch die Waffe weg. Können Sie nicht jemandem helfen, der Sie um einen Gefallen bittet.«

Er schaute die Waffe einen Moment lang an, als überlegte er sich, ob er sie zum Abendessen verspeisen sollte. Dann zuckte er mit den Schultern und steckte sie in das Halfter, ließ die Lasche aber bedeutungsvoll offen.

»Ja, ich bin Boltz«, gab er zu. »Wollen mal hören, was Sie zu erzählen haben.«

»Können wir nicht irgendwo reingehen?«

Boltz bewegte seinen unförmigen Kopf und deutete damit an, daß er den Weg weisen würde. Er ging dicht hinter mir, und wir stiegen ein paar Stufen hinunter zu einer Tür mit der Aufschrift: ›Kein Eingang‹.

»Hier rein. Es ist offen.«

Unsere Schritte hallten wie Kanonendonner in dem leeren Gebäude. Die Halle wäre groß genug für ein paar Flugzeughangars gewesen und hätte immer noch Platz gehabt für mehrere Basketballplätze. Die meisten der Attraktionen stammten aus einer früheren, nichtmechanischen Ära. In der Ferne glänzte eine große, gewundene Rutschbahn wie ein Wasserfall aus Mahagony. Eine andere Rutschbahn, der sogenannte ›Whirlpool‹, wand sich in Spiralen von der Decke herunter und mündete in den ›Kreisel‹, eine Reihe von in den Boden eingelassenen Drehscheiben. Man mußte sofort an Dampforgelmusik denken, an Mädchen mit Puffärmeln und an geschniegelte Herren mit Strohhüten auf dem Kopf.

Wir hielten vor einer Reihe von Zerrspiegeln an, in denen wir beide wie Mißgeburten aussahen. »Okay, Schnüffler, lassen Sie die Platte ablaufen.«

»Ich suche eine Wahrsagerin, eine Zigeunerin, namens Madame Zora. Ich habe gehört, daß Sie in den 40er Jahren für sie gearbeitet haben.«

Das brüllende Lachen von Boltz erhob sich über das Gebälk wie das Bellen eines trainierten Seehunds.

»Mann«, gluckste er, »so kommen Sie keinen Schritt voran, wenn Sie so weitermachen.«

»Warum nicht?«

»Das werd ich Ihnen sagen. Sie ist überhaupt keine Zigeunerin. Deshalb.«

»Ich habe das gehört, wußte aber nicht, ob es stimmt.«

»Na, ich jedenfalls weiß es genau. Ich hab ihren Laden in- und auswendig gekannt.«

»Erzählen Sie mir etwas darüber.«

»Okay, Schnüffler. Als erstes: Sie war keine Zigeunerin, und sie hieß nicht Zora. Ich weiß zufällig, daß sie aus der High Society kam.«

Es traf mich wie ein Tiefschlag. Ich brauchte eine Weile, bis ich meine Zunge in Bewegung setzen konnte. »Wußten Sie ihren richtigen Namen?«

»Halten Sie mich für einen Deppen. Ich wußte alles über sie. Sie hieß Maggie Krusemark. Ihrem Vater gehörten mehr Schiffe als der britischen Marine.«

Ich sah in dem Zerrspiegel wie der dumme August aus.
»Wann haben Sie sie das letzte Mal gesehen«, fragte ich fassungslos.

»Im Frühling '42. Sie ist plötzlich verschwunden. Und ich konnte in die Zauberkugel schauen, könnte man sagen.«

»Haben Sie sie jemals mit einem Sänger namens Johnny Favorite gesehen?«

»Sicher, oft. Sie war vernarrt in ihn.«

»Hat sie irgendwas über ihn gesagt, an das Sie sich erinnern könnten?«

»Macht.«

»Was?«

»Sie sagte, er hat Macht.«

»Und das ist alles?«

»Schauen Sie, ich hab mich nicht groß drum gekümmert. Für mich war das lauter Hokuspokus. Ich hab an das Zeug nicht geglaubt.« Boltz räusperte sich. »Bei ihr war das was anderes, sie glaubte felsenfest daran.«

»Und Favorite?«

»Er glaubte auch daran. Man sah es in seinen Augen.«

»Haben Sie ihn jemals wiedergesehen?«

»Nie mehr. Vielleicht ist er auf seinem Besenstiel zum Mond geflogen. Er ist mir schnuppe, sie auch.«

»Hat sie jemals einen Pianisten namens Toots Sweet erwähnt?«

»Nein.«

»Fällt Ihnen sonst noch was ein?«

Boltz spuckte auf den Boden. »Warum sollte mir? Diese Zeit ist vorbei und begraben.«

Es gab nicht mehr viel zu sagen. Boltz brachte mich raus und schloß das Tor auf. Nach einem Moment des Zögerns gab ich ihm meine Geschäftskarte und bat ihn, mich anzurufen, falls ihm noch etwas einfallen würde. Er versprach es nicht, aber er riß auch die Karte nicht in Fetzen.

Ich versuchte von der ersten Telefonzelle aus, an der ich vorbeikam, Millicent Krusemark anzurufen. Niemand nahm ab. Auch gut. Es war ein langer Tag gewesen, und sogar Detektive dürfen sich etwas Freizeit gönnen. Auf dem Weg zurück in die Stadt verwöhnte ich mich mit frischem Seefisch. Nach gedünstetem Lachs und einer Flasche kühlem Chablis erschien mir das Leben nicht mehr wie eine Dampferfahrt durch das städtische Abwassersystem.

23. KAPITEL

Toots Sweet füllte die Seite 3 der ›Daily News‹. Die Schlagzeile hieß: *Grausamer Voodoo-Mord*, aber über die Mordwaffe wurde nichts gesagt. Ein Foto der blutigen Bilder über dem Bett war abgedruckt und eines, das Toots beim Klavierspielen zeigte. Der Tote war von dem Gitarristen des Trios gefunden worden, der gerade seinen Boß zur Arbeit abholen wollte. Man hatte ihn nach einem Verhör wieder auf freien Fuß gesetzt. Es gab keine Verdächtigen, obwohl in Harlem praktisch jeder wußte, daß Toots seit langem Mitglied eines geheimen Voodoo-Kults war.

Ich las die Morgenzeitung in der U-Bahn, nachdem ich meinen Chevy beim Chelsea Hotel geparkt hatte. Ich ging zuerst in die Stadtbibliothek, wo ich nach längerem Hin und Her die richtige Frage stellte und schließlich ein Telefonbuch von Paris bekam. Ich fand einen Eintrag über eine M. Krusemark in der Rue Notre Dames des Champs. Ich schrieb die Nummer in mein Notizbuch.

Auf meinem Weg ins Büro setzte ich mich auf eine Parkbank, und während ich drei Zigaretten hintereinander rauchte, dachte ich über die jüngsten Ereignisse nach. Ich fühlte mich wie ein Mann, der einen Schatten jagt. Johnny Favorite war in die abartige Welt des Voodoo und der Schwarzen Magie geraten. Außerhalb der Musiktheater hatte er ein anderes, geheimes Leben geführt mit Totenschädeln und wahrsagenden Verlobten. Er war in den Kult initiiert worden, er war ein Hunsi-Bosal. Toots Sweet war umgebracht worden, weil er geplaudert hatte. Irgendwie gehörte Dr. Fowler auch dazu. Johnny Favorite warf einen langen, langen Schatten.

Es war schon fast Mittag, als ich mein Büro aufschloß. Ich ging die Post durch und fand einen Scheck von McIntosh, Winesap und Spy. Alles übrige war Mist und wanderte in den Papierkorb. Danach rief ich den Auftragsdienst an. Es waren keinerlei Nachrichten hinterlassen worden, nur eine Frau, die sich weigerte, Namen oder Adresse zu hinterlassen, hatte dreimal am Morgen angerufen.

Ich versuchte dann, Margret Krusemark in Paris zu erreichen. Aber die Auslandsvermittlung hatte auch nach zwanzig Minuten keinen Erfolg. Niemand meldete sich. Ich rief Winesap an und dankte für den Scheck. Er fragte mich, wie ich vorankäme. Ich sagte, ganz gut, und bat um ein Treffen mit Mr. Cyphre. Winesap sagte, daß er ihn später in einer geschäftlichen Angelegenheit treffen würde und ihm dann meinen Wunsch ausrichten könne. Ich bedankte mich, und wir säuselten beide etwas zum Abschied. Ich hängte auf. Ich zog mir gerade meinen Mantel über, als das Telefon läutete. Beim dritten Klingeln hob ich ab. Es war Epiphany Proudfoot. Sie klang außer Atem. »Ich muß Sie sofort treffen«, sagte sie.

»Weswegen?«

»Ich möchte am Telefon nichts sagen.«

»Wo sind Sie jetzt?«

»Im Laden.«

»Lassen Sie sich Zeit. Ich gehe zum Essen, und wir treffen uns um Viertel nach eins im Büro bei mir. Sie wissen, wie Sie zu mir kommen?«

»Ich habe Ihre Karte.«

»Prima. Bis in einer Stunde dann.«

Sie hängte auf, ohne sich zu verabschieden.

Bevor ich ging, sperrte ich Winesaps Scheck in den Safe. Ich kniete gerade davor, als ich das leichte, pneumatische Zischen des Türstoppers aus dem Vorraum hörte. Klienten sind immer willkommen, deshalb steht auch unter dem Firmennamen: Bitte eintreten. Aber Kunden klopfen an der inneren Tür gewöhnlich an. Wenn jemand wortlos reinstürmt, sind es entweder die Bullen, oder man kriegt sonst irgendwie Schwierigkeiten. Manchmal aber auch beides zugleich.

Diesmal war es ein Zivilbulle in einem zerknitterten grauen Regenmantel über einer braunen Mohair-Hose, deren Aufschläge kurz genug waren, um einen Blick auf seine weißen Sportlersocken zu gestatten.

»Sind Sie Angel?« bellte er mich an.

»Das ist richtig.«

»Ich bin Lieutenant Sterne, und das ist mein Partner Sergeant Deimos.«

Er nickte mit dem Kopf in Richtung offene Zwischentür, in der ein breitschultriger Typ lümmelte, der wie ein Hafenarbeiter aussah. Deimos trug eine wollene Strickmütze und eine schwarzweiß gestreifte Windjacke. Sein Bart war so dunkel, daß es trotz der scharfen Rasur aussah, als hätte er Schmauchspuren unter der Haut.

»Was kann ich für die Herren tun?« fragte ich.

»Ein paar Fragen beantworten.«

Sterne war groß und hohlwangig, mit einer Nase wie der Bug eines Eisbrechers. Den Kopf über den hängenden Schultern streckte er aggressiv nach vorn. Die Lippen bewegten sich kaum, wenn er sprach.

»Aber gerne, ich wollte gerade zum Essen gehen. Möchten Sie mitkommen?«

»Wir können hier besser reden«, sagte Sterne. Sein Partner schloß die Tür.

»Ist mir recht.« Ich ging zum Schreibtisch und holte den kanadischen Whisky und meine Zigarren raus. »Mehr kann ich Ihnen nicht anbieten. Die Pappbecher stehen drüben beim Wassertank.«

»Ich trinke nie, wenn ich im Dienst bin«, sagte Sterne und nahm sich eine Handvoll Zigarren.

»Ich hoffe, es stört Sie nicht, wenn ich etwas trinke. Für mich ist Essenszeit.« Ich trug die Flasche zum Wassertank rüber, füllte den Becher halb voll und goß eine Spur Wasser hinzu.

»Zum Wohl.«

Sterne steckte die Zigarren in seine Brusttasche. »Wo waren Sie gestern früh gegen elf Uhr?«

»Zu Hause. Ich habe geschlafen.«

»Es muß schon toll sein, wenn man selbständig ist«, sagte Sterne aus dem Mundwinkel heraus zu Deimos. Der Sergeant brummte nur. »Wieso können Sie pennen, wenn alle anderen bei der Arbeit sind, Angel?«

»Weil ich die Nacht zuvor bis spät gearbeitet habe.«

»Und wo soll das gewesen sein?«

»Oben in Harlem. Was soll das alles, Lieutenant?«

Sterne zog etwas aus der Tasche seines Regenmantels und hielt es mir vors Gesicht. »Erkennen Sie das?«

Ich nickte. »Eine meiner Geschäftskarten.«

»Vielleicht würden Sie mir erklären, wie es kommt, daß sie im Apartment eines Mordopfers gefunden wurde.«

»Toots Sweet?«

»Erzählen Sie mal.« Sterne saß auf der Ecke meines Schreibtischs und schob seinen grauen Hut in die Stirn.

»Da gibt es nicht viel zu erzählen. Wegen Sweet bin ich nach Harlem gefahren. Ich mußte ihn etwas fragen, wegen einer Sache, an der ich gerade arbeite. Als ich hinkam, war er schon mausetot. Ich hatte so etwas kommen sehen, und deshalb habe ich ihm meine Karte gegeben. Er sollte sich an mich wenden, wenn etwas passieren würde.«

»Das reicht mir nicht, Angel. Vielleicht werden Sie ein bißchen deutlicher.«

»Okay. Ich suche nach einem Vermißten. Das ist im Moment mein Job. Diese Person ist vor mehr als zwölf Jahren plötzlich verschwunden. Eine meiner wenigen Spuren bestand aus einem alten Foto dieses Typen, auf dem auch Toots Sweet zu sehen war. Letzte Nacht ging ich nach Harlem und wollte Toots fragen, ob er mir weiterhelfen kann. Er war recht verschlossen, als ich anfangs im ›Red Rooster‹ mit ihm sprach; deshalb habe ich ihn nach seinem Auftritt bis in den Central Park verfolgt. Er ging zu einer Voodoo-Zeremonie, die im hinteren Teil des Parks stattfand. Die Teilnehmer tanzten herum und haben ein Huhn geschlachtet. Ich kam mir vor wie ein Tourist.«

»Wieviel Leute waren da?« fragte Sterne.

»Ungefähr fünfzehn Männer und Frauen. Nur Farbige. Ich habe keinen von ihnen vorher gesehen, außer Toots.«

»Was haben Sie gemacht?«

»Nichts. Toots ging allein weg. Ich folgte ihm nach Hause und brachte ihn zum Reden. Er sagte, er habe den Typen nicht mehr gesehen, seit der Zeit, als das Foto entstanden war. Ich gab ihm meine Karte und bat ihn, mich anzurufen, wenn ihm noch was einfallen würde. Ist es so besser?«

»Nicht viel.« Sterne schaute gelangweilt auf seine dicken Fingernägel. »Wie haben Sie ihn zum Reden gebracht?«

»Psychologie«, sagte ich.

Sterne zog die Augenbrauen hoch und betrachtete mich mit der gleichen Langeweile wie seine Nägel. »Um welche berühmte Person handelt es sich denn? Ich meine diejenige, die verschwunden sein soll.«

»Diese Information kann ich Ihnen ohne die Zustimmung meines Klienten nicht geben.«

»Quatsch, Angel. Sie werden Ihrem Klienten nichts Gutes tun. Und dafür werde ich Sie heranziehen, wenn Sie sich mir gegenüber so verschlossen zeigen.«

»Weshalb sollte ich Ihnen den Gefallen nicht tun, Lieutenant. Ich arbeite für einen Anwalt namens Winesap. Ich unterliege genauso der Schweigepflicht wie er auch. Wenn Sie mich in irgendeine Sache reinziehen wollen, steige ich sofort aus. Dabei spare ich noch das Fahrgeld für die Straßenbahn.«

»Wie ist die Nummer von dem Anwalt?«

Ich schrieb sie auf einen Notizblock, zusammen mit dem vollen Namen, riß das Blatt ab und gab es Sterne. »Ich habe Ihnen alles gesagt, was ich weiß. Von dem, was ich aus der Zeitung weiß, habe ich den Eindruck, daß ein paar von den Hühnerschlächtern Toots um die Ecke gebracht haben. Wenn Sie sie gefaßt haben, werde ich gern bei der Identifizierung helfen.«

»Das ist aber freundlich von Ihnen, Angel«, sagte Sterne höhnisch.

»Was ist das?« fragte Sergeant Deimos. Er war mit den Händen in den Hosentaschen im Büro herumgegangen und hatte sich alles genau angesehen. Er fragte nach Ernie Cavaleros Diplom von Yale. Es hing in einem Rahmen über dem Aktenschrank.

»Das ist ein Diplom in Rechtswissenschaften«, sagte ich. »Es gehörte dem Mann, der das Geschäft aufgebaut hat. Er ist tot.«

»Sind Sie sentimental?« zischte Sterne zwischen seinen halbverschlossenen Lippen hervor.

»Es gibt der Sache ein bißchen Stil.«

»Was steht da drauf«, wollte Sergeant Deimos wissen.

»Keine Ahnung. Ich kann kein Latein.«

»Dann ist das also Latein?«

»Richtig.«

»Und wenn es Hebräisch wäre, was wäre das für ein Unterschied?« sagte Sterne. Deimos zuckte mit den Schultern.

»Haben Sie sonst noch Fragen, Lieutenant?«

Sterne ließ wieder seinen leblosen Bullenblick auf mir ruhen. Seinen Augen sah man an, daß er niemals lächelte. Noch nicht einmal, wenn sie ihn befördert hätten. Er machte bloß seine Arbeit. »Keine mehr. Sie und Ihr ›Recht auf Verschwiegenheit‹ können jetzt essen gehen. Vielleicht rufen wir Sie an, aber ich werde Sie nicht in Atem halten. Ein toter Teufelstänzer, da kümmert sich doch keiner einen Dreck drum.«

»Rufen Sie mich an, wenn Sie mich brauchen.«

»Aber sicher. Er ist doch zu liebenswürdig, nicht wahr, Deimos?«

Wir quetschten uns in den engen Fahrstuhl und fuhren runter, ohne ein Wort zu sagen.

24. KAPITEL

Goughs Restaurant war auf der 43. Straße beim Times-Gebäude. Das Lokal war überfüllt, als ich hinkam, aber ich drückte mich in eine Ecke an der Bar. Ich hatte nicht viel Zeit, daher bestellte ich nur Roastbeef auf Roggenbrot und eine Flasche Bier. Die Bedienung war trotz der vielen Gäste flott. Ich kippte gerade den Rest des Biers hinunter, als mich Walt Rigler beim Hinausgehen entdeckte und auf einen Schwatz herüberkam. »Was bringt denn dich in diese Federfuchserkneipe, Harry?« brüllte er über die lärmenden Zeitungsleute hinweg. »Ich dachte, du würdest bei ›Dowey‹ essen.«

»Ich versuchte, kein Gewohnheitstier zu werden«, sagte ich.

»Das klingt ja ganz philosophisch. Was ist los?«

»Recht wenig. Danke, daß ich das Archiv ausbeuten durfte. Dafür bin ich dir was schuldig.«

»Vergiß es. Wie geht's mit deinem kleinen Geheimnis voran? Hast du irgendeine schmutzige Geschichte ausgegraben, die man brauchen kann?«

»Ich hab schon mehr Dreck hochgebuddelt, als ich brauchen kann. Gestern dachte ich schon, ich hätte eine heiße Spur. Ich ging zu Krusemarks Wahrsagetochter, aber ich hab die falsche erwischt.«

»Was heißt das, die ›falsche‹?«

»Es gibt die gute und die böse Hexe. Die, die ich will, wohnt in Paris.«

»Ich kann dir nicht folgen, Harry?«

»Es sind Zwillinge, Maggie und Millie, die übersinnlichen Krusemark-Girls.«

Walt rieb sich den Nacken und runzelte die Stirn. »Da nimmt dich jemand hoch, alter Junge. Margret Krusemark hat keine Zwillingsschwester.«

Ich verschluckte mich. »Bist du sicher?«

»Na klar. Ich hab das gestern für dich nachgeprüft. Ich hatte den ganzen Nachmittag die Familiengeschichte auf meinem Schreibtisch. Krusemark hatte eine Tochter mit seiner Ehefrau. Bloß eine, Harry. Die ›Times‹ macht keine Fehler in der biographischen Abteilung.«

»Was war ich bloß für ein Idiot.«

»Darüber wollen wir nicht streiten.«

»Ich hätte wissen müssen, daß sie mich verschaukelt hat. Es war zu blöd.«

»Mal langsam, Junge. Ich verstehe überhaupt nichts.«

»Tut mir leid, Walt. Ich habe bloß laut gedacht. Es ist fünf vor eins, richtig?«

»Ziemlich genau.«

Ich stand auf und ließ das Wechselgeld auf der Bar liegen. »Ich muß mich beeilen.«

»Laß dich von mir nicht aufhalten«, sagte Walt Rigler und grinste schief.

Epiphany Proudfoot wartete schon im Vorraum meines Büros, als ich kurz darauf dort ankam. Sie trug einen Schottenrock zu einem blauen Kaschmirpullover und sah wie eine Internatsschülerin aus.

»Tut mir leid, daß ich zu spät komme«, sagte ich.

»Macht nichts. Ich bin zu früh dran.« Sie legte ein zerlesenes Exemplar der Sport-Illustrierten zur Seite und setzte sich aufrecht. Wenn *sie* drin saß, sah sogar der alte Second-Hand-Sessel gut aus.

Ich sperrte die Glastür zu meinem Büro auf und ließ sie eintreten.

»Warum wollten Sie mich sehen?«

»Das ist aber kein besonders tolles Büro.« Sie nahm ihre Handtasche und den zusammengelegten Mantel vom Tisch und zeigte auf die alten Illustrierten: »Sie scheinen kein sonderlich scharfer Detektiv zu sein.«

»Ich halte meine Unkosten niedrig«, sagte ich und führte sie hinein. »Man bezahlt entweder für die Arbeit oder für die Dekoration.« Ich schloß die Tür und hängte meinen Mantel an die Garderobe.

Sie stand am Fenster mit den acht Zoll hohen Goldbuchstaben und starrte auf die Straße. »Wer bezahlt Sie, um Johnny Favorite zu suchen«, fragte sie. Ihr Gesicht spiegelte sich in der Scheibe.

»Das kann ich nicht sagen. Bei meinen Diensten ist Diskretion inbegriffen. Wollen Sie sich nicht setzen?«

Ich nahm ihren Mantel und hängte ihn neben meinen, während sie sich graziös auf den Lederstuhl gegenüber von meinem Schreibtisch setzte. Es war der einzig bequeme Platz. »Sie haben meine Frage immer noch nicht beantwortet«, sagte ich und lehnte mich in meinem Drehstuhl zurück. »Warum sind Sie hier?«

»Edison Sweet wurde ermordet.«

»Ich habe es in der Zeitung gelesen. Aber Sie sollte das doch nicht überraschen: Sie haben ihn doch reingelegt.«

Sie umklammerte die Handtasche auf ihrem Schoß. »Sie müssen wahnsinnig sein.«

»Vielleicht. Aber ich bin nicht blöd. Sie waren die einzige, die wußte, daß ich mit Toots gesprochen habe. Sie müssen es gewesen sein, die den Jungs, die das Hühnerbein geschickt haben, den Tip gegeben hat.«

»Sie liegen ganz falsch.«

»Wirklich?«

»Nachdem Sie den Laden verlassen haben, war niemand mehr da. Ich rief meinen Neffen an. Er wohnt beim ›Red Rooster‹ um die Ecke. Er hat die Klaue auf das Piano gelegt. Toots war ein solches Plappermaul. Er mußte daran erinnert werden, daß er seinen Mund halten soll.«

»Sie haben ganze Arbeit geleistet. Nun hält er ihn für immer.«

»Glauben Sie, daß ich hergekommen wäre, wenn ich etwas damit zu tun hätte?«

»Ich habe nur gesagt, daß Sie ein tüchtiges Mädchen sind, Epiphany. Ihre Vorstellung im Central Park war recht überzeugend.«

Epiphany biß sich auf das Fingergelenk und wand sich in ihrem Stuhl. Sie sah aus wie eine Schülerin, die gerade vom Direktor zusammengestaucht wird, weil sie die Schule geschwänzt hat. Wenn das gespielt war, dann war es nicht schlecht.

»Sie haben kein Recht, mir nachzuspionieren«, sagte Epiphany und vermied es, mich anzublicken.

»Die Parkverwaltung und die Humane Vereinigung wären da anderer Ansicht. Eine ziemlich grausame Religion, die Sie sich da ausgesucht haben.«

Diesmal schaute mir Epiphany direkt in die Augen, ihr Blick war dunkel vor Zorn. »Der Obi-Kult mußte keinen Mann ans Kreuz nageln. Es gab keine Heiligen Kriege und keine Inquisition im Namen unserer Religion.«

»Ja sicher, Sie brauchen bloß ein Huhn zu schlachten, um Ihr Süppchen zu kochen, oder?« Ich zündete eine Zigarette an und blies eine Rauchwolke an die Decke. »Aber tote Hühner stören mich nicht, nur tote Pianisten.«

»Glauben Sie, daß ich mir nicht auch Sorgen mache?« Epiphany beugte sich nach vorn, und die Spitzen ihrer mädchenhaften Brüste zeichneten sich unter dem dünnen Gewebe des Pullovers ab. In Harlem nannte man so ein Geschöpf ›einen großen Schluck Wasser‹, und ich konnte mir gut vorstellen, wie ich meinen Durst an ihrem taufrischen Fleisch stillen würde.

»Ich weiß nicht, was ich davon halten soll«, sagte ich. »Sie rufen mich an und sagen, daß Sie mich sofort sehen wollen. Jetzt, wo Sie da sind, tun Sie so, als ob Sie mir einen Gefallen getan hätten.«

»Vielleicht tu ich Ihnen tatsächlich einen Gefallen.« Sie setzte sich zurück und schlug ihre langen Beine übereinander, was auch nicht ungefällig wirkte.

»Sie kommen vorbei, weil Sie nach Johnny Favorite suchen, und am nächsten Tag wird ein Mann getötet. Das ist doch kein Zufall.«

»Was ist es denn?«

»Sehen Sie, die Zeitung macht ein großes Geschrei über Voodoo-Kulte, aber ich sage Ihnen, daß der Tod von Toots Sweet mit dem Obi-Kult überhaupt nichts zu tun hat, nicht das geringste.«

»Woher wissen Sie das?«

»Haben Sie die Fotos in der Zeitung gesehen?«

Ich nickte.

»Dann wissen Sie, daß diese blutigen Schmierereien an der Wand als ›Voodoo-Symbole‹ bezeichnet wurden.«

Ich nickte wieder.

»Nun gut, die Bullen wissen von Voodoo so viel wie von lateinischer Grammatik. Die Zeichnungen sollten wie Vévé aussehen, aber sie stimmen nicht.«

»Was ist Vévé?«

»Magische Zeichen. Ich kann die Bedeutung einem Nichteingeweihten nicht erklären, aber der ganze blutige Mist hat mit der wirklichen Sache ungefähr so viel zu tun wie St. Nikolaus mit Jesus. Ich bin schon seit Jahren eine Mambo. Ich weiß, wovon ich rede.«

Ich drückte die Kippe in einem Aschenbecher aus, der mir von einer Liebesaffäre als Andenken geblieben war. »Davon bin ich überzeugt, Epiphany. Sie behaupten also, daß die Zeichnungen eine Fälschung sind.«

»Keine Fälschung, sondern schlichtweg falsch. Ich weiß nicht, wie ich es sonst ausdrücken könnte, aber es ist, wie wenn einer ein Fußballspiel beschreiben wollte und einen Abstoß mit einem Elfmeter verwechseln würde. Verstehen Sie, was ich meine?«

Ich faltete das Exemplar meiner ›News‹ auf Seite 3 auf. Ich hielt sie so, daß Epiphany mit reinsehen konnte, und zeigte auf die Schlangenlinien, Spiralen und gebrochenen Kreuze auf dem Foto. »Wollen Sie sagen, daß die wie Voodoo-Zeichnungen oder Vévé aussehen, daß sie aber falsch dargestellt wurden?«

»Das ist richtig. Sehen Sie diesen Kreis hier. Die Schlange verschlingt ihren eigenen Schwanz. Das ist ein Damballah; es ist durchaus Vévé, es ist das Zeichen für die Vollkommenheit des Universums. Aber kein Eingeweihter würde es neben ein Babako-Zeichen setzen.«

»Das bedeutet aber doch, daß der, der die Bilder gezeichnet hat, von Voodoo genug wußte, daß ihm zumindest klar war, wie ein Damballah oder Babako im Prinzip aussehen.«

»Genau das habe ich versucht, Ihnen zu erklären«, sagte sie. »Wußten Sie, daß sich Johnny Favorite einmal mit dem Obi-Kult beschäftigt hat?«

»Ich weiß, daß er ein Hunsi-Bosal war.«

»Toots war wirklich eine Plaudertasche. Was wissen Sie sonst noch?«

»Nur, daß Johnny Favorite mit Ihrer Mutter einmal eine Affäre hatte.«

Epiphany verzog das Gesicht, als hätte man ihr etwas Saures in den Mund gesteckt. Sie schüttelte den Kopf, als ob sie es verneinen wollte. »Johnny Favorite war mein Vater.«

Ich saß ganz still und mußte mich an den Armlehnen meines Sessels festhalten. Es war, als hätte mich eine Wasserwoge überschüttet. »Wer weiß das sonst noch?«

»Niemand. Außer Ihnen und mir und Mama, und sie ist tot.«

»Und Johnny Favorite?«

»Mama hat es ihm nicht gesagt. Er war bei der Armee, noch bevor ich ein Jahr alt war. Ich habe Ihnen die Wahrheit gesagt, als ich sagte, daß ich ihn nie gesehen habe.«

»Und warum erzählen Sie mir das plötzlich?«

»Ich habe Angst. Irgendwie hat der Tod von Toots etwas mit mir zu tun. Ich weiß nicht was, aber tief in mir fühle ich, daß es so ist.«

»Und Sie glauben, daß Johnny Favorite in die ganze Sache verwickelt ist?«

»Ich weiß nicht, was ich denken soll. Ich dachte nur, daß Sie es wissen sollten. Vielleicht hilft es Ihnen.«

»Vielleicht. Wenn Sie sonst noch etwas wissen, wäre es jetzt an der Zeit, zu reden.«

Epiphany starrte vor sich hin und faltete die Hände. »Es gibt sonst nichts mehr zu sagen.« Sie stand plötzlich abrupt auf. »Ich muß jetzt gehen. Ich bin sicher, Sie haben zu arbeiten.«

»Ich bin gerade dabei«, sagte ich im Aufstehen.

Sie nahm ihren Mantel von der Garderobe. »Ich hoffe, Sie haben das mit der Diskretion vorhin wirklich so gemeint.«

»Alles, was Sie mir gesagt haben, wird streng vertraulich behandelt.«

»Das hoffe ich.« Sie lächelte. Es war ein ehrliches Lächeln, sie wollte nichts damit erreichen. »Irgendwie, entgegen meinem besseren Wissen, vertraue ich Ihnen.«

»Danke.« Ich trat hinter dem Schreibtisch vor, als sie die Tür öffnete.

»Machen Sie sich keine Mühe, ich finde allein hinaus.«

»Sie haben meine Nummer.«

Sie nickte. »Ich rufe Sie an, wenn ich etwas hören sollte.«

»Rufen Sie mich an, auch wenn Sie nichts gehört haben.«

Sie nickte noch einmal und ging. Ich stand an der Ecke meines Schreibtischs und rührte mich nicht, bis ich das Schließen der äußeren Tür hörte. In drei Sekunden hatte ich meinen Diplomatenkoffer geschnappt, meinen Mantel von der Garderobe geangelt und die Tür hinter mir verschlossen. Ich lauschte an der äußeren Tür auf das Geräusch der sich öffnenden und schließenden Tür des Aufzugs, bevor ich hinaustrat. Der Flur war leer. Die einzigen Laute kamen von Ira Kipnis' Rechenmaschinen und von Madame Olgas Haarentfernungsinstrumenten. Ich rannte zur Feuerleiter und nahm drei Stufen auf einmal beim Runtergehen.

25. KAPITEL

Ich war mindestens fünfzehn Sekunden schneller als der Aufzug und wartete unten auf der Treppe. Die Feuertür hatte ich einen Spalt geöffnet. Epiphany ging an mir vorbei auf die Straße. Ich ging hinter ihr her. Sie ging um die Ecke zur U-Bahn.

Sie nahm die Linie nach Norden. Ich stieg in den Waggon hinter dem ihren, und als die Bahn losfuhr, kletterte ich auf die Plattform und beobachtete sie durch die Scheibe in der Tür. Sie saß ganz sittsam mit geschlossenen Knien da und starrte auf die Reklameschilder oberhalb der Fenster. Zwei Stationen später am Columbusplatz stieg sie aus.

Sie ging nach Osten, den Central Park entlang, vorbei am Maine Memorial mit dem von Seepferdchen gezogenen Triumphwagen auf der Spitze. Es waren nur wenige Fußgänger unterwegs. Ich war zu weit hinter ihr, um ihre Schritte auf dem Pflaster zu hören.

Sie bog in die Seventh Avenue ein. Ich beobachtete, daß sie die Hausnummern studierte, als sie am Athletic Club und an der mit Skulpturen überkrusteten Fassade der Alwyn Apartments vorübereilte. An der Ecke der 57. Straße wurde sie von einer älteren Frau angesprochen, die schwere Einkaufstüten schleppte. Während sie der Frau einen Weg beschrieb und dabei in meine Richtung deutete, verbarg ich mich im Eingang eines Wäschegeschäfts.

Ich hätte sie beinahe aus den Augen verloren, als sie blitzschnell die zweispurige Fahrbahn überquerte, bevor die

Ampel auf Rot schaltete. Ich mußte am Straßenrand warten, aber sie ging jetzt langsamer, weil sie offenbar nach einer Hausnummer suchte. Noch bevor es wieder Grün wurde, sah ich sie am hinteren Ende des Häuserblocks anhalten und hineingehen. Ich kannte die Adresse schon: 881 Seventh Avenue. Dort wohnte Margret Krusemark.

In der Eingangshalle sah ich, daß der Fahrstuhlanzeiger auf 11 stehenblieb, der andere Aufzug kam gerade herunter. Als sich die Türen öffneten, kam ein ganzes Streichquartett mit Instrumentenkoffern heraus. Ein Lieferant mit einer Schachtel voller Lebensmittel auf den Schultern war der einzige, der mit mir hinauffuhr. Er stieg im 5. Stock aus. Ich sagte dem Fahrstuhlführer, daß ich zum 9. Stock wollte.

Über die Feuertreppen stieg ich zu Margret Krusemarks Stockwerk hinauf, hinter mir verklangen die wilden Rhythmen einer Stepptanzstunde. Als ich den leeren Flur zu der Tür mit dem Skorpion entlangging, hörte ich immer noch den Sopran in der Ferne jodeln.

Auf dem abgetretenen Teppichboden öffnete ich meinen Diplomatenkoffer. Obenauf lagen zur Tarnung ein Bündel Formulare und ein paar Aktendeckel, aber darunter, in einem doppelten Boden, hatte ich mein Handwerkszeug. Es wurde durch eine Schicht Styropor zusammengehalten. Ich besaß ein komplettes Einbruchswerkzeug, einen Miniaturrekorder mit Mikrophon, ein Fernglas, eine Minoxkamera mit Gestell zum Ablichten von Dokumenten, eine Kollektion von Schlüsseln, die mich 500 Dollar gekostet hatte, ein Paar Handschellen und eine geladene 38er Spezial Smith and Wesson.

Ich nahm das Mikrophon heraus und steckte es mit dem Kopfhörer zusammen. Es war einer meiner hübschesten

Ausrüstungsgegenstände. Wenn ich das Mikrophon an die Türfüllung hielt, konnte ich alles hören, was sich drinnen abspielte. Wenn jemand kommen würde, steckte ich das Instrument in meine Hemdtasche, und der Kopfhörer sah aus wie ein normales Hörgerät.

Aber es kam niemand. Das Echo des trillernden Soprans mischte sich mit den Klängen verschiedener Klaviere. Drinnen hörte ich Margret Krusemark sagen: »Wir waren nicht die besten Freunde, aber ich hatte immer großen Respekt vor Ihrer Mutter.« Epiphanys gemurmelte Antwort war nicht zu verstehen. Die Astrologin fuhr fort: »Ich habe sie ziemlich oft gesehen, bevor Sie geboren wurden. Sie war eine Frau mit großer Kraft.«

Epiphany fragte: »Wie lange waren Sie mit Johnny Favorite verlobt?«

»Zweieinhalb Jahre. Sahne oder Zitrone, meine Liebe?«

Offenbar war wieder Teestunde. Epiphany nahm Zitrone und sagte: »Meine Mutter war während Ihrer ganzen Verlobungszeit seine Geliebte.«

»Mein liebes Kind, glauben Sie, ich hätte das nicht gewußt? Johnny und ich hatten keine Geheimnisse voreinander.«

»Haben Sie deswegen die Verlobung aufgelöst?«

»Unsere Verlobung war nur für die Presse gedacht. Wir hatten unsere ganz persönlichen Gründe, sie als aufgelöst zu erklären. In Wirklichkeit standen wir uns nie näher, als in den fünf Monaten, bevor er in den Krieg ging. Wir hatten eine ganz besondere Beziehung, das will ich nicht bestreiten. Ich hoffe, daß Sie intelligent genug sind, sich nicht durch bürgerliche Konventionen beeindrucken zu lassen. Ihre Mutter war es jedenfalls.«

»Was könnte bürgerlicher sein als eine Dreierbeziehung?«

»So etwas war es nicht. Was denken Sie, was wir gemacht haben? Schmierige kleine Partys?«

»Ich bin sicher, ich habe nicht die leiseste Ahnung, was Sie gemacht haben. Mama hat nie mit mir darüber gesprochen.«

»Warum sollte sie auch. Soweit es sie betraf, war Jonathan tot und begraben. Er war unser einziges Verbindungsglied.«

»Aber er ist nicht tot.«

»Woher wissen Sie das?«

»Ich weiß es eben.«

»Hat jemand über Jonathan Nachforschungen angestellt? Antworten Sie mir, Kind. Unser aller Leben könnte davon abhängen.«

»Warum?«

»Das ist gleichgültig. Es hat also jemand nachgeforscht, nicht wahr?«

»Ja.«

»Wie sah er aus?«

»Ein Mann eben, ganz normal.«

»Ein eher schwerer Typ? Nicht direkt dick, aber übergewichtig. Etwas vernachlässigt, ich meine seine Kleidung. Zerknitterter Anzug, ungeputzte Schuhe, leicht angegrautes Haar?«

Epiphany sagte: »Freundliche blaue Augen. Sie fallen als erstes auf.«

»Sagte er, daß er Angel hieße?« Margret Krusemarks Stimme verriet offene Bedrängnis.

»Ja, Harry Angel.«

»Was wollte er?«

»Er suchte Johnny Favorite.«

»Warum?«

»Das hat er mir nicht gesagt. Er ist Detektiv.«

»Ein Polizist?«

»Nein, ein Privatdetektiv. Was soll das alles?«

Man hörte das zarte Klimpern von Porzellan, und Margret Krusemark sagte: »Ich bin mir nicht sicher. Er war hier. Er hat nicht gesagt, daß er Detektiv ist. Er gab vor, ein Klient zu sein. Ich weiß, daß es sehr unhöflich ist, aber ich muß Sie bitten, jetzt zu gehen. Ich muß selbst fort. Es ist sehr dringend, fürchte ich.«

»Glauben Sie, daß wir in Gefahr sind?« Bei dem Wort ›Gefahr‹ schwankte Epiphanys Stimme.

»Ich weiß es nicht. Wenn Johnny zurückgekommen ist, kann alles passieren.«

»Gestern wurde ein Mann in Harlem ermordet«, brach es aus Epiphany heraus. »Er war ein Freund von mir. Er kannte auch Mama und Johnny Favorite. Mr. Angel hatte ihm Fragen gestellt.«

Ein Stuhl wurde auf dem Parkett zurückgeschoben. »Ich muß jetzt gehen«, sagte Margret Krusemark. »Ich hole Ihren Mantel, wir fahren zusammen runter.«

Das Geräusch von Schritten näherte sich. Ich nahm das Mikrophon von der Tür und stopfte alles in meine Manteltasche. Mit meinem Diplomatenkoffer unterm Arm rannte ich den Flur entlang. Ich hielt mich am Geländer fest und stürzte die Treppe runter. Diesmal nahm ich vier oder fünf Stufen auf einmal.

Es war zu riskant, auf den Fahrstuhl im 9. Stock zu warten; die Gefahr, mit den beiden Frauen zusammenzutreffen, war zu groß, deshalb rannte ich bis zur Eingangshalle runter. Außer Atem hielt ich an, um auf den Fahrstuhlanzeiger zu schauen. Er bewegte sich gerade nach unten. Sie würden jeden Moment hier sein.

Ich hetzte über den Gehsteig und stolperte über die Seventh Avenue, ohne auf den Verkehr zu achten. Auf der anderen Seite angekommen, stellte ich mich in den Eingang der Osborn-Apartments und schnappte nach Luft wie ein Lungenkranker. Eine Säuglingsschwester, die gerade ihren Kinderwagen an mir vorbeischob, lächelte mich verständnisvoll an.

26. KAPITEL

Epiphany und die Krusemark kamen zusammen aus dem Gebäude und gingen die 57. Straße runter. Ich ging auf der anderen Straßenseite neben ihnen her. An der Ecke küßte Margret Krusemark Epiphany zärtlich auf die Wange wie eine altjüngferliche Tante ihre Lieblingsnichte.

Bei Grün ging Epiphany über die Seventh Avenue, direkt auf mich zu. Margret Krusemark winkte aufgeregt nach den vorüberfahrenden Taxis. Ich erwischte gerade selbst noch eines und sprang hinein, bevor Epiphany mich entdecken konnte.

»Wohin, Mister«, fragte mich der rundgesichtige Fahrer, während er den Taxameter einschaltete.

»Möchten Sie zwei Dollar mehr verdienen, als auf dem Taxameter steht?«

»Und wofür, wenn ich fragen darf?«

»Ein Verfolgungsjob. Fahren Sie los und halten Sie kurz vor dem Russischen Teeraum.«

Er tat, wie ihm befohlen, und drehte sich dann herum, um mich zu mustern. Ich ließ ihn einen Blick auf meinen gefälschten Sheriffstern werfen und sagte: »Sie sehen die Dame im Tweedmantel, die in das Taxi vor der Carnegie Hall steigt. Verlieren Sie sie nicht aus den Augen.«

»Das ist kein Problem.«

Das andere Taxi machte auf der 57. Straße eine Kehrtwendung. Wir zogen unauffällig nach und blieben immer einen halben Block zurück, während wir die Seventh Avenue hinunterfuhren. Das Rundgesicht schaute mich im Rückspiegel an und grinste. »Sie haben mir doch einen Fünfdollarschein versprochen, oder?«

»Den kriegen Sie, wenn sie uns nicht bemerkt.«

»Dafür bin ich zu lange im Geschäft, als daß mir so was passieren würde.«

Wir fuhren zum Times Square, an meinem Büro vorbei, bis das Taxi schließlich nach links in die 42. Straße einbog. Elegant schlängelten wir uns durch den Verkehr, blieben unauffällig dran, und der Fahrer drückte ein bißchen auf die Tube, um an der Fifth Avenue noch vor Rot über die Ampel zu kommen. Wir wurden nicht abgehängt.

Zwischen der Fifth Avenue und Grand Central war ein ziemlicher Stau, so daß wir nur im Schrittempo weiterkamen. »Sie hätten das gestern erleben müssen«, sagte das Rundgesicht. »Es war St. Patrick-Parade. Ein Durcheinander den ganzen Nachmittag.«

Ich sah, wie Margret Krusemarks Taxi vor dem Chrysler-Gebäude stehenblieb; sie stieg aus.

»Halten Sie hier«, sagte ich, und das Rundgesicht fuhr ebenfalls vor das Chrysler-Gebäude. Dem Taxameter zufolge hätte ich eineinhalb Dollar zu zahlen gehabt. Ich gab ihm sieben Scheine und bat ihn, das Wechselgeld zu behalten. Er hatte es verdient, obwohl er mich begaunern wollte.

Ich ging über die Lexington Avenue. Das andere Taxi war weg, und von Margret Krusemark war nichts zu sehen. Es machte nichts. Ich wußte, wohin sie ging. Ich ging durch die Drehtüren und sah mir die Firmentafeln in der mit Marmor und Chrom verzierten Halle an. Krusemarks Maritim GmbH war im 45. Stock.

Erst als ich schon aus dem Fahrstuhl gestiegen war, entschloß ich mich, den Krusemarks nicht offen gegenüberzutreten. Es war noch zu früh, und ich hatte nicht gerade die besten Karten in der Hand. Die Tochter hatte herausgefunden, daß ich Johnny Favorite suchte, und rannte daraufhin sofort zu ihrem Daddy. Was auch immer sie ihm zu sagen hatte, es war auf jeden Fall zu brisant, um über die Telefonzentrale zu gehen, sonst hätte sie angerufen. Ich dachte gerade, wieviel ich dafür geben würde, die kleine Unterhaltung am Familientisch belauschen zu dürfen, als ich einen Fensterputzer auf dem Weg zur Arbeit sah.

Er war in mittleren Jahren, hatte eine Glatze und die verbogene Nase des ehemaligen Boxers. Während er den glänzenden Flur entlangging, pfiff er den Schlager des letzten Sommers: *Volare*, einen halben Ton zu tief. Er trug einen schmutziggrünen Overall, und seine Sicherungsgurte hingen wie ein Paar alte Hosenträger an ihm herunter.

»Hast du mal 'ne Minute Zeit, Mann«, rief ich. Mitten im Lied hörte er zu pfeifen auf, seine Lippen hielt er immer noch gespitzt, als wartete er auf einen Kuß. »Ich wette, du weißt nicht, was für ein Kopf auf einem Fünfzigdollarschein ist.«

»Was soll denn das. Ist das eine Fernsehshow?«

»Überhaupt nicht. Ich wette bloß, daß du es nicht weißt.«

»Also gut, du Schlaumeier, es ist Thomas Jefferson.«

»Falsch.«

»Wirklich. Was soll das Ganze?«

Ich zog meine Brieftasche raus und zeigte ihm den gefalteten Fünfzigdollarschein so, daß er den Namen lesen konnte. Es war der Fünfziger, den ich immer für Notfälle oder gelegentliche Bestechungen bei mir trug. »Ich dachte, du möchtest vielleicht wissen, wie der Präsident geheißen hat.«

Der Fensterputzer räusperte sich und blinzelte. »Bist du nicht ganz dicht, oder was?«

»Wieviel verdienst du«, fragte ich. »Du kannst es mir ruhig sagen, es ist sicher kein Staatsgeheimnis, oder?«

»Vier Dollar fünfzig, dank der Gewerkschaft.«

»Wie würde es dir gefallen, zehnmal soviel zu verdienen, dank meiner Person?«

»Und was müßte ich für die Kohle machen?«

»Leih mir deinen Anzug für eine Stunde und geh inzwischen spazieren. Geh runter und trink ein Glas Bier.«

Er rieb sich den Kopf, obwohl der schon genügend spiegelte. »Du mußt irgendein Irrer sein oder so was.« In seiner Stimme lag ein Anflug wirklicher Bewunderung.

»Was für einen Unterschied macht das schon. Ich möchte bloß deinen Overall haben, es werden keine Fragen gestellt. Du haust ab und bleibst eine Stunde auf deinem Hintern sitzen. Wie findest du da?«

»Okay, find ich in Ordnung. Wenn du es so willst, mach ich mit.«

»Das war ein schlauer Zug von dir.«

Mit einem Kopfnicken gab mir der Fensterputzer ein Zeichen, ihn den Flur entlang zu einer kleinen Tür bei der Feuertreppe zu begleiten. Es war der Raum für das Wachpersonal. »Laß alle meine Sachen hier zurück, wenn du fertig bist«, sagte er, während er seine Sicherungsgurte öffnete und sich aus dem schmutzigen Overall zwängte.

Ich hängte meinen Mantel und meine Anzugjacke an einen Besenstiel und zog mir seine Sachen über. Sie waren steif und rochen entfernt nach Salmiak wie Pyjamas nach einer Orgie.

»Es ist besser, wenn du die Krawatte abnimmst«, schlug der Fensterputzer vor. »Außer du möchtest dich um einen Bürojob bewerben.«

Ich stopfte die Krawatte in meine Manteltasche, und der Fensterputzer zeigte mir, wie man die Sicherungsgurte benutzt. Es schien alles ganz einfach zu sein. »Du willst doch wohl nicht raussteigen, oder?«

»Du machst wohl Witze. Ich möchte bloß einen Scherz mit einer Freundin machen. Sie arbeitet unten am Empfang.«

»Mir soll's recht sein. Aber laß die Klamotten in dem Raum hier.«

Ich steckte ihm den Fünfziger in die Brusttasche. »Du und Ulysses Simpson Grant, ihr feiert jetzt eine kleine Party.« Er schaute mich fassungslos an. Ich sagte ihm, daß er sich das Bild auf dem Schein ansehen solle. Pfeifend ging er weg.

Bevor ich meinen Diplomatenkoffer unter den Ausguß stellte, holte ich die 38er heraus. Die Smith and Wesson ist ein handliches Ding. Mit ihrem kurzen Lauf paßt sie bequem in eine Tasche, und da sie keinen Hahn hat, kann sie sich auch nicht im Stoff verhaken, wenn es einmal schnell gehen muß. Einmal mußte ich durch die Tasche meines Jackets schießen. Das war zwar nicht gut für meine Garderobe, aber immer noch besser, als hinterher einen eleganten Sterbeanzug verpaßt zu bekommen. Ich steckte die kleine fünfschüssige Pistole in den Overall und nahm auch mein Mikrophon mit. Mit dem Eimer und der Bürste in der Hand schlenderte ich den Gang hinunter in Richtung auf die imposante Eingangstür von Krusemarks Maritim GmbH.

27. KAPITEL

Die Empfangsdame schaute mich überhaupt nicht an, als ich durch die teppichbelegte Eingangshalle schritt, die mit Modellen und Zeichnungen von Tankern und Seglern vollgestopft war. Ich winkte ihr zu, aber sie drehte sich auf ihrem Stuhl weg. An den Türen aus Milchglas, die zum Allerheiligsten führten, waren anstelle von Klinken Bronzeanker angebracht. Eine alte Seemannsmelodie summend, ging ich durch.

Dahinter war ein langer Gang mit Büros an jeder Seite. Ich schlenderte mit schwingendem Putzkübel dahin und las dabei die Namensschilder auf den Türen. Keine Tür war die richtige. Am Ende des großen Ganges befand sich ein großer Raum, wo ein paar Phonotypistinnen wie die Roboter tippten. An der einen Wand stand ein hölzernes Schiffssteuerrad, und an der anderen hing wieder eine ganze Kollektion von Segelschiffbildern. Mehrere Sessel standen um einen Glastisch, auf dem Illustrierte lagen; hinter einem großen Schreibtisch saß eine selbstbewußte Blondine, die gerade die Post sortierte. Dahinter war eine glänzende Mahagonytür, auf der in Bronzelettern ETHAN KRUSEMARK stand.

Die Blondine blickte auf und lächelte, während sie wie eine Lady D'Artagnan die Post aufschlitzte. Die Briefe stapelten sich neben ihr fast einen Meter hoch. Alle Hoffnungen, mit meinem Mikrophon alleine arbeiten zu können, lösten sich in Luft auf.

Die Blondine war zu beschäftigt, um auf mich zu achten. Ich schnallte meinen Sicherungsgurt fest, öffnete ein Fenster und schloß die Augen. Das Klappern meiner Zähne kam nicht von dem kalten Windstoß.

»Hallo, beeilen Sie sich bitte«, rief die Blonde, »meine Papiere fliegen sonst weg.«

Ich hielt mich fest, duckte mich unter das äußere Geländer und saß auf der Fensterbank. Meine Füße hingen immer noch im Raum. Ich griff nach oben und hakte einen Gurt in die Halterung außen ein. Von der Sekretärin war ich nur durch die Glasscheibe getrennt, mir erschien die Entfernung eher eine Million Meilen zu betragen. Ich hängte den anderen Gurt ein.

Mich aufzurichten kostete mich alle Kraft, die ich besaß. Ich versuchte, mich an die Fallschirmspringer während des Krieges zu erinnern, die nach Hunderten von Sprüngen ohne einen Kratzer aufstanden, aber es half nichts, es machte alles nur schlimmer.

Auf dem schmalen Vorsprung war kaum Platz für meine Füße. Nachdem ich das Fenster geschlossen hatte, war ich von dem beruhigenden Geräusch der Schreibmaschinen abgeschnitten und hörte nur noch den tosenden Wind. Ich sagte mir, daß ich nicht nach unten schauen durfte. Aber trotzdem fiel mein erster Blick nach unten.

Die Schlucht der 42. Straße lag wie ein gähnender Abgrund unter mir. Die Fußgänger und die Autos waren zu ameisengroßen Punkten zusammengeschrumpft. Ich schaute nach Osten an dem braun-weiß gestreiften ›Daily News‹ Gebäude vorbei auf die glänzend grüne Fassade der Vereinten Nationen. Auf dem Wasser dampfte ein spielzeuggroßer Schlepper mit einer Reihe von Kähnen in seinem silbrigen Kielwasser.

Der scharfe eisige Wind brannte auf meinem Gesicht und meinen Händen. Er zerrte an meinen Kleidern, daß es meine Hosenbeine wie Flaggen im Sturm beutelte. Es hätte mich leicht wegreißen können, und ich wäre über die Hausdächer geflogen, vorbei an kreisenden Tauben und rauchenden Kaminen. Meine Füße schlotterten vor Angst und Kälte. Wenn mich der Wind nicht fortriß, würde mein Zittern bald das gleiche Ergebnis zeitigen. Drinnen war die Blondine immer noch dabei, Briefe zu öffnen. Für sie existierte ich schon lange nicht mehr.

Plötzlich erschien mir alles ganz witzig: Harry Angel, die menschliche Fliege. Ich erinnerte mich an die Stimme eines Circusdirektors: »Wohin sich nicht einmal Engel wagen würden«. Ich mußte laut lachen. Als ich mich in den Sicherungsgurten zurücklehnte, bemerkte ich zu meiner Freude, daß sie mich hielten. Es ging ganz gut. Fensterputzer machten so etwas den ganzen Tag.

Ich fühlte mich wie ein Bergsteiger bei seinem ersten Gipfelsturm. Ein paar Stockwerke über mir ragten die Kästen der Klimaanlage hervor, und darunter glänzte die metallene Fassade in der Sonne wie ein eisbedeckter Berggipfel.

Ich mußte endlich vorankommen. Ich hakte mich an der Halterung vorwärts. Zentimeter für Zentimeter ging es auf dem schmalen Gesims voran. Es dauerte nur eine kurze Zeit, aber ich glaubte es wären Jahrzehnte. Plötzlich blickte ich in das Büro von Ethan Krusemark. Es war ein großer Raum mit mehreren Fenstern auf meiner Seite und drei weiteren, die auf die Lexington Avenue hinausgingen. Sein riesiger, ovaler Schreibtisch aus Marmor war völlig leer, bis auf eine Telefonanlage und eine Neptunstatue aus Bronze, die einen Dreizack schwenkte. Neben der Tür war eine kristallfunkelnde Bar eingebaut. An den Wänden hingen französische Impressionisten. Für den Boß gab's keine Segelschiffe.

Krusemark und seine Tochter saßen auf einer langen beigen Couch, die an der hinteren Wand stand. Auf dem niedrigen Marmortisch vor ihnen blinkten zwei Cognacschwenker. Krusemark sah so aus wie auf dem Ölporträt: ein rotgesichtiger, alternder Pirat mit dichtem, gutgekämmtem Silberhaar. Meiner Meinung nach glich er eher Daddy Warbuckle als Clark Gable.

Margret Krusemark hatte ihre düsteren schwarzen Gewänder zugunsten einer Bauernbluse und eines gestickten Dirndls getauscht. Das goldene Amulett trug sie immer noch um den Hals. Manchmal blickte mich einer der beiden direkt an, aber ich hielt mein Gesicht hinter dem seifigen Schaum des Putzwassers verborgen.

Ich nahm das Mikrophon heraus und steckte es mit dem Kopfhörer zusammen. Ich versteckte das Instrument in einem großen Lappen, preßte ihn gegen das Glas und tat so, als putzte ich das Fenster. Ihre Stimmen klangen so deutlich, als würde ich neben ihnen auf dem Sofa sitzen.

Krusemark sprach: «... und er wußte Jonathans Geburtsdatum?»

Margret spielte nervös mit ihrem goldenen Stern. »Er wußte es genau«, sagte sie.

»Es ist keine Kunst, das herauszufinden. Bist du sicher, daß er ein Detektiv ist?«

»Evangeline Proudfoots Tochter sagte das. Er weiß genügend über Jonathan, daß er bis zu ihr vordrang und ihr Fragen stellte.«

»Was ist mit dem Doktor in Poughkeepsie?«

»Er ist tot. Selbstmord. Ich habe in der Klinik angerufen. Es ist Anfang der Woche passiert.«

»Dann werden wir nie erfahren, ob der Detektiv mit ihm gesprochen hat oder nicht.«

»Mir gefällt das nicht, Vater. Nicht nach all den Jahren. Angel weiß schon jetzt zu viel.«

»Angel?«

»Der Detektiv. Bitte achte auf das, was ich sage.«

»Ich habe alles verstanden, Meg. Gib mir Zeit.« Krusemark trank von seinem Brandy.

»Warum sollten wir Angel nicht loswerden?«

»Was hätte das für einen Sinn. Die ganze Stadt ist voll von schmierigen kleinen Privatdetektiven. Wir müssen uns nicht wegen Angel, sondern wegen seines Auftraggebers Sorgen machen.

Margret Krusemark umschloß die Hand ihres Vaters mit beiden Händen.

»Angel wird zurückkommen. Er holt das Horoskop ab.«

»Du könntest vielleicht ein bißchen dicker auftragen?«

»Das habe ich schon getan. Sein Horoskop ist fast identisch mit dem von Jonathan. Nur der Geburtsort ist unterschiedlich. Ich hätte es aus dem Gedächtnis machen können.«

»Gut.« Krusemark schüttete den Brandy hinunter. »Wenn er überhaupt etwas taugt, wird er inzwischen herausgefunden haben, daß du keine Zwillingsschwester hast. Mach ihm irgendwas vor. Du bist ein kluges Mädchen. Wenn du es nicht schaffst, tropf ihm irgendwas in den Tee. Es gibt viele Arten, einen Mann zum Sprechen zu bringen. Wir brauchen den Namen des Klienten. Angel darf nicht sterben, bevor wir nicht wissen, für wen er arbeitet.« Krusemark stand auf. »Ich habe verschiedene wichtige Termine heute nachmittag, Meg. Wenn es sonst nichts mehr zu besprechen gibt ...«

»Nein, das war alles.« Margret Krusemark stand auf und strich sich den Rock glatt.

»Gut.« Er legte den Arm um ihre Schulter. »Ruf mich an, sobald du etwas von dem Detektiv hörst. Ich habe die Überredungskunst im Orient gelernt. Wollen mal sehen, ob ich es noch kann.«

»Danke, Vater.«

»Komm, ich bring dich raus. Was machst du heute sonst noch?«

»Oh, ich weiß nicht. Ich wollte eigentlich Einkäufe machen. Und danach ...«

Den Rest verstand ich nicht mehr, weil sich die schwere Mahagonytür hinter ihnen schloß.

Ich stopfte das Mikrophon in meinen Overall und versuchte, das Fenster zu öffnen. Es war nicht verschlossen und ließ sich leicht hochschieben. Ich hakte mich von der Halterung aus und schwang meine zitternden Füße hinein. Einen Augenblick später hatte ich auch den anderen Gurt ausgehakt und stand relativ sicher in Krusemarks Büro. Das Risiko hatte sich gelohnt. Die Fensterputznummer war nichts im Vergleich mit dem Versuch, herauszufinden, worin die orientalischen Künste Krusemarks bestanden.

Ich schloß das Fenster und schaute mich um. Wenn ich auch gern etwas rumgeschnüffelt hätte, wußte ich, daß ich keine Zeit dafür hatte. Margret Krusemarks Cognacglas stand nahezu unberührt auf dem Marmortisch. Zumindest enthielt dieser hier keine Tropfen irgendwelcher Art. Der Cognac glitt wie Samt über meine Zunge. Ich trank ihn in drei schnellen Schlucken aus. Er war alt und teuer und hätte größere Aufmerksamkeit verdient. Aber ich war in Eile.

28. KAPITEL

Die blonde Sekretärin schaute mich bloß an, als ich die Mahagonytür zuschlug. Vielleicht kannte sie das schon, daß Fensterputzer aus dem Büro des Chefs kamen. Ich traf schließlich noch persönlich mit ihm zusammen. Er kam den Korridor zurück und hatte seine Brust vorgestreckt, als wäre sein Flanellanzug mit einer unsichtbaren Ordensgirlande behängt. Ich hatte den Eindruck, er wollte mir die Ohren langziehen. Statt dessen sagte ich: »Hol dich der Teufel«, aber er reagierte überhaupt nicht darauf.

Auf dem Hinausweg warf ich der Empfangsdame eine schmatzende Kußhand zu. Sie glotzte, als hätte sie eine Raupe verschluckt, aber zwei Vertreter, die gerade herumsaßen, fanden das richtig gut.

In der Besenkammer wechselte ich so schnell meine Kleider, daß Superman neidisch geworden wäre. Ich hatte keine Zeit mehr, den Diplomatenkoffer richtig zu packen, deshalb stopfte ich meine Smith and Wesson und das Mikrophon in meine Manteltasche und den Overall und die Gurte in den Putzeimer. Im Fahrstuhl fiel mir meine Krawatte ein, und ich band mir unbeholfen einen Knoten.

Auf der Straße war von Margret Krusemark nichts mehr zu sehen. Sie wollte zu Saks einkaufen gehen, und ich dachte, daß sie wohl ein Taxi genommen haben wird. Da ich ihr die Zeit geben wollte, ihre Pläne noch zu ändern, ging ich über die Lexington Avenue zum Grand Central und betrat ihn durch einen Nebeneingang.

Ich machte einen Umweg über die ›Oyster Bar‹ und bestellte mir ein halbes Dutzend Austern. Sie waren schnell weg. Ich schlürfte den Saft aus den leeren Schalen und bestellte mir noch mal welche, für die ich mir Zeit ließ. Zwanzig Minuten später machte ich mich auf und suchte ein Telefon. Ich wählte Margret Krusemarks Nummer und ließ es zehnmal klingeln, bevor ich auflegte. Sie war sicher bei Saks. Vielleicht besuchte sie auch noch ein paar andere Läden, bevor sie heimging.

Der rüttelnde Zug brachte meinen molluskengesättigten Leib zum Times Square, von wo ich die U-Bahn zur 57. Straße nahm. Ich rief noch einmal bei Margret Krusemark an, aber niemand nahm ab. Als ich in die 881 Seventh Avenue eintrat, sah ich drei Leute auf den Aufzug warten und ging deshalb weiter bis an die Ecke der 56. Straße. Ich zündete mir eine Zigarette an und ging wieder zurück. Diesmal war die Eingangshalle leer. Ich ging geradewegs zur Feuerleiter; kein Fahrstuhlfahrer würde sich an mich erinnern.

Elf Stockwerke zu Fuß raufzugehen ist angebracht, wenn man für einen Marathonlauf trainiert, wenn einem aber der Bauch voller Austern schwappt, ist es kein Vergnügen. Ich ging es daher langsam an und ruhte alle paar Stockwerke aus, wo ich jedesmal von der dissonanten Klangmischung aus einem Dutzend Musiklektionen umgeben war.

Als ich bei Margret Krusemarks Tür angelangt war, schnaufte ich wie ein alter Gaul, und mein Herz hämmerte wie ein Metronom, das auf ›Presto‹ eingestellt ist. Der Flur war leer. Ich öffnete meinen Diplomatenkoffer und zog die Chirurgenhandschuhe an. Das Schloß war eine Standardausführung. Ich klingelte ein paarmal, bevor ich mein Schlüsselset nach dem passenden Modell durchsuchte.

Der dritte Schlüssel paßte. Ich nahm meinen Koffer, trat ein und schloß die Tür hinter mir. Der Geruch von Äther war geradezu überwältigend. Er hing in der Luft, flüchtig und aromatisch, und erinnerte mich unangenehm an meinen Aufenthalt in der Krankenstation. Ich nahm meine 38er aus dem Mantel und tastete mich an der Wand des dunklen Flurs entlang. Man brauchte kein Sherlock Holmes zu sein, um zu bemerken, daß etwas nicht stimmte.

Margret Krusemark war doch nicht zum Einkaufen gegangen. Sie lag in ihrem sonnigen Wohnzimmer auf dem Rücken, über den niedrigen Kaffeetisch hingestreckt, inmitten der ganzen Topfpalmen. Die Couch, auf der wir Tee getrunken hatten, war an die Wand gerückt worden, so daß sie allein in der Mitte des Raumes lag wie eine Figur auf einem Altar.

Ihre Bauernbluse war aufgerissen, und ihre kleinen Brüste sahen nicht übel aus, abgesehen von dem tiefen Schnitt, der von der Brust bis zum Bauch ging. Die Wunde war randvoll mit Blut, und über ihre Rippen liefen rote Rinnsale, die auf dem Teppich Pfützen bildeten. Wenigstens waren ihre Augen geschlossen, dafür mußte man dankbar sein.

Ich legte meine Kanone zur Seite und berührte mit den Fingerspitzen ihren Hals. Sie war noch warm. Ihre Gesichtszüge waren nicht entstellt, sie schien einfach zu schlafen; auf ihren Lippen hing die Andeutung eines Lächelns. Aus dem hinteren Raum hörte man eine Uhr schlagen: Es war genau 17.00 Uhr.

Ich fand die Mordwaffe unter dem Kaffeetisch. Es war ein aztekischer Ritualdolch aus Margret Krusemarks eigener Sammlung. Die glänzende Obsidianklinge war von dem antrocknenden Blut getrübt. Ich berührte ihn nicht. Es gab keinerlei Anzeichen eines Kampfes. Die Couch war sorgfältig weggerückt worden, und die Rekonstruktion des Verbrechens war kein Problem.

Margret Krusemark hatte ihre Pläne geändert und war nicht einkaufen gegangen. Sie war direkt nach Hause gegangen, wo der Mörder sie schon erwartete. Er, oder sie, überfiel sie von hinten und drückte ihr einen äthergetränkten Wattebausch auf Mund und Nase. Noch bevor sie sich hätte wehren können, war sie bewußtlos gewesen.

Der zusammengeschobene Gebetsteppich zeigte, wo man sie in den Wohnraum geschleppt hatte. Vorsichtig, fast liebevoll hatte der Mörder sie auf den Tisch gehoben und die Möbel zur Seite gerückt, um genügend Platz für seine Arbeit zu haben.

Ich sah mich aufmerksam um. Es schien nichts zu fehlen. Die Sammlung von Margret Krusemarks okkultem Krimskrams schien vollständig zu sein. Nur der Dolch aus Obsidian fehlte, aber wo der war, wußte ich. Weder waren Schubladen geöffnet noch Schränke durchwühlt. Ein Raubmord sollte wohl nicht vorgetäuscht werden.

Drüben bei dem großen Fenster, zwischen einem Philodendron und einem Rittersporn, machte ich eine kleine Entdeckung. In der Schale eines hellenistischen Dreifußes lag ein blutiges Stück Fleisch, das ungefähr die Größe eines Tennisballs hatte. Es sah aus wie etwas, was der Hund herumzerrt. Ich starrte es eine Weile an, bevor ich erkannte, worum es sich handelte. Der St. Valentins Tag würde nie mehr der gleiche sein für mich. Es war Margret Krusemarks Herz.

Das menschliche Herz ist ein einfaches Ding. Es pumpt Tag für Tag und Jahr für Jahr, bis plötzlich einer vorbeikommt und es rausreißt. Und am Schluß sieht es aus wie ein

Stück Hundefutter. Ich mußte mich abwenden, weil mir sonst meine Austern hochgekommen wären.

Nachdem ich ein bißchen herumgestöbert hatte, fand ich einen äthergetränkten Lappen, der in einem geflochtenen Korb im Vorraum lag. Ich ließ ihn für die Jungs von der Mordkommission dort liegen. Sie sollten ihn zusammen mit dem toten Fleisch mitnehmen und durch ihre Labors zerren. Das Ganze würde dann zu Formularen in dreifacher Ausfertigung verarbeitet. Das war deren Job, nicht meiner.

In der Küche gab es nichts Interessantes. Es war eine ganz normale Küche: Kochbücher, Töpfe und Pfannen, ein Gewürzregal und ein Eisschrank voll von Essensresten. Eine Plastiktüte mit Abfall, reinem Abfall: Filtertüten und Hühnerknochen.

Das Schlafzimmer sah vielversprechender aus. Das Bett war nicht gemacht und die Laken zeigten Beischlafspuren. Die Hexe hatte also auch ihren Zaubermeister. In dem kleinen Badezimmer fand ich die Plastikdose für ihr Diaphragma. Sie war leer. Wenn sie heute morgen mit jemandem geschlafen hatte, mußte sie es noch immer tragen. Die Profis würden auch dies herausfinden.

Margret Krusemarks Medikamentensammlung stapelte sich auf zwei großen Regalen rechts und links des Waschbeckenspiegels. Aspirin, Zahnpasta, Magnesiummilch und kleine Medizinfläschchen. Dazwischen standen dicht gedrängt Töpfe voller übelriechender Pulver mit obskuren alchimistischen Aufschriften. In Metallbüchsen bewahrte sie verschiedene aromatische Kräuter auf, von denen ich beim Schnuppern nur die Pfefferminze erkannte.

Auf einer Kleenexschachtel stand ein grinsender Totenschädel. Neben den Tampax Tampons standen ein Mörser mit Stößel, und auf dem Spülkasten der Toilette lagen neben einem doppelschneidigen Dolch ein Exemplar der ›Vogue‹, eine Haarbürste und vier dicke schwarze Kerzen.

Hinter einer Dose mit Gesichtscreme fand ich eine konservierte menschliche Hand. Dunkel und verrunzelt lag sie da wie ein weggeworfener Handschuh. Als ich sie aufhob, war sie so leicht, daß ich sie fast fallengelassen hätte. Ein Froschauge habe ich nicht gefunden, obwohl ich mich durchaus bemühte.

Neben dem Schlafzimmer war ein kleiner Alkoven, in dem sie arbeitete. Ein Aktenschrank mit den Horoskopen ihrer Klienten sagte mir nichts. Ich schaute unter ›F‹ für Favorite und unter ›L‹ für Liebling, aber ohne Erfolg. Dann waren da noch eine Reihe von Nachschlagwerken und ein Globus. Die Bücher waren gegen eine Schatulle aus Alabaster gelehnt, die ungefähr die Größe einer Zigarrenschachtel hatte. Auf dem Deckel war eine dreiköpfige Schlange eingraviert.

Ich blätterte die Bücher durch in der Hoffnung, einen versteckten Zettel zu finden, aber ich fand nichts. Als ich die Papiere auf der Schreibtischplatte durchsuchte, erweckte eine schwarzweiß umrandete Karte meine Aufmerksamkeit. Ein fünfzackiger Stern in einem Kreis war vorn aufgedruckt. In der Mitte des Pentagramms sah man eine Ziege mit Hörnern. Unter dem Zeichen stand MISSA NIGER in verzierten Lettern. Der Text war ebenfalls in Latein. Am Ende standen die Ziffern: XXII. III. MCMLIX. Es war ein Datum: Der Sonntag in drei Tagen. Der dazu passende Umschlag war an Margret Krusemark adressiert. Ich steckte die Karte in den Umschlag und legte sie in meinen Diplomatenkoffer.

Die meisten der anderen Papiere bestanden aus Berechnungen von Sternkonstellationen und aus halbfertigen Horoskopen. Ich schaute sie ohne Interesse durch und fand auch eines, das meinen Namen trug. Es hätte Lieutenant Sterne sicher gefallen, wenn er es in die Finger gekriegt hätte. Ich hätte es verbrennen oder die Toilette runterspülen sollen, aber statt dessen steckte ich es auch in meinen Koffer.

Nachdem ich das Horoskop gefunden hatte, kam ich auf die Idee, mir Margret Krusemarks Terminkalender näher anzusehen. Ich war am Montag, den 16. eingetragen: H. Angel, 13.30 Uhr. Ich riß das Blatt ab und legte es zu dem andern Zeug in den Koffer. Auf dem Blatt für den heutigen Tag war ein Termin für 17.30 Uhr eingetragen. Meine Uhr ging etwas vor, ich hatte nur noch zehn Minuten Zeit.

Beim Hinausgehen ließ ich die Tür angelehnt. Die Leiche sollte ruhig jemand anderer finden und die Polizei benachrichtigen. Ich wollte mit dem ganzen Durcheinander nichts zu tun haben. Aber hatte ich eine Chance? Ich steckte bereits bis zum Hals in der ganzen Sache drin.

29. KAPITEL

Ich hatte keine Eile, als ich die fünf Treppen runterging. Für heute hatte ich schon genug Sport betrieben. In der Eingangshalle angekommen, ging ich nicht auf die Straße, sondern benutzte den Durchgang, der zur ›Carnegie Taverne‹ führte. Jedesmal, wenn ich eine Leiche fand, genehmigte ich mir einen Drink.

Ich bahnte mir einen Weg durch die Menge und bestellte einen Manhattan on the rocks. Als er kam, nahm ich einen tiefen Schluck und versuchte dann mit meinem Drink in der Hand das Telefon zu erreichen. Leider trat ich dabei auf mehrere Zehen.

Ich wählte Epiphany Proudfoots Nummer, und während ich auf das Klingeln hörte, trank ich aus. Ich hatte irgendwie ein ungutes Gefühl, weil niemand abnahm. Ich hängte auf und dachte an Margret Krusemark, die elf Stockwerke höher dalag wie eine ausgenommene Weihnachtsgans. Bei ihr nahm auch niemand ab. Ich ließ mein leeres Glas auf dem Regal unter dem Telefon stehen und kämpfte mich durch die Leute auf die Straße. Vor dem moscheeartigen City Center Theater stieg gerade jemand aus einem Taxi. Ich winkte, und der Fahrer wartete mit offener Tür. Ich rannte, weil ich es vor einer Frau erreichen mußte, die ihren gefalteten Regenschirm drohend schwenkte.

Der Fahrer war ein junger Schwarzer, der nicht einmal mit der Wimper zuckte, als ich ihm sagte, ich wollte zur 123. Ecke Lenox Avenue. Er dachte sich wahrscheinlich, daß ich zu meiner eigenen Beerdigung ginge, und freute sich auf mein letztes Trinkgeld.

Wir fuhren schweigend dahin. Aus einem laut aufgedrehten Transistorradio klangen die abgehackten Sätze eines Diskjockeys: »Die Power-Station, die Nationale Sensation ...«

Zwanzig Minuten später ließ er mich vor Proudfoots Pharmazieladen aussteigen und raste in einer Klangwolke von Rhythm and Blues davon. Der Laden war geschlossen, und die grüne Jalousie hinter der Tür hing herunter wie eine Trauerfahne. Ohne Erfolg klopfte ich und rüttelte am Türschloß herum.

Epiphany hatte einmal ein Apartment über dem Laden erwähnt, daher ging ich zu dem Eingang des Gebäudes, der sich weiter unten auf der Lenox Avenue befand, und suchte auf den Schildern und Briefkästen nach ihrem Namen. Auf dem dritten Schild von links stand: PROUDFOOT, 2-D. Die Tür zur Eingangshalle war unverschlossen, und ich ging hinein.

Der enge, gefliese Gang stank nach Urin und gekochten Schweinsfüßen. Ich stieg die ausgetretenen Marmorstufen in den zweiten Stock hinauf; von oben hörte ich eine Wasserspülung rauschen. Apartment 2-D war am hintersten Ende des Flurs. Ich klingelte zur Vorsicht einmal, aber niemand öffnete.

Das Schloß war kein Problem. Für diese Sorte hätte ein halbes Dutzend meiner Schlüssel gepaßt. Ich zog meine Gummihandschuhe über und öffnete die Tür, wobei ich instinktiv auf Äthergeruch achtete. Die Fenster des großen Wohnraums gingen sowohl auf die Lenox Avenue als auch auf die 123. Straße hinaus. Er war praktisch eingerichtet und mit afrikanischen Schnitzereien dekoriert.

Das Bett im Schlafzimmer war sorgfältig gemacht. Zwei grimassierende Masken flankierten einen gemaserten Beistelltisch aus Ahornholz. Ich durchsuchte die Schubladen der Frisierkommode und den Schrank, fand aber nichts außer Kleidungsstücken und persönlichen Gegenständen. Auf dem Nachttisch standen eine Reihe silbergerahmter Fotografien; alle zeigten die gleiche hochmütig blickende, schöne Frau. Epiphany hatte etwas von dem zarten Schwung der Lippen, aber die Nase war flacher, und die Augen waren wild und weit aufgerissen wie bei einer Besessenen. Es war Evangeline Proudfoot.

Sie hatte ihrer Tochter Ordnung beigebracht. Die Küche war sauber und ordentlich. Kein Geschirr im Abwasch und keine Krumen auf dem Tisch. Nur die frischen Lebensmittel im Kühlschrank zeigten, daß hier noch vor kurzem jemand gewohnt hatte.

Das hintere Zimmer war so dunkel wie eine Höhle. Der Lichtschalter war kaputt, daher nahm ich meine Taschenlampe. Ich wollte nicht über irgendwelche Leichen stolpern und suchte daher als erstes den Boden ab. Früher mußte der Raum als zweites Schlafzimmer gedient haben, aber sicherlich vor langer Zeit. Die Fensterscheiben waren mit dem gleichen dunklen Blau gestrichen wie die Wände und die Decke. Alles war über und über mit bunten Zeichnungen bedeckt. An der einen Wand rankten Blätter und Blüten, auf der andern sah man Seejungfrauen und Fische herumschwimmen. Die Decke war mit Sternen und aufgehenden Monden geschmückt.

Der Raum war ein Voodoo-Tempel. An einer Wand stand ein gemauerter Altar. Auf dem Altar stand in mehreren Reihen übereinandergestapelt eine Sammlung von Tonkrügen; es sah aus wie auf einem Marktplatz. Unter den Bildern von katholischen Heiligen standen Dutzende von Untertassen mit Kerzenstümpfen. In den Dielenbrettern vor dem Altar steckte ein rostiger Säbel. An einer Seite hing eine Holzkrücke. Zwischen den Krügen stand ein feingearbeitetes schmiedeeisernes Kreuz, an dem ein zerrissener Zylinderhut hing.

Auf einem Regal sah ich mehrere Kürbisrasseln und ein Paar Eisenklappern. Dicht daneben standen bunte Flaschen und Krüge. Die Wand über dem Altar wurde nahezu völlig von einem kindlich anmutenden Gemälde eingenommen, auf dem ein Raddampfer zu sehen war.

Ich dachte an Epiphany in ihrem weißen Kleid, wie sie tanzte und stöhnte, während die Trommeln rollten und die Kürbiskugeln rasselten wie Schlangen im trockenen Gras.

Ich erinnerte mich an die geschickte Bewegung ihrer Hände und an das sprudelnde Blut des Hahns in jener Nacht.

Als ich die Kultstätte verließ, stieß ich mit dem Kopf an ein paar Konga-Trommeln, die von der Decke herunterhingen.

Ich suchte den Flur ab, aber erst in der Küche hatte ich Glück und fand die enge Treppe, die zum Laden hinunterführte. Ich durchsuchte das Hinterzimmer des Ladens. Alles war voll von getrockneten Wurzeln, Blättern und Pulvern. Ich wußte nicht, wonach ich eigentlich suchen sollte. Vorne war es dämmrig und leer. Auf dem Ladentisch lag ein Stoß ungeöffneter Post. Ich sah ihn im Licht meiner Taschenlampe durch: eine Telefonrechnung, mehrere Briefe von Kräutergrossisten und Reklamesendungen. Darunter lag eine Bildpostkarte. Auf dem Foto war Louis Cyphre! Er trug einen weißen Turban. Seine Haut schien vom Wüstenwind verbrannt. Darüber stand in gedruckten Lettern: El Cifr, Meister des Unbekannten. Und darunter: Der berühmte und allwissende el Cifr wird im Tempel der Hoffnung zu der Gemeinde sprechen. Adresse: 139 West, 144. Straße, Samstag, den 21. März 1959. Beginn: 20.30 Uhr. Jeder ist herzlich eingeladen. Eintritt frei.

Ich steckte die Karte in meinen Diplomatenkoffer. Wer konnte bei einer kostenlosen Einladung schon widerstehen.

30. KAPITEL

Nachdem ich Epiphany Proudfoots Apartment verschlossen hatte, ging ich die 125. Straße entlang und erwischte vor dem ›Palmen Café‹ ein Taxi. Auf der Fahrt hatte ich Zeit genug, über alles nachzudenken. Ich starrte auf den Hudson River hinaus, der dunkler als der Nachthimmel dalag. Die hellerleuchteten Luxusdampfer erschienen wie schwimmende Karnevalszüge entlang der Kais.

Es war ein Karneval des Todes. Treten Sie vor und sehen Sie sich die Todeszeremonie des Voodoo an! Schnell! Schnell! Schnell! Versäumen Sie das Aztekenopfer nicht. Wer zuerst kommt, mahlt zuerst. Es war eine Hintertreppenshow. Hexen und Wahrsagerinnen. Ein Klient, der mit geschwärztem Gesicht den Scheich von Arabien spielte. Ich war der Clown in diesem makabren Karneval, geblendet von den Lichtern und den Taschenspielertricks. In den Schattenspielen wurden mir Kunstgriffe gezeigt, die ich nicht durchschauen konnte.

Ich brauchte eine Bar in der Nähe meiner Wohnung. Vom ›Silver Rail‹ auf der 23. Straße hätte ich auch heimkriechen können. Ob ich das Lokal tatsächlich auf allen Vieren verlassen habe, weiß ich nicht mehr. Genausowenig weiß ich, wie ich in mein Bett im Chelsea Hotel kam. Das einzig Reale schienen meine Träume zu sein.

Ich träumte, daß ich durch Schreie von der Straße aus dem Tiefschlaf gerissen wurde. Ich ging zum Fenster und zog den Vorhang zurück. Die Straße wimmelte von Leuten, die heulten wie ein einziges wildes Tier. Ein zweirädriger Karren bahnte sich durch die Menge seinen Weg. Er wurde von einem alten Pferd gezogen. In dem Wagen saßen ein Mann und eine Frau. Ich nahm das Fernglas aus meinem Diplomatenkoffer und betrachtete die Szene näher. Die Frau war Margret Krusemark, der Mann war ich.

Ich saß in dem Wagen und hielt mich an dem Holzgeländer fest, während der gesichtslose Mob um uns wogte wie die stürmische See.

Margret Krusemark lächelte verführerisch auf der anderen Seite des holpernden Wagens. Wir waren uns so nahe, daß es fast wie eine Umarmung erschien. War sie eine Hexe, die zum Scheiterhaufen gefahren wurde? War ich der Henker?

Der Wagen fuhr weiter. Über den Köpfen der Menge sah ich die eindeutige Silhouette der Guillotine. Sie stand auf den Treppen des McBurney-Jugendheims. Es war die Zeit des Terrorregimes. Zu Unrecht verurteilt. Der Wagen hielt polternd zu Füßen des Blutgerüsts. Rohe Hände packten zu und zerrten Margret Krusemark von ihrem unsicheren Sitz. Die Menge wurde still, und man erlaubte ihr, allein die Stufen hinaufzuschreiten.

Aus der vorderen Reihe traf mich der Blick eines Revolutionärs. Er war schwarz gekleidet und trug eine Lanze. Es war Louis Cyphre. Die Jakobinermütze mit dem Zeichen der Trikolore hing schief auf seinem Kopf. Als er mich sah, schwenkte er seine Lanze und verbeugte sich höhnisch.

Das Spektakel auf dem Schafott sah ich nicht. Die Trommeln wirbelten, das Fallbeil krachte herab, und als ich aufsah, stand der Henker mit dem Rücken zu mir und zeigte der begeisterten Menge Margret Krusemarks Kopf. Ich hörte meinen Namen rufen und stieg von dem Karren, um Platz für den Sarg zu machen. Louis Cyphre lächelte. Er unterhielt sich großartig. Das Schafott war glitschig von Blut. Ich wäre beinahe ausgerutscht, als ich mich der hohnjubelnden Menge zuwandte. Ein Soldat nahm mich am Arm und geleitete mich fast höflich zur Guillotine. »Du mußt niederknien, mein Sohn«, sagte der Priester.

Ich kniete zu meinem letzten Gebet nieder. Der Henker stand neben mir. Ein Windstoß riß ihm die schwarze Kappe vom Kopf. Ich erkannte das pomadisierte Haar und das höhnische Lächeln. Der Henker war Johnny Favorite!

Ich wachte auf und schrie lauter als das Klingeln des Telefons. Ich griff nach dem Hörer wie ein Ertrinkender nach dem Rettungsring.

»Hallo ... Hallo. Spreche ich mit Angel? Harry Angel?« Es war Herman Winesap, mein Lieblingsanwalt.

»Ja, ich bin's.« Meine Zunge fühlte sich an, als wäre sie zu groß für meinen Mund.

»Mein Gott, Mann, wo haben Sie gesteckt? Ich rufe seit Stunden in Ihrem Büro an.«

»Ich habe geschlafen.«

»Geschlafen? Es ist fast elf Uhr!«

»Ich habe lange gearbeitet«, sagte ich. »Für Detektive gelten andere Arbeitszeiten als für Wall-Street-Anwälte.«

Wenn er sich auf den Schwanz getreten fühlte, war er klug genug, es nicht zu zeigen. »Ich verstehe das. Sie müssen Ihre Arbeit so machen, wie Sie es für das Beste halten.«

»Was ist so Wichtiges passiert, daß Sie keine Nachricht hinterlassen konnten?«

»Sie sagten gestern, daß Sie Mr. Cyphre treffen wollten.«

»Das stimmt.«

»Nun, er möchte heute mit Ihnen essen gehen.«

»Am gleichen Ort wie beim erstenmal?«

»Nein. Mr. Cyphre dachte, es würde Ihnen vielleicht im ›Le Voisin‹ gefallen. Die Adresse ist 575 Park Avenue.«

»Wann?«

»Um ein Uhr. Sie können es noch schaffen, wenn Sie nicht wieder einschlafen.«

»Ich werde kommen.«

Winesap verabschiedete sich mit den gewohnten Floskeln. Ich schleppte mich aus dem Bett und schlurfte unter die Dusche. Zwanzig Minuten heißes Wasser und drei Tassen schwarzer Kaffee gaben mir fast wieder das Gefühl, ein menschliches Wesen zu sein.

In einem gebügelten braunen Anzug, mit einem blütenweißen, frischgestärkten Hemd und einer fleckenlosen Krawatte war ich für das eleganteste französische Restaurant gerüstet. Ich fuhr durch den alten Zugtunnel zur Park Avenue.

Ich fand an der Ecke der 63. Straße einen Parkplatz und ging über die Avenue. Die Markise des ›Le Voisin‹ ging angeberisch zur Park Avenue hinaus, aber der Eingang war in der 63. Straße. Ich ging hinein, gab meinen Mantel und meinen Diplomatenkoffer ab. Das ganze Lokal strahlte etwas von der Kreditwürdigkeit seiner Kundschaft aus.

Der Oberkellner begrüßte mich mit der Zurückhaltung eines Diplomaten. Ich nannte ihm Louis Cyphres Namen, und er führte mich zu dem Tisch. Cyphre stand auf, als er mich kommen sah. Er trug graue Flanellhosen und ein blaues Marinejacket mit einem rotgrünen, seidenen Halstuch. Die aufgestickten Insignien des Raquet Clubs und eines Tennisclubs schmückten seine Brusttasche. An seinem Revers glänzte ein kleiner fünfzackiger goldener Stern, dessen eine Spitze nach oben zeigte.

»Wie schön, Sie wiederzusehen, Angel«, sagte er und ergriff meine Hand.

Wir setzten uns und bestellten unsere Drinks. Ich nahm eine Flasche Importbier gegen meinen Kater, Cyphre entschied sich für Campari Soda. Wir unterhielten uns über Nebensächlichkeiten, während wir warteten. Cyphre erzählte von seinen Plänen, während der Osterfeiertage auf Reisen zu gehen: Paris, Rom, der Vatikan. Er hielt die Zeremonie im Petersdom am Ostersonntag für ausgezeichnet. Es war sogar eine Audienz inbegriffen. Ich starrte ihn ausdruckslos an und dachte an das patriarchalische Gesicht mit dem Turban. El Cifr, der Meister des Unbekannten, trifft seine Heiligkeit, den Höchsten Priester.

Als die Drinks kamen, bestellten wir das Essen. Cyphre sprach französisch mit dem Kellner, und ich verstand nichts von dem, was er sagte. Meine Sprachkenntnisse reichten gerade aus, um mir radebrechend ›Tournedos Rossini‹ und einen Endiviensalat zu bestellen.

Sobald wir alleine waren, sagte Cyphre: »Und nun, Angel, möchte ich einen umfassenden Bericht, wenn es Ihnen recht ist.« Er lächelte und trank seinen rubinroten Drink in kleinen Schlucken.

»Da gibt es eine Menge zu erzählen. Es war eine lange Woche, und sie ist noch nicht zu Ende. Dr. Fowler ist tot. In der offiziellen Version lautet die Todesursache ›Selbstmord‹, woran ich persönlich nicht glaube.«

»Warum nicht? Der Mann hatte Schwierigkeiten, seine Karriere war in Gefahr.«

»Es gab noch zwei weitere Todesfälle; bei beiden handelte es sich um Mord. Und beide haben mit dem Fall zu tun.«

»Ich entnehme daraus, daß Sie Jonathan nicht gefunden haben.«

»Noch nicht. Ich habe eine Menge über ihn herausgefunden, aber nichts davon macht ihn besonders liebenswert.«

Cyphre rührte in seinem Drink.

»Glauben Sie, daß er noch lebt?«

»Man könnte es annehmen. Ich fuhr letzten Montag nach Harlem, um einen alten Jazzpianisten namens Edison Sweet auszufragen. Ich hatte ein Foto, das ihn zusammen mit Johnny Favorite zeigt. Es war vor Jahren aufgenommen worden und hat mein Interesse erregt. Ich schnüffelte ein bißchen herum und fand heraus, daß Sweet Anhänger eines Voodoo-Kults war. Das war vielleicht ein Ding: Tom-Toms, Blutopfer und so was. In den 40er Jahren gehörte Favorite auch dazu. Er hatte ein Verhältnis mit einer Voodoo-Priesterin namens Evangeline Proudfoot und interessierte sich überhaupt für solchen Hokuspokus. Ich habe das alles von Sweet erfahren. Am nächsten Tag wurde er ermordet. Der Mord sollte wie ein Voodoo-Ritualmord aussehen, aber die Leute, die das getan haben, hatten keine Ahnung von Vévé.«

»Vévé?« Cyphre zog die Augenbrauen hoch.

»Das sind mystische Voodoo-Symbole. Damit waren die ganzen Wände vollgeschmiert, mit Blut. Ein Experte hat sie als Fälschung entlarvt. Da wurde eine falsche Fährte gelegt.«

»Sie haben einen weiteren Mord erwähnt?«

»Ich komme noch darauf. Es war meine zweite Spur. Ich interessierte mich für Favorites Freundin ans der High Society und habe in dieser Richtung etwas nachgeforscht. Ich brauchte eine ganze Weile, um sie zu finden. Sie war eine Astrologin namens Margret Krusemark.«

Cyphre lehnte sich nach vorn wie ein neugieriger Nachbar am Gartenzaun.

»Die Tochter des Reeders?«

»Genau diese.«

»Erzählen Sie mir, was dann geschah.«

»Nun, ich bin ganz sicher, daß sie und ihr Vater es waren, die Favorite aus der Klinik in Poughkeepsie holten. Ich ging zu ihr hin und gab vor, ein Klient zu sein, der ein Horoskop wollte. Sie hat mich eine Zeitlang ziemlich in die Irre geführt. Als ich schließlich die Geschichte auf die Reihe kriegte, ging ich zu ihrem Apartment, um mal etwas genauer nachzusehen, und …«

»Sie sind eingebrochen?«

»Ich habe einen Nachschlüssel benutzt.«

»Aha«, sagte Cyphre. »Fahren Sie bitte fort.«

»Also gut. Ich ging in ihr Apartment und wollte es ein bißchen durchsuchen, aber leider klappte das nicht so ganz. Sie lag in ihrem Wohnzimmer, tot wie ein Stück Rindfleisch. Jemand hat ihr Herz herausgeschnitten. Das habe ich auch gefunden.«

»Wie ekelhaft.« Cyphre wischte sich die Lippen an der Serviette ab.

»Das mit dem Herz wurde in den Zeitungen nicht erwähnt.«

»Die Jungs von der Mordkommission lassen solche Details meistens weg, damit sie die Anrufe von irgendwelchen Verrückten besser einschätzen können.«

»Haben Sie die Polizei gerufen? Ich habe nichts über Sie gelesen.«

»Keiner weiß, daß ich dort war. Ich habe mich aus dem Staub gemacht. Es ist zwar nicht das Klügste, was ich tun konnte, aber die Polizei hat mich schon mit dem Mord an Sweet in Zusammenhang gebracht. Deswegen wollte ich nicht schon wieder eine Leiche am Hals haben.«

Cyphre runzelte die Stirn. »Inwiefern haben Sie mit dem Mord an Sweet zu tun?«

»Ich habe ihm meine Visitenkarte gegeben, und die Polizei hat sie in seiner Wohnung gefunden.«

Cyphre sah nicht froh aus. »Und die Krusemark? Haben Sie ihr auch eine Karte gegeben?«

»Nein, in diesem Fall kann ich ganz beruhigt sein. Ich habe meinen Namen auf ihrem Kalender gesehen und ebenso auf dem Horoskop, das sie für mich stellen wollte. Ich habe beide Papiere an mich genommen.«

»Wo haben Sie sie jetzt?«

»An einem sicheren Ort. Machen Sie sich keine Sorgen.«

»Warum vernichten Sie sie nicht?«

»Daran habe ich auch schon gedacht. Aber das Horoskop könnte eine Spur sein. Als mich Margret Krusemark nach meinem Geburtsdatum fragte, gab ich ihr das von Johnny Favorite.«

An dieser Stelle des Gesprächs erschien der Ober mit unserem Essen. Er lüftete die Deckel der Schüsseln wie ein Magier, dann tauchte ein Weinkellner auf und brachte eine Flasche Bordeaux. Cyphre ließ von dem Ritual nichts aus: Er schnupperte und biß auf einem kleinen Schluck herum, bevor er seine Zustimmung zum Einschenken gab. Es wurden zwei Gläser eingegossen, und die beiden Ober verschwanden so leise und unmerklich wie zwei Taschendiebe in einer Menschenmenge.

»Ein ›Chateaux Margeaux '47‹«, sagte Cyphre. »Ein excellenter Jahrgang aus dem Haut-Medoc. Ich habe mir erlaubt, einen Wein zu bestellen, der zu Ihrem und meinem Gericht paßt.«

»Danke. Ich versteh nicht viel von Wein.«

»Er wird Ihnen schmecken.« Er hob sein Glas. »Auf daß Ihr Erfolg anhalten möge. Ich hoffe, Sie haben meinen Namen aus der Sache rausgehalten, als die Polizei Sie aufsuchte.«

»Als sie mich unter Druck setzten, habe ich ihnen Winesaps Nummer gegeben und gesagt, daß ich für ihn arbeite. Ich reklamierte für mich das gleiche Recht auf Verschwiegenheit wie ein Anwalt auch.«

»Sie schalten schnell, Mr. Angel. Was für Schlüsse haben Sie inzwischen gezogen?«

»Schlüsse? Gar keine.«

»Glauben Sie, daß Jonathan all diese Menschen umgebracht hat?«

»Nein, überhaupt nicht.«

»Warum nicht?« Cyphre spießte gerade ein Stück Paté auf seine Gabel.

»Weil das Ganze nach einer Auftragsarbeit aussieht. Ich glaube, man will es Favorite bloß anhängen.«

»Eine interessante Hypothese.«

Ich nahm einen Schluck Wein, und meine Augen trafen seinen eisigen Blick.

»Die Schwierigkeit ist nur, daß ich nicht weiß warum. Die Antwort darauf liegt in der Vergangenheit begraben.«

»Graben Sie sie aus, Mann.«

»Meine Arbeit wäre viel leichter, Mr. Cyphre, wenn Sie ein bißchen offenherziger wären.«

»Wie bitte?«

»Sie waren bis jetzt keine große Hilfe. Alles, was ich über Johnny Favorite weiß, habe ich selbst herausgefunden. Sie haben mir nie einen Tip gegeben, obwohl Sie mit ihm zusammen waren. Sie hatten ein Geschäft mit ihm. Sie und dieser Waisenknabe, der Tauben aufschlitzt und Totenschädel mit sich rumträgt. Es gibt da eine ganze Menge, woran Sie nicht rühren wollen.«

Cyphre legte das Besteck auf seinen Teller. »Als ich Jonathan das erste Mal traf, arbeitete er als Laufbursche. Falls er Totenschädel im Koffer hatte, wußte ich nichts davon. Ich wäre überglücklich, wenn ich Ihre Fragen beantworten könnte.«

»Okay. Warum tragen Sie diesen Stern, verkehrt herum?«

»Diesen?« Er blickte auf das Abzeichen. »Nun, Sie haben recht, er hat die Spitze nach oben. Er drehte ihn sorgfältig im Knopfloch herum. »Es ist das Abzeichen der ›Söhne der Republik‹. Eine von diesen zahllosen Vereinigungen. Sie haben mich zu ihrem Ehrenmitglied gemacht, Ich soll Spenden auftreiben. Es ist nie falsch, wenn man als Patriot angesehen wird.« Cyphre lehnte sich vor, sein Lächeln war so weiß wie das einer Zahnpastareklame. »In Frankreich trage ich immer die Trikolore.«

Ich starrte auf sein lächelndes Gesicht, und er zwinkerte mir zu. Mich durchlief ein eisiger Schauder; mir war, als hätte ich einen elektrischen Schlag bekommen. Ich fühlte mich starr und zu jeder Bewegung unfähig. Von dem unschuldigen Lächeln Cyphres war ich wie hypnotisiert. Es war das gleiche Lächeln wie am Fuß des Schafotts. ›In Frankreich trage ich immer die Trikolore.‹

»Geht es Ihnen nicht gut, Mr. Angel? Sie sehen ein bißchen blaß aus.«

Er spielte Katz und Maus mit mir. Ich faltete meine Hände auf dem Schoß, damit er nicht sehen konnte, wie sie zitterten.

»Ich habe mich verschluckt«, sagte ich. »In meinem Hals ist etwas steckengeblieben.«

»Sie müssen vorsichtiger sein. Daran kann man ersticken.«

»Schon gut. Machen Sie sich keine Sorgen. Nichts wird mich abhalten, die Wahrheit herauszufinden.«

Cyphre schob seinen Teller zurück. Die exquisite Pastete hatte er nicht aufgegessen. »Die Wahrheit, Mr. Angel, ist ein schwer zu jagendes Wild.«

31. KAPITEL

Statt des Desserts nahmen wir Brandy und Zigarren. Cyphres Panatelas waren genauso gut, wie sie rochen. Über den Fall wurde nicht mehr gesprochen. Ich versuchte, die Konversation aufrechtzuerhalten, so gut es mir eben gelang. Das Gefühl der Angst lag wie ein Stein in meinem Magen. Hätte ich mir dieses höhnische Zwinkern vorstellen können? Gedankenlesen ist der älteste Schwindel der Welt, aber obwohl ich das wußte, ließ das Zittern meiner Finger nicht nach.

Wir verließen das Restaurant zusammen. Am Randstein wartete ein silbergrauer Rolls Royce. Ein uniformierter Chauffeur öffnete den hinteren Wagenschlag für Cyphre. »Wir bleiben in Kontakt«, sagte er und griff nach meiner Hand, bevor er in den Wagen stieg. Das Innere des Rolls wirkte wie ein exklusiver Herrenclub mit all dem polierten Holz und Leder. Ich stand auf dem Gehsteig und beobachtete, wie er um die Ecke glitt.

Der Chevy erschien mir etwas schäbig, als ich ihn startete und zurückfuhr. Innen roch es wie in einem Kinosaal auf der 42. Straße. Abgestandener Rauch und alte Erinnerungen. Ich fuhr die Fifth Avenue runter und folgte dem grünen Streifen, der von der Parade vor zwei Tagen noch übrig geblieben war. Auf der 45. Straße fuhr ich nach Westen. Zwischen der Sixth und Seventh Avenue sah ich einen Parkplatz und fuhr hinein.

Im Vorraum meines Büros fand ich Epiphany Proudfoot schlafend auf dem Sofa liegen. Sie trug ein pflaumenblaues

Kostüm und eine Seidenbluse. Ihren dunkelblauen Mantel hatte sie als Kissen unter den Kopf gelegt. Auf dem Boden stand ein teurer Kosmetikkoffer. Sie lag äußerst graziös da, mit übereinandergelegten Beinen und unter dem Mantel gefalteten Armen. Sie sah so reizend aus wie die Galionsfigur eines Seglers. Ich tippte zart auf ihre Schulter, und ihre Augenlider begannen zu flattern.

»Epiphany!«

Ihre Augen öffneten sich weit und glühten wie polierter Bernstein. Sie hob den Kopf. »Wie spät ist es?« fragte sie.

»Fast drei.«

»So spät. Ich war so müde.«

»Wie lange warten Sie schon?«

»Seit zehn. Sie halten sich nicht gerade an die üblichen Bürostunden.«

»Ich hatte einen Termin mit meinem Klienten. Wo waren Sie gestern nachmittag. Ich war bei dem Laden, aber niemand war da.«

Sie setzte sich auf und stellte die Füße auf den Boden. »Ich war bei einer Freundin. Ich hatte Angst, zu Hause zu bleiben.«

»Warum?«

Epiphany schaute mich an, als wäre ich ein kleines Kind. »Was glauben Sie wohl?« sagte sie. »Zuerst wurde Toots ermordet, dann hörte ich in den Nachrichten, daß die Frau, die mit Johnny Favorite verlobt war, ermordet worden ist. Ich kann mir ausrechnen, daß ich als nächste dran bin.«

»Warum nennen Sie sie ›die Frau‹? Wissen Sie ihren Namen nicht?«

»Woher sollte ich den wissen?«

»Sie halten sich wohl für sehr schlau, Epiphany. Ich habe Sie bis zu Margret Krusemarks Apartment verfolgt, nachdem

Sie gestern von hier weggegangen sind. Ich habe auch Ihre Unterhaltung belauscht. Sie behandeln mich wie einen Idioten.«

Ihre Nasenflügel flatterten, und ihre Augen funkelten wie Edelsteine.

»Ich versuche, mein Leben zu retten.«

»Dann sollten Sie besser kein doppeltes Spiel spielen. Was haben Sie mit Margret Krusemark ausgekocht?«

»Nichts. Bis gestern kannte ich sie noch gar nicht.«

»Nicht schon wieder die gleiche Nummer, Epiphany.«

»Was soll ich denn machen? Soll ich etwas erfinden?«

Epiphany ging um den niedrigen Tisch herum. »Nachdem ich Sie gestern angerufen hatte, rief mich diese Frau, Margret Krusemark, an. Sie sagte mir, daß sie eine alte Freundin meiner Mutter gewesen sei. Sie wollte zu mir kommen, aber ich sagte, daß ich in der Stadt zu tun hätte; deshalb hat sie mich zu sich eingeladen. Sie erwähnte nichts von Johnny Favorite, erst als ich bei ihr war. Das ist die Wahrheit.«

»Also gut«, sagte ich. »Ich will Ihnen glauben. Wer könnte Ihnen schon widersprechen. Wo waren Sie letzte Nacht?«

»Ich war im Plaza Hotel. Ich dachte, ein vornehmes Hotel wäre wohl der letzte Ort, wo man ein schwarzes Mädchen aus Harlem suchen würde.«

»Wohnen Sie immer noch da?«

Epiphany schüttelte den Kopf. »Das kann ich mir nicht leisten. Außerdem habe ich mich nicht sicher gefühlt. Ich habe kein Auge zugetan.«

Sie hob ihre zarte Hand und strich das Revers meines Mantels glatt.

»Seit Sie gekommen sind, fühle ich mich viel sicherer.«

»Bin ich der große, mutige Detektiv?«

»Machen Sie sich doch nicht selbst runter.« Epiphany nahm mich am Revers und stand ganz nahe vor mir. Ihr Haar roch so frisch wie sonnengetrocknetes Leinen. »Sie müssen mir helfen.«

Ich hob ihr Kinn, und wir sahen uns in die Augen, meine Finger strichen über ihre Wange. »Sie können bei mir wohnen. Es ist bequemer als im Büro.«

Sie dankte mir so ernsthaft, als wäre ich ein Musiklehrer, der sie für eine gute Stunde belobigt.

»Ich werde Sie jetzt hinbringen«, sagte ich

32. KAPITEL

Ich parkte den Chevy an der Ecke der 8. und 23. Straße, direkt vor dem Grand Old Opera Haus, das früher das Hauptquartier von Ernie Railroad war. Es war die Festung, in der sich ›Jubilee‹ Jim Fisk vor seinen wütenden Aktionären verbarrikadiert hatte und wo er aufgebahrt lag, nachdem ihn Ned Stokes auf der Hintertreppe des Grand Central Hotels erschossen hatte.

»Wo ist das Grand Central Hotel?« fragte Epiphany, als ich den Wagen abschloß.

»Weiter unten, bei der Bleecher Street. Heute heißt es Broadway Central. Früher einmal war es das La Farge House.«

»Sie wissen eine ganze Menge über die Stadt«, sagte sie und nahm meinen Arm, als wir über die Straße gingen.

»Detektive sind wie Taxifahrer. Sie lernen den Stadtplan bei der Arbeit auswendig.« Ich hatte für Epiphany den Führer bei einer Sightseeing-Tour gespielt und ihr auf dem ganzen Weg die Sehenswürdigkeiten heruntergehaspelt. Ihr schien das zu gefallen, und ihre gelegentlichen Zwischenfragen ermutigten mich zu noch detaillierteren Beschreibungen. Die Metallfassade eines alten Geschäftshauses gefiel ihr besonders.

»Ich glaube, ich bin noch nie in diesem Teil der Stadt gewesen.«

Wir fuhren am ›Cavanaugh Restaurant‹ vorbei. »Hier hatte Diamond Jim Brady Lillian Russel den Hof gemacht. In den 90er Jahren war das eine sehr elegante Gegend. Madison Square war das Zentrum der Stadt, und drüben an der Sixth Avenue waren all die eleganten Läden gewesen. In den alten Häusern sind heute Lofts, aber von außen sehen sie aus wie früher. Hier wohne ich.«

Epiphany hob den Kopf und bestaunte die Pracht der viktorianischen Fassade des Chelsea Hotels. Ihr Lächeln sagte mir, daß sie von den zarten Balkongittern in jedem Stockwerk entzückt war. »Welcher ist Ihrer?«

Ich deutete hinauf. »Im sechsten Stock. Unter dem Bogen.«

»Wir wollen hineingehen«, sagte sie.

Abgesehen von dem Kamin mit den eingemeißelten Adlern war die Halle nicht besonders eindrucksvoll. Epiphany schenkte ihnen ebensowenig Aufmerksamkeit wie der Bronzeplatte am Eingang. Nur, als eine weißhaarige Frau mit einem Leoparden an der Leine aus dem Aufzug kam, mußte sie zweimal hinsehen.

Ich besaß zwei Räume und eine Kochnische mit einem kleinen Balkon, der auf die Straße ging. Für New Yorker Begriffe war es nicht großartig, aber nach dem Ausdruck in Epiphanys Gesicht zu urteilen, hätte es ein Millionärsapartment sein können.

»Ich liebe hohe Räume«, sagte sie und legte ihren Mantel über die Sofalehne. »Man kommt sich so wichtig in ihnen vor.«

Ich nahm ihren Mantel und hängte ihn neben meinen in den Schrank. »Ist es hier höher als im Plaza?«

»Ungefähr gleich hoch. Aber Ihre Räume sind größer.«

»Wir haben aber keinen Palmengarten unten. Möchten Sie etwas trinken?«

Sie hielt das für eine gute Idee. Ich machte zwei Longdrinks in meiner Kochnische. Als ich mit den Gläsern zurückkam, lehnte sie in der Türöffnung und starrte auf das Doppelbett im anderen Raum.

»Das gehört zur Einrichtung hier«, sagte ich und gab ihr das Glas. »Wir werden eine Lösung finden.«

»Sicher«, sagte sie. Die Anspielung in ihrem Tonfall war nicht zu überhören. Sie nahm einen kleinen Schluck, hielt den Drink für gerade richtig und setzte sich vor den Kamin. »Funktioniert er?«

»Schon. Wenn ich nicht vergesse, Holz zu kaufen.«

»Ich werde Sie daran erinnern. Es ist eine Schande, ihn nicht anzumachen.«

Ich öffnete meinen Diplomatenkoffer und zeigte ihr das Bild von el Cifr. »Kennen Sie den?«

»El Cifr. Er ist eine Art Swami. Er ist schon seit Jahren in Harlem, mindestens seit der Zeit, als ich ein Kind war. Er hat seine eigene Sekte, aber er predigt auch überall, wo er eingeladen wird, sei es von den Moslems oder den Abessinischen Baptisten. Ich bekomme seine Einladung mehrmals pro Jahr mit der Post. Ich hänge sie dann in die Ladentür, genauso wie die vom Roten Kreuz oder von Schwester Kenny. Das ist reiner Kundenservice, wissen Sie.«

»Haben Sie ihn einmal persönlich getroffen?«

»Nie. Weshalb wollen Sie etwas über el Cifr wissen? Hat er etwas mit Johnny Favorite zu tun?«

»Vielleicht. Ich bin mir nicht sicher.«

»Das heißt, Sie wollen es nicht sagen.«

»Wir sollten gleich zu Anfang eine Sache klarstellen«, sagte ich. »Fragen Sie mich nicht aus.«

»Es tut mir leid. Ich bin nur neugierig. Ich stecke doch auch mit drin.«

»Sie stecken bis über beide Ohren mit drin. Deshalb ist es besser, wenn Sie verschiedene Dinge nicht wissen.«

»Haben Sie Angst, daß ich sie ausplaudern könnte?«

»Nein. Ich habe Angst, daß jemand meinen könnte, daß Sie etwas wissen.«

Das Eis klimperte in Epiphanys leerem Glas. Ich machte ihr einen neuen Drink, für mich ebenfalls und setzte mich neben sie auf die Couch. »Zum Wohl«, sagte sie, als wir anstießen.

»Ich will ehrlich zu Ihnen sein, Epiphany«, sagte ich. »Ich bin bei der Suche nach Johnny Favorite keinen Schritt weitergekommen seit der Nacht, als wir uns zum erstenmal trafen. Er war Ihr Vater. Ihre Mutter muß Ihnen etwas über ihn erzählt haben. Versuchen Sie sich zu erinnern, was sie Ihnen gesagt hat, mag es auch noch so unbedeutend erscheinen.«

»Sie hat ihn kaum erwähnt.«

»Sie muß doch irgend etwas über ihn gesagt haben.«

Epiphany spielte mit einem Ohrring, einer kleinen in Gold gefaßten Gemme. »Mama sagte, daß er eine Person mit Kraft und Macht war. Sie nannte ihn einen Magier. Der Obi-Kult war nur einer der Wege, die er erforscht hat. Mama sagte, daß er ihr eine Menge schwarzer Zauberei beigebracht hat, mehr, als sie wissen wollte.«

»Was meinen Sie damit?«

»Wer mit dem Feuer spielt, wird darin umkommen.«

»Ihre Mutter interessierte sich nicht für die Schwarze Magie?«

»Mama war ein guter Mensch. Ihr Geist war rein. Sie sagte mir einmal, daß Johnny Favorite so nahe an das wirklich

Böse herangekommen war, wie sie es sich selbst gewünscht hatte.«

»Das muß seine Attraktivität ausgemacht haben«, sagte ich.

»Vielleicht. Normalerweise hat es immer mit etwas Schlechtem zu tun, wenn die Herzen junger Mädchen schneller schlagen.«

Ob ihres jetzt wohl schneller schlägt, fragte ich mich.

»Können Sie sich sonst noch an etwas erinnern?«

Epiphany lächelte. Ihre Augen blickten so unerschütterlich wie die einer Katze. »Nun ja, eines noch. Sie sagte, daß er ein hervorragender Liebhaber gewesen sei.«

Ich mußte mich räuspern. Sie lehnte sich in den Sofakissen zurück und wartete ab, was ich tun würde. Ich entschuldigte mich und ging ins Badezimmer. Das Zimmermädchen hatte die Putzsachen gegen den Spiegel gelehnt. Sie war zu faul gewesen, sie nach der Arbeit zurückzustellen. Ihr grauer Kittel hing über dem Besenstiel wie ein deplazierter Schatten.

Als ich den Reißverschluß meiner Hose öffnete, starrte ich mich im Spiegel an. Ich sagte mir, daß ich ein Narr sein mußte, mich mit einer Verdächtigen einzulassen. Es war dumm, unmoralisch und gefährlich. Mach deine Arbeit und schlaf auf der Couch! Aber meine Vorstellungen waren so lüstern, daß mein Verstand vollkommen ausgeschaltet war. Epiphany lächelte, als ich zurückkam. Sie hatte ihre Schuhe und ihre Jacke ausgezogen. Ihr schlanker Hals in der offenen Bluse war so graziös, daß ich an einen fliegenden Falken denken mußte. »Soll ich nachschenken?« Ich griff nach ihrem leeren Glas.

»Warum nicht?«

Ich machte zwei harte Drinks, und als ich den einen Epiphany gab, sah ich, daß die beiden obersten Knöpfe ihrer

Bluse offen waren. Ich hängte mein Jacket über die Stuhllehne und öffnete meine Krawatte. Epiphany verfolgte jede meiner Bewegungen mit ihren Topasaugen. Es war so still wie unter einer Glasglocke.

Das Blut hämmerte gegen meine Schläfen, als ich mich neben ihr niederkniete. Ich nahm ihr das Glas aus der Hand und stellte es neben meines auf den Couchtisch. Epiphanys Lippen öffneten sich leicht. Als ich meine Hand in ihren Nacken legte und sie zu mir herunterzog, hörte ich sie tief einatmen.

33. KAPITEL

Zu Anfang war es ein aufgeregtes Durcheinander von Kleidungsstücken und Gliedmaßen. Drei Wochen Enthaltsamkeit hatten meine Fähigkeiten als Liebhaber nicht unbedingt gesteigert. Ich versprach, beim zweitenmal eine bessere Vorstellung zu liefern, wenn man mir eine Chance dazu gäbe.

»Das hat überhaupt nichts mit Chancen zu tun.« Epiphany streifte die Bluse von ihren Schultern. »Durch Sex sprechen wir mit den Göttern.«

»Sollten wir die Konversation nicht im Schlafzimmer fortsetzen?« Ich befreite mich von meinen verknoteten Hosen.

»Ich meine es ernst«, flüsterte sie, als sie mir die Krawatte abnahm und mein Hemd aufknöpfte. »Es gibt eine Geschichte, die älter als Adam und Eva ist. Die Welt begann, als sich die Götter vereinigten. Wir beide sind ein Spiegelbild der Schöpfung.«

»Nimmst du es nicht zu ernst?«

»Es ist nicht ernst, es ist lustvoll.« Sie ließ ihren Büstenhalter auf den Boden fallen und streifte ihren zerknitterten Rock ab. »Die Frau ist der Regenbogen, der Mann ist der Blitz und der Donner. Sehen Sie. So.«

Sie trug nur noch Nylons und Strapse und machte eine Brücke nach hinten mit der Geschmeidigkeit eines Yogameisters. Ihr Körper war biegsam und kräftig. Unter ihrer rehbraunen Haut spielten die zarten Muskeln. Sie hatte die Anmut eines fliegenden Vogels.

Oder eines Regenbogens. Ihre Hände berührten hinter ihrem Kopf den Boden, es war der perfekte Bogen. Wie bei allen Naturwundern, so auch bei ihren langsamen, entspannten Bewegungen, erhaschte man einen Blick auf die wahre Vollendung. Sie ließ sich langsam nieder, bis sie nur noch auf ihren Schultern und ihren Fußsohlen ruhte. Es war die fleischlichste Stellung, die ich je bei einer Frau gesehen hatte. »Ich bin der Regenbogen«, flüsterte sie.

»Der Blitz schlägt gleich noch mal ein.« Ich kniete vor ihr wie ein gläubiger Adept und griff nach dem Altar ihrer geöffneten Schenkel. Aber die Stimmung änderte sich schlagartig, als sie wie eine Limbotänzerin näher rückte und mich verschlang. Aus dem Regenbogen war eine Tigerin geworden. Ihr straffer Bauch pochte. »Beweg dich nicht«, flüsterte sie, während sie verborgene Muskeln zum Pulsieren brachte. Es war schwer, nicht laut zu schreien, als ich kam.

Epiphany lehnte sich gegen meine Brust. Ich fuhr mit den Lippen über ihre nasse Stirn.

»Mit Trommeln ist es noch besser«, sagte sie.

»Du machst so etwas in der Öffentlichkeit?«

»Es gibt Zeiten, da bist du von den Geistern besessen. Beim Banda oder bei einem Bambouché. Es sind Zeiten, wo du die ganze Nacht trinken und tanzen kannst. Ja, und ficken bis zum Morgengrauen.«

»Was sind Banda und Bambouché?«

Epiphany lächelte und spielte mit meinen Brustwarzen. Banda ist ein Tanz zur Ehre von Guédé. Sehr wild und sehr heilig. Er wird immer bei der Zusammenkunft unserer Gemeinde getanzt. Im Voodoo-Tempel.«

»Und Bambouché?«

»Das ist nur ein kleines Fest. Die Gemeinde läßt ein bißchen Dampf ab.«

»Eine Art kirchliches Gemeindefest?«

»O Gott. Viel lustiger.«

Wir verbrachten den Nachmittag wie nackte Kinder, mit Lachen, Duschen, Eisschrankplündern und Konversation mit den Göttern. Epiphany fand eine puertorikanische Radiostation, und wir tanzten, bis unsere Körper vor Schweiß glänzten. Als ich vorschlug, zum Essen zu gehen, führte mich meine kichernde Mambo in die Kochnische und schäumte unsere Intimteile mit geschlagener Sahne ein. Es war ein köstlicheres Mahl, als Cavanaugh es jemals hätte servieren können.

Als es dunkler wurde, hoben wir unsere Kleider auf und zogen uns ins Schlafzimmer zurück. In einer Schublade hatte ich ein paar Teelichter gefunden, die wir anzündeten. Epiphanys Körper glänzte in dem bleichen Licht wie eine am Baum gereifte Frucht. Man hätte sie überall kosten mögen.

Zwischen den Naschereien unterhielten wir uns. Ich fragte sie, wo sie geboren wurde.

»In der Frauenklinik auf der 110. Straße. Aber ich bin bei meiner Großmutter auf Barbados aufgewachsen, bis ich sechs war. Und du?«

»In einem kleinen Ort in Wisconsin, von dem du noch nie etwas gehört hast. Außerhalb von Madison. Heute ist er sicher eingemeindet.«

»Klingt nicht so, als ob du dorthin zurück möchtest.«

»Ich bin nicht mehr dort gewesen, seit ich eingezogen wurde. Und das war eine Woche nach Pearl Harbor.«

»Warum nicht? So schlecht kann es doch nicht sein.«

»Es gibt da niemand mehr für mich. Meine Eltern wurden getötet, als ich im Militärhospital lag. Ich hätte zur Beerdigung fahren können, aber mein Zustand erlaubte das nicht. Nach meiner Entlassung war alles nur noch ein Bündel verblassender Erinnerungen.«

»Warst du das einzige Kind?«

Ich nickte. »Ich war adoptiert. Aber deswegen liebten sie mich um so mehr.« Ich sagte das wie ein Pfadfinder, der ein Treuegelöbnis ablegt. Für mich war der Glaube an die Liebe meiner Eltern das, was für andere Leute patriotische Gefühle sind. Er hat all die Jahre angehalten, obwohl ich mich kaum mehr an ihre Gesichter erinnern konnte. So sehr ich mich auch bemühte, ich erinnerte mich nur an verblichene Schnappschüsse aus der Vergangenheit.

»Aus Wisconsin«, sagte Epiphany, »kein Wunder, daß du alles über kirchliche Gemeindetreffen weißt.«

»Und auch alles über die sonstigen Spießervergnügen.«

Sie schlief in meinen Armen ein, und ich lag noch lange wach und betrachtete sie. Ihre zarten Brüste hoben und senkten sich beim Atmen. In dem Kerzenlicht sahen ihre Brustwarzen wie Schokoladebonbons aus, und ihre Lider flatterten, wenn die Schatten der Träume unter ihnen vorüberhuschten. Sie sah wie ein kleines Mädchen aus. In ihrem unschuldigen Aussehen erinnerte nichts mehr an den ekstatischen Ausdruck ihrer Züge, als sie den Regenbogen machte oder unter mir heulte wie eine Tigerin.

Es war Wahnsinn, sich mit ihr einzulassen. Diese schlanken Finger wußten, wie man ein Messer führt. Sie opferte Tiere, ohne mit der Wimper zu zucken. Wenn sie Toots und Margret Krusemark ermordet hatte, saß ich ganz schön in der Tinte.

Ich kann mich nicht erinnern, wann ich eingeschlafen bin. Ich driftete weg und versuchte die Zärtlichkeit der Gefühle für ein Mädchen zu bewahren, von dem ich allen Grund hatte, anzunehmen, daß sie äußerst gefährlich war. Und zwar in dem Sinn ›gefährlich‹, wie es immer auf den Steckbriefen zu lesen ist.

Meine Träume waren eine Folge von Alpträumen. Gewalttätige, unzusammenhängende Bilder wechselten sich ab mit Szenen äußerster Verlassenheit. Ich hatte mich in einer Stadt, die ich nicht kannte, verlaufen. Die Straßen waren leer; als ich zu einer Kreuzung kam, hatten die Wegweiser keine Aufschrift. Keines der Gebäude erschien mir bekannt. Sie waren hoch und hatten keine Fenster.

In der Ferne sah ich eine Person, die ein Reklamebild an einer leeren Wand befestigte. Als sie die restlichen Teile einklebte, begann sich ein Gesicht daraus zu formen. Ich trat näher. Das hohnlächelnde Gesicht von Louis Cyphre grinste auf mich herunter, genauso breit wie der lachende Mr. Tilyou im Steeplechase Park. Ich sprach den Arbeiter an, und er drehte sich herum. Es war Cyphre. Er lachte.

Das Reklamebild öffnete sich wie der Vorhang in einem Theater und enthüllte eine endlose Kette bewaldeter Hügel. Cyphre stellte den Besen und den Leimtopf ab und rannte hinein. Ich rannte hinterher und arbeitete mich durch das Unterholz wie eine Pantherkatze. Ich verlor ihn, gleichzeitig damit kam mir die Erkenntnis, daß ich verloren war.

Die Spur, der ich folgte, schlängelte sich durch Parks und Wiesen. Als ich anhielt, um an einem Bach zu trinken, sah ich einen Fußabdruck auf dem bemoosten Ufer. Ein paar Augenblicke später durchschnitt ein schriller Schrei die Stille.

Ich hörte einen zweiten und rannte in die Richtung, aus der er kam. Beim dritten Schrei war ich bei einer kleinen Lichtung angekommen. Auf der gegenüberliegenden Seite war gerade ein Bär dabei, eine Frau zu zerfleischen. Ich rannte hin. Das riesige Tier schüttelte sein wehrloses Opfer wie eine Strohpuppe. Ich blickte in das blutende Gesicht der Frau. Es war Epiphany.

Ohne zu überlegen, warf ich mich auf das Tier. Die Bestie richtete sich auf und streckte mich mit einem furchtbaren Schlag nieder. Der Bär hatte ein durchaus menschliches Gesicht, keine Reißzähne und keine triefende Schnauze, er sah ganz genauso aus wie Cyphre.

Als ich wieder hinsah, lag Cyphre ein paar Meter weiter weg ausgestreckt auf der Erde. Er war nackt und nicht mehr dabei, Epiphany zu zerreißen; jetzt liebte er sie in dem hohen Gras. Ich machte einen Satz nach vorn, erwischte ihn an der Gurgel und zerrte ihn von dem stöhnenden Mädchen herunter. Wir rangen neben ihr im Gras. Obwohl er stärker war als ich, hatte ich ihn fest an der Gurgel gepackt. Ich drückte zu, bis sich sein Gesicht verdunkelte. Hinter mir schrie Epiphany. Ihre Schreie weckten mich auf.

Ich saß im Bett, das Laken wie ein Leichentuch um mich geschlagen. Meine Beine waren um Epiphanys Taille gepreßt. Ihre Augen starrten mich an, weit aufgerissen vor Angst und Schmerz. Ich hatte sie am Hals gepackt und meine Finger zu einem tödlichen Griff geschlossen. Sie hörte auf zu schreien.

»Oh, mein Gott, ist alles in Ordnung?«

Epiphany schnappte nach Luft und rückte in die hinterste Ecke des Bettes, als ich von ihr abließ. »Du mußt wahnsinnig sein.«

»Manchmal glaube ich das auch.«

»Was hattest du plötzlich?« Epiphany rieb sich den Nacken. Die Spuren meiner Finger entstellten ihre makellose Haut.

»Ich weiß nicht. Möchtest du etwas Wasser?«

»Ja, bitte.«

Ich ging in die Kochnische und brachte ihr ein Glas Eiswasser. »Danke.« Sie lächelte, als ich es ihr gab. »Behandelst du alle deine Freundinnen so?«

»Normalerweise nicht. Ich hatte einen schweren Traum.«

»Was für einen Traum?«

»Jemand hat dir wehgetan.«

»Jemand, den du kennst?«

»Ja. Ich träume jede Nacht von ihm. Verrückte, gewalttätige Träume. Alpträume. Immer taucht der gleiche Mann auf und hält mich zum Narren, tut mir weh. Heute nacht habe ich geträumt, daß er dich verletzt hat.«

»Klingt ganz so, als ob ein Boko einen mächtigen Wanga auf dich ausübt.«

»Kannst du nicht Englisch sprechen, Baby?«

Epiphany lachte. »Ich sollte dich einweihen. Ein Boko ist ein Hungan, der Böses tut, der nur Schwarze Magie betreibt.«

»Ein Hungan?«

»Ein Priester des Obi-Kultes. Das gleiche wie eine Mambo, wie ich, bloß ein Mann. Ein Wanga ist ein Fluch oder ein Zauber. Du kennst das von Hexen. Was du mir von deinen Träumen erzählst, daraus schließe ich, daß ein Zauberer dich in seine Macht bekommen hat.«

Ich fühlte, wie mein Herz schneller schlug. »Jemand übt magische Kräfte auf mich aus?«

»Sieht ganz so aus.«

»Könnte es derjenige sein, der immer in meinen Träumen auftaucht?«

»Wahrscheinlich. Kennst du ihn?«

»Flüchtig. Sagen wir, ich hatte in letzter Zeit mit ihm zu tun.«

»Ist es Johnny Favorite?«

»Nein, aber du bist nah dran.«

Epiphany ergriff meinen Arm. »Es ist dasselbe böse Geschäft, das mein Vater betrieben hat. Er war ein Teufelsanbeter.«

»Und du nicht?« Ich streichelte ihr Haar.

Epiphany zog sich von mir zurück. Sie war beleidigt.

»Glaubst du das?«

»Ich weiß, daß du eine Voodoo-Mambo bist.«

»Ich bin eine echte, eine gute Mambo. Ich arbeite für das Gute, aber das heißt nicht, daß ich über das Böse nicht Bescheid wüßte. Wenn dein Gegner mächtig ist, solltest du dich vorsehen.«

Ich umarmte sie. »Glaubst du, daß du einen Zauber machen könntest, der meine Träume beschützt?«

»Wenn du an Voodoo glauben würdest, könnte ich es.«

»Ich werde von Minute zu Minute gläubiger. Es tut mir leid, wenn ich dir weh getan habe.«

»Ist schon gut.« Sie küßte mich aufs Ohr. »Ich weiß einen Weg, der alle Schmerzen vergessen läßt.«

Den gingen wir dann.

34. KAPITEL

Als ich die Augen aufschlug, tanzten Staubflocken in einem frühen Sonnenstrahl. Epiphany lag neben mir. Die zurückgeworfenen Decken entblößten einen schlanken Arm und eine zimtfarbene Schulter. Ich setzte mich auf, griff nach den Zigaretten und lehnte mich in die Kissen zurück. Der Sonnenstrahl teilte unser Bett in zwei Hälften und strich über unsere Körper wie eine dünne goldene Straße.

Gerade als ich mich hinüberbeugte und Epiphanys Augenlider küßte, begann es, gegen die Tür zu trommeln. So kündigten sich nur Bullen an.

»Machen Sie auf, Angel!« Es war Sterne.

Epiphanys Augen waren vor Angst geweitet. Ich legte meinen Finger auf ihre Lippen. »Wer ist da?« Ich gab meiner Stimme die nötige Schlaftrunkenheit.

»Lieutenant Sterne. Machen Sie schon, Angel. Wir haben nicht den ganzen Tag Zeit.«

»Ich komme sofort.«

Epiphany saß mit ihren aufgerissenen Augen da und bat mich mit stummen Gesten um eine Erklärung. »Es ist die Polizei«, flüsterte ich. »Ich weiß nicht, was sie wollen. Vermutlich bloß ein paar Fragen. Du kannst hierbleiben.«

»Beeilen Sie sich, Angel«, bellte Sterne.

Epiphany schüttelte den Kopf und rannte mit langen Schritten hinaus. Ich hörte, wie sich die Badezimmertür schloß, und ich kickte ihre herumliegenden Kleider unters

Bett. Währenddessen hielt das Poltern von draußen an. Ich brachte ihren Koffer zu meinem Schrank rüber und schob ihn unter mein Gepäck.

»Ich komme schon«, rief ich und zog mir einen zerknitterten Bademantel über. »Sie brauchen die Tür nicht einzutreten.«

Im Wohnzimmer fand ich einen von Epiphanys Strümpfen über der Sofalehne liegen, ich wickelte ihn mir um den Bauch und deckte den Bademantel drüber. Dann öffnete ich.

»Wurde aber allmählich Zeit«, schnarrte Sterne und schob sich an mir vorbei. Sergeant Deimos folgte ihm auf dem Fuß, diesmal in einem olivgrünen Anzug und einem Strohhut mit Madrasband auf dem Kopf. Sterne trug den gleichen Mohairanzug wie beim erstenmal, nur ohne den grauen Regenmantel darüber.

»Ihr Jungs seid wie ein Frühlingshauch«, sagte ich.

»Lange geschlafen, wie immer, Angel?« Sterne schob seinen schweißbefleckten Hut zurück und betrachtete die Unordnung in meinem Zimmer. »Hat hier der Blitz eingeschlagen, oder was?«

»Ich hab zufällig einen alten Kriegskameraden getroffen, und wir haben gestern nacht einen draufgemacht.«

»Feines Leben, was Deimos?« sagte Sterne. »Die ganze Nacht Parties feiern, im Büro saufen und pennen, wenn's dir gerade danach ist. Was müssen wir für Idioten gewesen sein, als wir in den Staatsdienst gingen. Wie hieß denn der alte Kamerad?«

»Pound«, sagte ich, weil mir nichts Besseres einfiel. »Ezra Pound.«

»Ezra. Das klingt, als wär er ein Farmer.«

»Nein. Er hat eine Autowerkstätte in Hailey, Idaho. Er hat

das erste Flugzeug in Idlewild genommen. Er ist um fünf Uhr früh gleich zum Flugplatz gefahren.«

»Stimmt das?«

»Würde ich Sie anlügen, Lieutenant? Sehen Sie, ich brauch unbedingt einen Kaffee. Würde es euch Jungs stören, wenn ich einen aufsetze?«

Sterne saß auf der Sofalehne. »Nur zu, wenn er uns nicht schmeckt, spülen wir ihn im Klo runter.«

Wie auf ein Stichwort ertönte aus dem Badezimmer ein lautes, polterndes Geräusch. »Ist da jemand?« Sergeant Deimos klopfte gegen die geschlossene Tür.

Die Badezimmertür ging auf, und Epiphany erschien mit Putzeimer und Mop. Sie trug den grauen Kittel des Zimmermädchens und hatte ihr Haar unter einem alten Tuch zusammengebunden. Sie schlurfte durch den Raum wie ein altes Weib.

»Das Bad ist schon fertig, Mr. Angel«, sagte sie mit dem stark näselnden Tonfall der Bewohner der Westindischen Inseln. »Ich sehe, daß Sie Besuch haben, ich mach später weiter, wenn's Ihnen recht ist.«

»In Ordnung, Ethel«, ich mußte ein Lächeln unterdrücken, als sie an mir vorbeischob. »Ich werde bald weggehen. Sie können sich ja selbst aufsperren, wenn Sie soweit sind.«

»Das mach ich.« Sie sprach mit zusammengepreßten Lippen, als würden ihr sonst die Zähne rausfallen und ging zur Tür.

»Hoffe, ich habe die Herrn nicht gestört.«

Sterne starrte sie mit offenem Mund an. Deimos kratzte sich am Hinterkopf. Ich fragte mich, ob sie bemerkt hatten, daß sie barfuß war. Ich hielt den Atem an, bis sie die Tür hinter sich geschlossen hatte.

»Diese Dschungelmiezen«, murmelte Sterne. »Man hätte sie erst gar nicht aus ihren Melonenlöchern rauslassen sollen.«

»Ach, Ethel ist schon in Ordnung«, sagte ich und goß den Kaffee auf. »Sie ist nicht die Hellste, aber sehr reinlich.«

Sergeant Deimos schmunzelte, und indem er ihren Tonfall nachahmte, sagte er: »Tja, Lieutenant, jemand muß die Scheiße ja wegmachen.«

Sterne warf einen Blick müden Überdrusses auf seinen Partner. Es war, als wollte er damit ausdrücken, daß Kloputzen für den Sergeant gerade das richtige wäre.

»Was führt Sie zu mir?« fragte ich und schob eine Scheibe Brot in den Toaster.

Sterne erhob sich von der Couch, ging durch den Vorraum und lehnte sich dann gegen die Wand neben dem Kühlschrank. »Sagt Ihnen der Name Margret Krusemark irgendwas?«

»Nicht viel.«

»Was wissen Sie über sie?«

»Nur das, was ich in der Zeitung gelesen habe.«

»Und das wäre?«

»Daß sie die Tochter eines Millionärs war und daß sie gestern ermordet wurde.«

»Sonst noch was?«

»Ich kann mich nicht um jeden Mord in der Stadt kümmern. Ich hab meine eigene Arbeit.«

Sterne stellte sich auf das andere Bein und fixierte einen Punkt an der Decke. »Und wann arbeiten Sie? Wenn Sie nüchtern sind?«

»Was ist das?« rief Sergeant Deimos aus dem Wohnzimmer. Ich schaute über den Flur und sah ihn vor meinem Diplomatenkoffer stehen. Er hielt die gedruckte Karte hoch, die ich auf Margret Krusemarks Schreibtisch gefunden hatte.

Ich lächelte. »Das? Das ist die Einladung zur Konfirmation meines Neffen.«

Deimos schaute die Karte an. »Wieso ist die dann in einer Fremdsprache geschrieben?«

»Es ist Latein«, sagte ich.

»Bei dem ist alles Latein«, zischte Sterne.

»Was soll der Blödsinn hier vorne drauf?« Deimos deutete auf das Pentagramm.

»Sie sind eben keine Katholiken«, sagte ich. »Das ist das Emblem des St. Anton Ordens. Mein Neffe ist Ministrant.«

»Sieht genauso aus wie das Ding, das die Krusemark um den Hals hatte.«

Mein Toast sprang heraus, und ich schmierte Butter drauf.

»Vielleicht war sie auch katholisch?«

»Die bestimmt nicht. Heidin würde eher hinkommen.«

Ich kaute meinen Toast. »Wie paßt denn das alles zusammen. Ich dachte, Sie wären mit dem Fall von Toots Sweet beschäftigt?«

Ein Blick aus Sternes Totenaugen traf mich. »Das ist richtig, Angel. Bloß ist zufällig die Handschrift bei beiden Morden recht ähnlich.«

»Glauben Sie, die hängen irgendwie zusammen?«

»Vielleicht sollte ich Sie das fragen.«

Der Kaffee fing an zu kochen, und ich drehte die Flamme runter.

»Woher soll ich das wissen. Da könnten Sie auch den Typen unten am Empfang fragen.«

»Spielen Sie bloß nicht den Ahnungslosen, Angel. Der Niggerpianist hatte mit Voodoo zu tun, die Krusemark-

Nutte war eine Sternguckerin, und wie die Dinge aussehen, haben beide mit Schwarzer Magie rumgemacht. Beide wurden in derselben Woche abgemurkst, im Abstand von vierundzwanzig Stunden, unter äußerst ähnlichen Umständen, von einer oder von mehreren Personen.«

»Inwiefern waren die Umstände ähnlich?«

»Das fällt unter das Polizeigeheimnis.«

»Wie soll ich Ihnen denn helfen, wenn Sie mir nicht sagen, was Sie eigentlich wissen wollen.« Ich nahm drei Becher von dem Regal und stellte sie auf den Küchentisch.

»Sie verheimlichen uns etwas, Angel.«

»Warum sollte ich?« Ich drehte die Flamme ab und goß den Kaffee ein. »Ich arbeite nicht für den Staat.«

»Hören Sie mal zu, Sie oberschlauer Arsch: Ich habe diesen Pinkel von Wall-Street-Anwalt angerufen. Es sieht so aus, als wären Sie im Moment am Zug. Sie können dichthalten, und wir müssen die Finger weglassen. Aber beim ersten Verstoß gegen die Straßenverkehrsordnung geh ich wie eine Dampfwalze auf Sie los. Dann kriegen Sie nicht mal mehr 'ne Lizenz als Erdnußverkäufer.«

Ich trank meinen Kaffee und atmete den duftenden Dampf ein. »Ich halte mich immer an die Gesetze, Lieutenant«, sagte ich.

»Einen Dreck tun Sie. Typen wie Sie treiben Schindluder mit dem Gesetz. Eines Tages werden Sie reinfallen, aber ich warte dann schon mit offenen Armen auf Sie.«

»Ihr Kaffee wird kalt.«

»Scheiß auf den Kaffee«, brüllte Sterne. Seine Lippen kräuselten sich über seinen schiefen gelben Zähnen, und mit einem Schlag seines Handrückens fegte er die Tassen vom Tisch. Sie krachten an die gegenüberliegende Wand und fielen zu Boden. Sterne starrte gedankenverloren auf die braunen Flecken wie ein Galeriebesucher in der 57. Straße, der ein Auktionsgemälde studiert. »Ich hab wohl etwas Durcheinander fabriziert«, sagte er. »Aber was soll's. Die Nigger können es ja wegputzen, wenn ich fort bin.«

»Und wann wird das sein?« fragte ich.

»Genau dann, wann es mir paßt.«

»Wie Sie wollen.« Ich ging mit meiner Tasse ins Wohnzimmer und setzte mich auf die Couch. Sterne betrachtete mich wie etwas Unappetitliches, in das er gerade hineingetreten ist. Deimos starrte an die Decke.

Ich hielt die Tasse in beiden Händen und kümmerte mich nicht um die beiden. Deimos begann zu pfeifen, hörte aber nach ein paar Tönen wieder auf. Wenn Freunde gekommen wären, hätte ich gesagt, daß ich mir immer ein paar Bullen als Schoßhunde halte. Sie sind viel lustiger als Wellensittiche und machen überhaupt keine Mühe, sofern sie stubenrein sind.

»Also gut, wir hauen ab«, bellte Sterne. Deimos schlenderte ihm nach, als wäre es seine Idee gewesen.

»Zurück an die Arbeit«, sagte ich.

Sterne zog den Hut ins Gesicht. »Ich wart bloß auf den Moment, wo du den geringsten Fehler machst, du Arschlappen.« Er schlug die Tür mit solcher Kraft zu, daß im Vorraum eine Lithographie von der Wand fiel.

35. KAPITEL

Das Glas im Rahmen war zersprungen. Als ich es wieder an die Wand hängte, hörte ich an der Tür ein leises Klopfen. »Komm rein, Epiphany. Es ist offen.«

Epiphany spähte durch den Türspalt. Sie hatte immer noch das alte Tuch um den Kopf gebunden. »Sind Sie endgültig weg?«

»Vermutlich nicht. Aber für heute werden wir unsere Ruhe haben.«

Sie stellte den Putzkübel und den Mop im Vorraum ab und schloß die Tür. Plötzlich begann sie zu kichern. Ihr Lachen klang etwas hysterisch, und als ich sie in meine Arme nahm, fühlte ich, wie ihr Körper unter dem dünnen Kittel zitterte.

»Du warst umwerfend«, sagte ich.

»Du solltest erst mal sehen, wie sauber deine Toilette jetzt ist.«

»Wo warst du inzwischen?«

»Ich habe mich auf der Feuerleiter versteckt, bis sie weg waren.«

»Hast du Hunger? Der Kaffee ist fertig, und im Kühlschrank sind Eier.«

Wir machten ein Frühstück, eine Mahlzeit, die ich normalerweise auslasse, und trugen unsere Teller ins Wohnzimmer. Epiphany tunkte ihren Toast in den Eidotter. »Haben sie irgend etwas von mir entdeckt?«

»Sie haben nicht wirklich nachgesehen. Einer hat in meinem Diplomatenkoffer herumgestöbert. Er hat etwas gefunden, was ich aus dem Krusemark-Apartment mitgehen ließ, aber er hat nicht erkannt, was es war. Aber ich weiß selbst nicht so genau, was das sein soll.«

»Darf ich mal sehen?«

»Warum nicht.« Ich stand auf und zeigte ihr die Karte.

»MISSA NIGER«, las ich. *Invito te venire ad clandestinum ritum ...*«

Sie hielt die Karte hoch, als hätte sie einen Trumpf gezogen »Das ist eine Einladung zu einer Schwarzen Messe.«

»Zu was?«

»Einer Schwarzen Messe. Es ist eine Art magische Zeremonie, Teufelsanbetung. Ich kenn mich damit auch nicht genau aus.«

»Weshalb bist du dann so sicher?«

»Weil Missa niger der lateinische Ausdruck für Schwarze Messe ist.«

»Du kannst Latein?«

Epiphany grinste vor Vergnügen. »Was glaubst du, was man in zehn Jahren auf einer Klosterschule lernt?«

»Einer Klosterschule?«

»Sicher, ich ging zu den ›Heilig Herz Schwestern‹. Mama hielt nicht viel vom öffentlichen Schulsystem. Sie wollte, daß mir Disziplin beigebracht wird. ›Die Nonnen werden schon ein bißchen Vernunft in deinen Dickschädel prügeln‹, sagte sie immer.«

Ich lachte. »Die Voodoo-Prinzessin in der Klosterschule. Da hätte ich gerne die Klassenfotos gesehen.«

»Ich zeig sie dir. Ich war Klassensprecherin.«

»Das kann ich mir vorstellen. Kannst du das Ganze übersetzen?«

»Klar.« Epiphany lächelte. »Es heißt: Sie sind eingeladen

zu einer geheimen Zeremonie zu Ehren Satans. Das ist alles. Dann das Datum 22. März und die Uhrzeit, neun Uhr abends. Und hier unten steht: Eastside, U-Bahnhof an der 18. Straße.«

»Und was bedeutet der Aufdruck, der umgekehrte Stern mit dem Ziegenkopf? Hast du eine Ahnung, was das sein könnte?«

»Sterne sind in jeder Religion ein wichtiges Symbol. Ich kenne den Stern des Islam, den Stern von Bethlehem, den Davidstern. Auch der Talisman von Agove Royo hat Sterne.«

»Agove Royo?«

»Obi-Kult.«

»Hat die Einladung irgendwas mit Voodoo zu tun?«

»Überhaupt nichts. Das ist Teufelsanbetung.« Epiphany litt unter meiner Unwissenheit. »Der Geißbock ist ein Teufelszeichen. Der Stern hier bedeutet Unglück. Vermutlich ist es auch ein satanisches Symbol.«

Ich schloß Epiphany in meine Arme. »Du bist nicht mit Gold aufzuwiegen, Baby. Gibt es im Obi-Kult auch Teufel?«

»Eine ganze Menge.«

Sie lächelte mich an und klopfte sich auf den Hintern. Ein süßer Hintern.

»Es wird Zeit, daß ich mich etwas über Schwarze Magie informiere. Wir ziehen uns an und gehen in die Bibliothek. Du kannst mir bei meinen Hausaufgaben ein bißchen helfen.«

Es war ein wunderbarer Morgen, warm genug, um ohne Mantel rauszugehen. Die Sonnenstrahlen funkelten im Glimmer der Gehsteigplatten. Offiziell hatte der Frühling gestern begonnen, aber so schön würde es vermutlich vor Mai nicht mehr werden. Epiphany trug ihren Schottenrock und den

Pullover und sah so reizend aus wie ein Schulmädchen. Während wir die Fifth Avenue hinauffuhren, fragte ich sie, wie alt sie sei.

»Seit dem 6. Januar siebzehn.«

»Jesus, du darfst dir ja noch nicht mal einen Drink kaufen.«

»Stimmt nicht, wenn ich mich entsprechend anziehe, habe ich damit überhaupt keine Probleme. Im Plaza wollten sie nicht einmal meine Papiere sehen.«

Ich glaubte ihr. In ihrem pflaumenfarbenen Kostüm sah sie fünf Jahre älter aus. »Bist du nicht ein wenig zu jung, um den Laden zu führen?«

Epiphanys amüsierter Blick enthielt jetzt eine Spur von Zorn. »Ich führe die Bücher und mache die Bestellungen, seit Mama krank wurde«, sagte sie. »Ich stehe nur nachts hinter dem Ladentisch. Tagsüber habe ich zwei Angestellte.«

»Und was machst du tagsüber?«

»Meistens lerne ich. Ich gehe ins College.«

»Sehr gut. Dann kennst du dich in der Bibliothek ja aus. Du darfst den wissenschaftlichen Teil übernehmen.«

Ich wartete im großen Lesesaal, während Epiphany die Karteikästen durchging. Studenten jeden Alters saßen still an den langen Holztischen. Die Lampenschirme auf jedem Tisch waren so ordentlich durchnumeriert wie Sträflinge beim Appell. Der Raum war hoch wie ein Bahnhof, und von den Decken hingen riesige Kandelaber herunter. Nur ein gelegentliches Hüsteln störte die kathedralenartige Ruhe.

Ich fand einen leeren Platz an einem Ende der Lesetische. Die Nummer auf dem Lampenschirm entsprach der auf einem Messingschild an der Tischplatte: 666. Ich erinnerte mich an den snobistischen Geschäftsführer im Restaurant

›Six‹ und wechselte den Platz. 724 war mir wesentlich angenehmer.

»Schau, was ich alles gefunden habe.« Mit staubigen Fingern stellte Epiphany einen Arm voller Bücher auf der Tischkante ab. »Manches taugt nichts, aber ich habe eine Ausgabe des ›Satans-Buches‹ von Papst Honorius, ein französischer Privatdruck aus dem Jahre 1754.«

»Ich kann kein Französisch.«

»Es ist in Latein. Ich werde übersetzen. Und hier ist ein neueres Buch, es besteht hauptsächlich aus Bildern.«

Ich griff nach dem riesigen Band und öffnete ihn irgendwo in der Mitte. Ich sah eine ganzseitige mittelalterliche Zeichnung von einem gehörnten Monster mit schuppiger Haut und Hufen anstelle von Füßen. Aus seinen Ohren züngelten Flammen, und aus seinem geöffneten Rachen ragten spitze Fangzähne. Der Titel lautete: ›Satan, der Fürst der Hölle‹.

Ich blätterte mehrere Seiten durch. Ein elisabethanischer Holzschnitt zeigte eine Frau im Reifrock, die hinter einem riesigen Teufel kniete. Er hatte Flügel, einen Ziegenkopf und Fingernägel wie Struwwelpeter. Die Frau hielt seine Beine umarmt, ihre Nase hatte sie dicht unter seinen erhobenen Schwanz gedrückt. Sie lächelte.

»Das ist der verdammungswürdige Kuß«, sagte Epiphany, während sie mir über die Schulter sah. »Traditionsgemäß hat eine Hexe damit ihren Pakt mit dem Teufel besiegelt.«

»Vermutlich gab es damals noch keine notariellen Vereinbarungen.« Beim Weiterblättern sah ich noch eine ganze Menge Teufel, Dämonen und fünfzackige Sterne, die in Glücksbringer eingelassen waren. Einer trug die Zahl 6^66 in der Mitte. Ich zeigte ihn Epiphany.

»Die Zahl mag ich am wenigsten.«

»Sie ist aus der Heiligen Offenbarung.«

»Aus was?«

»Aus der Bibel: ›Laß den Mann der Weisheit die Zahl des Tieres zählen. Denn es ist die Zahl eines Menschen. Und seine Zahl ist sechshundert und sechzig und sechs.‹«

»Ist das wahr?«

Epiphany sah mich über ihre Lesebrille mit hochgezogenen Augenbrauen an. »Weißt du eigentlich gar nichts?«

»Nicht viel. Aber ich lerne schnell. Hier ist eine Frau, die so heißt wie das Restaurant, in dem ich gestern gegessen habe.« Ich zeigte Epiphany das Bild einer dicken Frau, die eine ländliche Haube trug.

›»Voisin‹ ist französisch und heißt ›Nachbar‹«, sagte sie.

»Die Nonnen haben dir wirklich eine Menge beigebracht. Lies mir das andere auch vor.«

Epiphany nahm das Buch und las die kleingedruckten Buchstaben unter dem Bild: »Catherine Deshayes, genannt ›La Voisin‹, eine Hexe und Wahrsagerin der hohen Gesellschaftskreise. Veranstaltete Schwarze Messen für die Marquise de Montespan, die Geliebte von König Ludwig XIV., ebenso für andere Aristokraten. Gefangengenommen, gefoltert, befragt und hingerichtet 1680.«

»Das ist genau das Buch, das wir brauchen.«

»Es ist ganz unterhaltsam. Aber die wesentlichen Sachen stehen hier drin: ›Malleus Malficarum‹, ›Die Entdeckung der Hexenkunst‹ von Reginald Scott, ›Magie‹ von Aleister Crowley und die ›Geheimnisse von Albertus Magnus‹ und …«

»Okay, wunderbar. Geh nach Hause, leg dich auf die Couch und streich alle Stellen an, die dir interessant erscheinen, besonders solche, die von Schwarzen Messen handeln.«

Epiphany begann, die Bücher aufeinanderzustapeln.

»Du kommst nicht mit?«

»Ich muß arbeiten. Du wirst das schon machen. Hier ist der Schlüssel zu meiner Wohnung.« Ich nahm meine Brieftasche heraus und gab ihr einen Zwanziger. »Das ist für das Taxi und für alles, was du sonst noch brauchen könntest.«

»Ich hab selbst Geld.«

»Behalt es. Ich könnte mir was borgen müssen. Laß die Kette vor der Tür. Du bist ganz sicher dort.«

Ich setzte Epiphany in ein Taxi und legte die Bücher neben sie auf den Sitz. Ihre Angst ließ sie wie ein kleines Mädchen aussehen. Unser glühender Zungenkuß brachte uns die verächtlichen Blicke von ein paar vorübergehenden Geschäftsleuten ein, aber ein junger Schwarzer, der auf den Stufen der Bibliothek saß, pfiff und klatschte vor Begeisterung.

36. KAPITEL

Ich stellte den Chevy in der Garage ab und ging auf der sonnigen Seite der 44. Straße zum Broadway zurück. Ich ließ mir Zeit und genoß das Wetter, als ich Louis Cyphre aus dem Haupteingang des ›Astor‹ herauskommen sah. Er trug eine Baskenmütze, einen Tweedmantel, Reithosen und hohe, glänzende Reitstiefel. In seiner behandschuhten Hand hatte er eine abgenutzte Reisetasche.

Ich beobachtete, wie er einem Türsteher abwinkte, der ihm ein Taxi rufen wollte. Er ging mit schnellen Schritten am Paramount Gebäude vorbei in Richtung City. Ich überlegte, ob ich ihn einholen sollte, aber ich dachte mir, daß er zu meinem Büro gehen würde, und entschloß mich, mich nicht zu überanstrengen. Der Gedanke, ihn heimlich zu verfolgen, kam mir überhaupt nicht; ich war auch viel zu nahe dran. Als er aber an dem Gebäude vorbeiging, in dem mein Büro war, blieb ich instinktiv zurück und wartete vor einem Schaufenster. Die Neugier hatte mich gepackt. Er überquerte die 42. Straße und bog nach Westen. Ich beobachtete ihn von der Ecke aus und folgte ihm dann auf der anderen Straßenseite.

Cyphre war eine auffällige Erscheinung. Unter all den Zuhältern, Nutten, Fixern und Pennern, die die 42. Straße bevölkerten, war das auch nicht verwunderlich, besonders wenn jemand angezogen ist, als ginge er zum Rennplatz. Ich dachte, er würde vielleicht ins ›Port Authority‹ gehen, aber zu meiner Überraschung verschwand er in ›Huberts Museum und Flohzirkus‹.

Ich schlängelte mich durch den zweispurigen Verkehr wie ein geübter Tänzer und stand vor dem Eingangsschild. Dort wurde in glitzerumrandeten Lettern angekündigt: Der unglaubliche Dr. Cipher. Zehn Zoll hohe Glanzfotos zeigten meinen Klienten in Zylinder und Frack. Er sah aus wie Mandrake, der Zauberer. ›Gastauftritt‹ stand darunter.

Der erste Stock von ›Huberts Museum‹ war ein Spielsalon, die Bühne befand sich unten. Ich ging hinein, kaufte ein Billett und fand im Dunkeln einen Platz an der brusthohen Rampe, die den Zuschauerraum von der Bühne trennte. Auf der kleinen hellerleuchteten Bühne verrenkte sich eine dralle Bauchtänzerin zu den klagenden Klängen einer arabischen Melodie. Außer mir waren nur noch fünf Zuschauer anwesend.

Was, zum Teufel, hatte der elegante Louis Cyphre in dieser schäbigen Bude zu suchen? Mit Flohzirkus und Kartentricks konnte man sich doch keine Limousinen und Wall-Street-Anwälte leisten. Vielleicht machte es ihm einfach Spaß, vor Publikum aufzutreten. Oder das Ganze diente nur als Fassade, und ich sollte reingelegt werden.

Als die verkratzte Platte zu spielen aufgehört hatte, hob jemand hinter der Bühne die Nadel an und ließ sie noch einmal durchlaufen. Die Bauchtänzerin sah gelangweilt aus. Sie starrte zur Decke und dachte offensichtlich an ganz was anderes. Nachdem die Musik fast dreimal durchgelaufen war, wurde der Plattenspieler abgestellt, und sie verschwand durch die Bühnentür. Niemand applaudierte.

Die Zuschauer starrten auf die leere Bühne, ohne sich zu beschweren, bis endlich ein alter Kauz in roter Weste und mit Ärmelhaltern erschien: »Meine Damen und Herren«, sagte er schnaufend, »es ist mir eine große Ehre, Ihnen den unglaublichen, geheimnisvollen und unvergeßlichen Dr. Cipher anzukündigen. Heißen wir ihn herzlich willkommen.« Der alte Mann auf der Bühne war der einzige, der klatschte, bevor er hinausschlurfte.

Die Lichter gingen langsam aus. Es folgte das Rascheln und Flüstern hinter der Bühne, das man von Amateuraufführungen kennt, und plötzlich blitzte phosphoreszierendes Licht auf. Unmittelbar danach gingen die Lichter an, aber meine Augen brauchten einige Zeit, bis sie wieder richtig sehen konnten. Die Gestalt auf der Bühne erschien in meinem Blick nebelhaft getrübt, und ich konnte das Gesicht nicht genau erkennen.

»Wer kennt schon sein Ende? Wer kann sagen, ob es ein Morgen für ihn gibt.« Louis Cyphre stand allein in der Mitte der Bühne, umgeben von kleinen Rauchwölkchen und eingehüllt in den Geruch von verbranntem Magnesium. Er trug einen schwarzen Frack mit Weste darunter. Auf einer Seite der Bühne stand eine Kiste von der Größe eines Brotkastens.

»Die Zukunft ist ein ungeschriebener Text, und der, der es wagt, die leeren Seiten zu entziffern, tut dies auf eigene Gefahr.«

Cyphre zog seine weißen Handschuhe aus, und auf ein Fingerschnippen hin waren sie verschwunden. Er nahm einen geschnitzten Zauberstab aus Ebenholz von dem Tisch und gestikulierte damit in Richtung Bühnentür. Die Bauchtänzerin trat auf, ihr fülliger Körper war unter einem bodenlangen Samtmantel verhüllt.

»Die Zeit zeichnet ein Porträt, das kein Mensch ignorieren kann.« Cyphre beschrieb mit der Hand einen Kreis über dem Kopf der Tänzerin. Auf sein Kommando hin begann sie sich zu drehen. »Wer von uns würde das fertige Werk betrachten wollen. Sich Tag für Tag im Spiegel anzuschauen ist etwas ganz anderes. Die Veränderung ist viel zu winzig, um bemerkt zu werden.«

Die Tänzerin drehte sich zu den Zuschauern um. In ihrem langen schwarzen Haar spiegelten sich die Scheinwerfer. Cyphre streckte seinen Zauberstab in Richtung Zuschauerraum wie ein Schwert. »Diejenigen, die in die Zukunft blicken möchten, sollen mit Schrecken auf mich sehen.«

Das Gesicht der Bauchtänzerin erschien plötzlich in vollem Licht: ein zahnloses, dürres altes Weib Die zerstörten Züge waren von grauen Haarsträhnen umrahmt. Ein blindes Auge glänzte wie glasiertes Porzellan. Ich hatte nicht bemerkt, wie sie ihre Maske aufgesetzt hatte, und der Effekt, den die Verwandlung hervorrief, war absolut verwirrend. Der Betrunkene neben mir wurde mit einem Schlag nüchtern.

»Das Fleisch ist sterblich, meine Freunde«, fuhr Dr. Cipher fort. »Und meine Begierde flackert und stirbt wie eine Kerze im Winterwind. Meine Herren, ich zeige Ihnen die Genüsse, die Ihr heisses Blut noch vor kurzem begehrte.«

Er machte eine Bewegung mit dem Zauberstab, und die Bauchtänzerin öffnete die Falten ihres schweren Umhangs. Sie trug immer noch das Kostüm mit den Quasten, aber ihre Brüste hingen jetzt herunter wie luftleere Ballons. Der einst üppige Bauch hing schlaff zwischen den eckigen skelettartigen Hüften. Es war eine vollkommen andere Frau. Die geschwollenen arthritischen Knie und die ausgemergelten Schenkel waren kein Zaubertrick. »Was wird man noch verwenden können von uns?« Cyphre lächelte wie der Angestellte eines Meinungsbefragungsinstituts bei einem Hausbesuch. »Ich danke Ihnen, meine Liebe. Es war sehr aufschlußreich.« Mit einem Streich seines Zauberstabs entließ er die Frau, die schwerfällig von der Bühne humpelte. Es folgte tobender Applaus.

Dr. Cipher hob die Hand. »Ich danke Ihnen, meine Freunde.« Er nickte herablassend. »Am Ende eines jeden Weges liegt das Grab. Nur die Seele ist unsterblich. Hüten Sie diesen Schatz gut. Ihr hinfälliger Körper ist nur die vergängliche Hülle auf einer endlosen Reise.

Ich will Ihnen eine Geschichte erzählen: Als ich noch ein junger Mann war und am Anfang meiner Fahrten stand, kam ich in einer Strandkneipe in Tanger mit einem ehemaligen Seemann ins Gespräch. Mein Gefährte war ein Deutscher, der in Schlesien geboren worden war, seine letzten Tage aber in der marokkanischen Sonne verbrachte. Er überwinterte in Marakkesch und verbrachte den Sommer trinkend in irgendeinem Hafen, der ihm gerade gefiel. Ich machte eine Bemerkung über den gemütlichen Ankerplatz, den er gefunden hatte. ›Ruhig waren die fünfundvierzig Jahre auf See‹, erwiderte er.

›Sie haben Glück gehabt, nicht in die Stürme des Lebens geraten zu sein.‹

›Glück‹, lachte der alte Seefahrer. ›Das nennen Sie Glück? Dann betrachten Sie sich als glücklichen Menschen. Ich muß von einem Jahr zum nächsten leben.‹ Ich bat ihn um eine Erklärung. Er erzählte mir folgende Geschichte: Als er in meinem Alter war, fuhr er zum erstenmal zur See. Auf Samoa traf er einen alten Strandräuber, der ihm eine Flasche gab, die die Seele eines spanischen Quartiermeisters enthielt. Er war dereinst mit der Armada von König Philipp angesegelt. Jede Krankheit und jedes Unglück, das ihn je befallen sollte, würde sich augenblicklich auf den gepeinigten Gefangenen übertragen. Wie die Seele des Spaniers in die Flasche kam, wußte er nicht, nur, daß er die Flasche im Alter von siebzig Jahren an einen jungen Mann weitergeben mußte, sonst hätte er selbst den Platz des unglücklichen Eroberers einnehmen müssen.

An dieser Stelle sah mich der alte Deutsche traurig an. Er hatte nur noch einen Monat bis zu seinem siebzigsten Geburtstag. ›Zeit genug, um zu lernen, was das Leben bedeutet.‹

Er gab mir die Flasche. Eine handgeblasene Rumflasche von dunkelbrauner Farbe und leicht mehrere hundert Jahre alt. Sie war mit einem goldenen Stöpsel verschlossen.«

Dr. Cipher griff in die schwarze Kiste, die hinter ihm stand, und nahm die Flasche heraus. »Sehen Sie.« Er stellte sie auf den Deckel der Kiste. Die Beschreibung stimmte genau, er hatte nur den wild flackernden Schatten im Innern des Gefäßes nicht erwähnt.

»Ich hatte ein langes glückliches Leben, aber hören Sie …« Wir streckten die Hälse nach vorn. »Hören Sie …« Cyphres Stimme wurde zu einem Flüstern. In der nun folgenden Stille hörte man ein Klagen, so fein wie ein silbernes Glöckchen. Ich bemühte mich, herauszubekommen, aus welcher Richtung das Geräusch kam. Es schien wirklich aus der braunen Flasche zu kommen. »Ay-you-da-may … ay-you-da-may«. Immer und immer wieder derselbe Singsang.

Ich versuchte zu erkennen, ob sich Louis Cyphres Lippen bewegten. Er lächelte breit, voll unverstellter Häme.

»Ein geheimnisvolles Schicksal. Warum sollte ich ein Leben ohne Schmerzen verbringen, während eine andere menschliche Seele zu ewigen Leiden in einer Rumflasche verdammt ist?« Er nahm einen schwarzen Samtbeutel aus seiner Tasche und steckte die Flasche hinein. Er zog die Schnüre zu und stellte sie auf seine Kiste. In seinem Lächeln spiegelten sich die Rampenlichter. Ohne einen Laut zu verursachen, schwang er seinen Stab und versetzte dem Beutel einen Schlag wie einen Säbelhieb. Es gab kein Geräusch von zerbrechendem Glas. Ein leerer Beutel wurde in die Luft geschleudert und geschickt aufgefangen. Louis Cyphre knüllte ihn zusammen und steckte ihn in seine Hosentasche. Den Applaus quittierte er mit einem kurzen Nicken.

»Ich will Ihnen noch etwas zeigen. Aber bevor ich dazu komme, muß ich betonen, daß ich kein Dompteur bin, sondern nur ein Sammler von Exotika.«

Er berührte den schwarzen Kasten mit seinem Stab. »Ich habe den Inhalt in Zürich von einem ägyptischen Händler gekauft, den ich von früher aus Alexandria kannte. Er behauptete, daß das, was Sie gleich zu sehen bekommen werden, Seelen seien, die ursprünglich am Hofe von Papst Leo X. verzaubert worden sind. Und zwar nur zu dessen Kurzweil. Dies erscheint alles ziemlich unwahrscheinlich, oder?«

Dr. Cipher öffnete den Verschluß der Kiste und machte sie auf. Sie ließ sich zu einem Triptychon aufklappen. Ein Miniaturtheater entfaltete sich. Die Szenen und der Hintergrund waren in dem akribischen Stil der italienischen Renaissance gemalt. Die Bühne war mit weißen Mäusen bevölkert, alle in winzigen Seiden- und Brokatkostümen. Sie verkörperten Figuren aus der Commedia dell'Arte. Es gab Pulchinello und Columbine, Scaramouche und Harlekin. Jedes Tier ging aufrecht auf seinen Hinterbeinen: es war die perfekte Vorstellung. Das zarte Klimpern einer Musikbox begleitete die kunstvolle Darbietung.

»Der Ägypter behauptete, daß sie unsterblich seien«, sagte Cyphre. »Eine ausgefallene Angeberei vielleicht. Ich kann nur sagen, daß ich in sechs Jahren nicht eine verloren habe.«

Die kleinen Artisten tanzten auf Seilen und bunten Bällen, schwenkten winzige Schwerter und kleine Schirme, taumelten und machten Bauchlandungen, alles mit der Präzision eines Uhrwerks.

»Mal angenommen, die Behauptung stimmt, dann ist es doch erstaunlich, daß die verzauberten Wesen Nahrungsmittel brauchen.« Dr. Cipher beugte sich vor und betrachtete mit Entzücken die Szenerie. »Ich füttere und tränke sie jeden Tag. Ich darf hinzufügen, daß sie sich des besten Appetits erfreuen.«

»Puppen«, murmelte ein Mann im Dunkeln. »Das müssen Puppen sein.«

Wie auf ein Stichwort griff Cyphre in den Kasten, und der Harlekin krabbelte an seinem Jackenärmel hoch, blieb auf seiner Schulter sitzen und schnupperte in die Luft. Der Zauber war gebrochen. Es war bloß ein Nager, der ein winziges diamantbesetztes Kostüm trug. Cyphre packte ihn am Schwanz und setzte den Harlekin wieder auf die Bühne zurück. Dort stellte er sich auf die Vorderpfoten und ging hin und her, wie es keine Maus auf der Welt normalerweise tut.

»Wie Sie sehen, brauche ich kein Fernsehen.« Dr. Cipher klappte das Miniaturtheater zu und verriegelte die Schlösser. Auf dem Deckel befand sich ein Griff, an dem er die Kiste wie einen Koffer tragen konnte. »Immer, wenn man die Kiste öffnet, machen sie ihre Vorstellung. Sie sehen, sogar das Showgeschäft kennt ein Fegefeuer.«

Cyphre klemmte den Zauberstab unter den Arm und warf etwas auf den Tisch. Ein weißer Lichtblitz schoß durch den Raum, und ich mußte mir die Augen reiben. Die Bühne war leer. Nur ein einfacher, nackter Holztisch stand noch dort.

Über einen unsichtbaren Lautsprecher war Cyphres Stimme zu hören: »Die Null, der Punkt zwischen dem Positiven und dem Negativen, ist das Tor, durch das jeder Mensch eines Tages hindurch muß.«
Der alte Mann mit den Ärmelhaltern kam auf die Bühne und brachte den Tisch weg; währenddessen plärrte eine verkratzte Schallplatte ›Night Train‹. Die Bauchtänzerin trat wieder auf, dick und rosafarben. Im Takt zu der drehorgelartigen Musik schwenkte sie mechanisch die Hüften. Ich tastete mich über die Stufen nach draußen. Die stechende Angst, die mich in dem französischen Restaurant befallen hatte, war zurückgekehrt. Mein Klient spielte mit mir; wie ein ausgefuchster Falschspieler, der einen jungen Trottel reinlegt, vernebelte er durch seine Tricks meine Wahrnehmung.

37. KAPITEL

Am Eingang entfernte gerade ein dicker junger Mann in einem rosa Hemd, Khakihosen und schmutzigen weißen Schuhen die Glanzfotos aus dem Schaukasten. Ein nervöser Junkie, der eine alte Armeejacke und Turnschuhe anhatte, schaute ihm zu.

»Tolle Show«, sagte ich zu dem Fetten. »Dieser Dr. Cipher ist wirklich ein Wunder.«

»Ziemlich ausgefallen«, sagte er.

»War das die letzte Vorstellung?«

»Glaub schon.«

»Ich würde ihm gern gratulieren. Wie kommt man hinter die Bühne?«

»Sie haben ihn gerade verpaßt.« Er nahm ein Bild meines Klienten aus dem Schaukasten und steckte es in einen braunen Umschlag. »Er bleibt nach der Show nie da.«

»Ich kann ihn doch unmöglich verpaßt haben.«

»Am Ende der Show schaltet er ein Tonband ein. Das gibt ihm einen Vorsprung. Er zieht sich auch nicht um.«

»Hatte er seine Ledertasche dabei?«

»Ja, und seine große schwere Kiste.«

»Wo wohnt er?«

»Woher soll ich das wissen.« Der junge Mann zwinkerte mir zu. »Sind Sie ein Bulle oder so was?«

»Ich? Nein, nichts von der Sorte. Ich wollte ihm bloß sagen, daß er einen neuen Fan gewonnen hat.«

»Erzählen Sie das seinem Agenten.« Er reichte mir eines

der Fotos. Louis Cyphres perfektes Lächeln strahlte mit der glänzenden Oberfläche um die Wette. Ich drehte das Foto herum und las den Stempel:

WARREN WAGNER & Co.
WY. 9-3500

Der zittrige Junkie hatte seine Aufmerksamkeit einem Spielautomaten am Eingang zugewandt. Ich gab dem Fetten das Bild zurück, bedankte mich und ging davon.

Ich erwischte ein Taxi, das mich vor dem Rivoli Theater gegenüber dem Brill-Gebäude absetzte. Der Penner in dem Armeemantel war heute nicht da. Ich nahm den Fahrstuhl in den achten Stock. Die wasserstoffblonde Sekretärin hatte heute silberne Fingernägel. Sie erinnerte sich nicht an mich.

Ich zeigte ihr meine Karte. »Ist Mr. Wagner in seinem Büro?«

»Er ist im Moment beschäftigt.«

»Danke.« Ich ging um ihren Schreibtisch herum und stieß die Tür, auf der ›Privat‹ stand, einfach auf.

»Hey!« Wie eine Hyäne stürzte sie hinterher und versuchte, mich zurückzuhalten. »Sie können da nicht reingehen ...«

Ich schlug ihr die Tür vor der Nase zu.

»... drei Prozent von den Einnahmen ist eine Beleidigung«, piepste ein Zwerg in rotem Rollkragenpullover. Wie eine Puppe, die Beine gerade nach vorn gestreckt, saß er auf der schäbigen Couch.

Warren Wagner Junior starrte hinter seinem verfleckten Schreibtisch hervor. »Was, zum Teufel, erlauben Sie sich, hier einfach reinzukommen?«

»Sie müssen mir zwei Fragen beantworten. Ich habe keine Zeit zum Warten.«

»Kennen Sie diesen Menschen?« fragte der Zwerg mit seiner Falsettstimme. Er hatte in allen Komödien um das ›Höllenkind‹ mitgespielt. Trotz seines alten, faltigen Gesichts sah er noch genauso aus wie früher, bis auf seinen stachligen Bürstenkopf, der jetzt so weiß war, als machte er für Waschmittel Reklame.

»Ich habe ihn noch nie gesehen«, stieß Warren Junior hervor. »Wenn Sie nicht sofort abhauen, ruf ich die Polizei.«

»Sie haben mich am Montag gesehen«, sagte ich freundlich. »Ich habe unter falschem Namen gearbeitet.« Ich nahm meine Brieftasche raus und zeigte ihm meine Lizenz.

»Sie sind also ein Schnüffler. Das ist ja ein Ding. Aber deswegen haben Sie noch lange nicht das Recht, eine private Unterhaltung zu stören.«

»Warum sparen wir nicht das Adrenalin, und Sie sagen mir, was ich wissen will; dann sind Sie mich in einer halben Minute wieder los.«

»Johnny Favorite bedeutet mir überhaupt nichts«, sagte er, »ich war damals noch ein Kind.«

»Vergessen Sie Favorite. Erzählen Sie mir etwas über einen ihrer Künstler, er nennt sich Dr. Cipher.«

»Was ist mit ihm. Ich habe ihn erst seit einer Woche unter Vertrag.«

»Wie heißt er mit richtigem Namen?«

»Louie Seafur. Sie müssen meine Sekretärin fragen, wie das geschrieben wird.«

»Wo wohnt er?«

»Janice kann Ihnen das sagen. Janice!«

Silbernägelchen öffnete die Tür und spähte ängstlich herein. »Ja, Mr. Wagner«, flötete sie.

»Geben Sie bitte Mr. Angel die Informationen, die er wünscht.«

»Ja, Sir.«

»Vielen Dank«, sagte ich.

»Das nächste Mal klopfen Sie an.«

Silbernagel-Janice schenkte mir diesmal weder die Gunst ihres Kicherns noch ihres Kaugummilächelns, aber sie suchte die Adresse von Cyphre heraus. Sie schrieb sie sogar auf.

»Sie gehören selbst in einen Zoo«, sagte sie, als sie mir den Zettel überreichte. Zu diesem Satz hatte sie die ganze Woche gebraucht.

Das 1-2-3-Hotel lag an der 46. Straße zwischen Broadway und Sixth Avenue. Der Name entsprach der Adresse: 123 West, 46. Straße. Das ansonsten unauffällige Backsteingebäude war von Giebeln, Dachgauben und feinziselierten Kreuzblumen umkränzt. Ich ging hinein und gab dem Portier meine Geschäftskarte, die ich in einen Zehner gewickelt hatte. »Ich möchte zu dem Zimmer von Louis Cyphre«, sagte ich. »Der Hausdetektiv muß davon nichts erfahren.«

»Ich erinnere mich an ihn. Er hatte schwarzes Haar und einen weißen Bart.«

»Den meine ich.«

»Er ist letzte Woche ausgezogen.«

»Hat er eine Adresse hinterlassen?«

»Keine.«

»Und sein Zimmer? Schon wieder vermietet?«

»Das würde Ihnen auch nichts helfen; es ist von oben bis unten geputzt worden.«

Ich trat wieder in den Sonnenschein hinaus und ging zum Broadway. Es war ein herrlicher Tag, um zu Fuss zu gehen. Unter der Markise des Loew State spielte ein Heilsarmeetrio neben einem Walnuss-Verkäufer. Ich hörte die Geräusche, schnupperte die Gerüche. Es war ein Versuch, mich an jene Welt zu erinnern, die vor einer Woche noch existiert hatte. Damals, als ich noch nichts von Magie wusste.

Im Astor versuchte ich es beim Portier mit einer anderen Masche. »Entschuldigen Sie, können Sie mir vielleicht helfen? Ich sollte vor zwanzig Minuten meinen Onkel in der Cafeteria treffen. Ich würde ihn gerne anrufen, aber ich weiss seine Zimmernummer nicht.«

»Wie heisst Ihr Onkel, Sir?«

»Cyphre. Louis Cyphre.«

»Tut mir schrecklich leid, aber Mr. Cyphre ist heute morgen ausgezogen.«

»Was? Ist er nach Frankreich zurückgefahren?«

»Er hat keine Adresse hinterlassen.«

An diesem Punkt hätte ich die ganze Sache aufgeben sollen und wäre am besten mit Epiphany zu einer Bootsrundfahrt aufgebrochen. Statt dessen rief ich Herman Winesap an und fragte ihn, was hier überhaupt vor sich ginge. »Was, zum Teufel, macht Louis Cyphre in ›Huberts Flohzirkus‹?«

»Was geht Sie das an? Sie wurden nicht engagiert, um Mr. Cyphre nachzuspionieren. Ich würde vorschlagen, dass Sie sich um die Arbeit kümmern, für die Sie bezahlt werden.«

»Wussten Sie, dass er ein Zauberer ist?«

»Nein.«

»Kommt Ihnen das nicht komisch vor, Winesap?«

»Ich kenne Mr. Cyphre seit vielen Jahren und schätze seine Bildung. Er ist ein Mann, der viele Interessen hat. Es würde mich überhaupt nicht wundern, wenn auch die Kunst des Taschenspiels darunter wäre.«

»In einem schäbigen Flohzirkus?«

»Vielleicht ist es ein Hobby von ihm, eine Art Entspannung.«

»Das paßt doch alles nicht zusammen.«

»Mr. Angel, für fünfzig Dollar pro Tag kann mein Klient jederzeit jemanden finden, der für ihn arbeitet.«

Ich sagte, daß ich verstanden hätte, und hängte auf.

Nachdem ich am Zigarettenstand Geld gewechselt hatte, machte ich noch drei Anrufe. Als erstes rief ich meinen Auftragsdienst an und erhielt eine Nachricht von einer Dame in Valley Stream, die eine Perlenkette vermißte. Sie verdächtigte jemanden aus ihrem Bridgeclub. Ich schrieb mir die Nummer erst gar nicht auf.

Danach rief ich bei der Krusemark Maritim GmbH an und erfuhr, daß der Präsident und Aufsichtsratvorsitzende einen Trauerfall hätte und deshalb nicht zu erreichen sei. Ich probierte es unter seiner Privatnummer und erwischte irgendeinen Angestellten, der mich weiterverband. Ich mußte nicht lange warten.

»Was wissen Sie von dem Fall, Angel«, brüllte der alte Brigant.

»Einiges. Wir sollten uns das aufsparen, bis wir uns sehen. Ich muß Sie sprechen. Am besten sofort.«

»In Ordnung. Ich sag unten Bescheid, damit man Sie reinläßt.«

38. KAPITEL

In dem Gebäude am Sutton Place Nr. 2 wohnte Marilyn Monroe. Von der 57. Straße führte ein Privatweg zu dem Gebäude. Mein Taxi hielt unter einem Vordach aus rosafarbenem Kalkstein. Gegenüber sah man eine Reihe von vierstöckigen Backsteinhäusern, die nur noch auf ihren Abriß warteten. Die Fenster waren mit dicken weißen Kreuzen bepinselt; es sah aus, als ob ein Kind einen Friedhof gemalt hätte.

Der Türsteher, der mehr Goldtressen umhängen hatte als ein Admiral, eilte herbei, um mir behilflich zu sein. Ich nannte ihm meinen Namen und fragte nach der Wohnung von Krusemark.

»Ja, Sir«, sagte er. »Der linke Fahrstuhl.«

Ich stieg im fünfzehnten Stock aus und trat in ein walnußgetäfeltes Foyer. Die riesigen goldgerahmten Spiegel reflektierten mehrere Foyers hintereinander, aber ich sah nur eine Tür. Ich klingelte zweimal und wartete.

Ein dunkelhaariger Mann mit einem Muttermal auf der Oberlippe öffnete die Tür. »Mr. Angel, kommen Sie herein. Mr. Krusemark erwartet Sie.« Er trug einen grauen Nadelstreifenanzug und sah eher wie ein Bankkassierer als wie ein Butler aus.

»Hier entlang bitte.«

Er führte mich durch luxuriös eingerichtete Räume, von denen aus man einen Blick über den East River bis nach Queens hatte. Die Antiquitäten waren arrangiert wie im Metropolitan Museum. Immer eine Epoche nach der anderen.

Im Moment gingen wir gerade durch Räume, die aussahen, als würden darin Verträge mit Federkielen unterzeichnet. Mein Führer blieb vor einer geschlossenen Tür stehen, klopfte einmal und sagte: »Mr. Angel ist hier, Sir.«

»Führen Sie ihn rein«, antwortete Krusemarks rauhe Stimme in einschüchterndem Ton.

Ich wurde in einen kleinen, fensterlosen Gymnastikraum geführt. Die Spiegel entlang der Wände reflektierten den chromglänzenden Maschinenpark der Bodybuildinggeräte. Ethan Krusemark lag in Boxershorts unter einem der blinkenden Apparate und trainierte seine Beinmuskeln. Für einen Mann seines Alter stemmte er eine ganze Menge Eisen.

Nachdem die Tür sich geschlossen hatte, setzte er sich auf und musterte mich. »Morgen ist die Beerdigung«, sagte er. »Werfen Sie mir das Handtuch rüber.«

Ich reichte es ihm, und er wischte sich den Schweiß vom Gesicht und von den Schultern. Er war athletisch gebaut. Unter den hervortretenden Adern lagen dicke Muskelpakete. Mit diesem alten Mann war nicht zu spaßen.

»Wer hat sie umgebracht?« knurrte er mich an. »Johnny Favorite?«

»Wenn ich ihn finde, frage ich ihn.«

»Dieser Schnulzengigolo. Ich hätte ihn bei der ersten Gelegenheit ersäufen sollen.« Er strich sich sorgfältig das lange silberne Haar zurück.

»Wann war die denn? Als Sie und Ihre Tochter ihn aus der Klinik entführt haben?«

Er schaute mich an. »Sie liegen ganz falsch, Angel.«

»Ich glaube nicht. Vor fünfzehn Jahren haben Sie für fünfundzwanzigtausend Dollar Dr. Albert Fowler einen Patienten abgekauft. Sie nannten sich damals Edward Kelley. Fowler mußte dafür so tun, als wäre Favorite noch immer der hilflose Krüppel ohne Bewußtsein. Bis vor einer Woche hat er seinen Job ordentlich ausgeführt.«

»Wer bezahlt Sie für diese Drecksarbeit?«

Ich nahm eine Zigarette und rollte sie zwischen den Fingern. »Sie wissen, daß ich das nicht verraten werde.«

»Ich könnte das zu einer lohnenden Sache für Sie machen.«

»Davon bin ich überzeugt«, sagte ich. »Aber das läuft nicht. Darf ich rauchen?«

»Bitte.«

Ich zündete die Zigarette an, atmete den Rauch aus und sagte: »Sehen Sie, Sie wollen den Mann, der Ihre Tochter ermordet hat. Ich will Johnny Favorite. Vielleicht sind wir an demselben Typen interessiert. Das werden wir aber erst wissen, wenn wir ihn gefunden haben.«

Krusemarks Finger ballten sich zu einer großen Faust, mit der er sich gegen die flache Hand schlug. Das. Geräusch hallte durch den glänzenden Raum. »Okay«, sagte er. »Ich war Edward Kelley und habe Fowler das Geld bezahlt.«

»Warum haben Sie sich Kelley genannt?«

»Denken Sie, ich würde das unter meinem Namen machen? Die ganze Sache war sowieso Megs Idee.«

»Wohin haben Sie Favorite gebracht?«

»Zum Times Square. Es war die Neujahrsnacht '43. Wir setzten ihn einfach ab, und er spazierte aus unserem Leben davon. Das nahmen wir zumindest an.«

»Und das soll ich Ihnen abkaufen?« sagte ich. »Nachdem Sie fünfundzwanzig Riesen für Favorite bezahlt haben, soll er so einfach in der Menge verschwunden sein.«

»Genauso war es. Ich habe es für meine Tochter getan. Sie hat von mir immer bekommen, was sie wollte.«

»Und sie wollte, daß Favorite verschwindet?«

Krusemark zog sich einen Bademantel über. »Ich glaube, die beiden hatten das schon ausgeheckt, bevor Johnny nach Übersee ging. Sie haben damals mit irgendeinem Hokuspokus rumgemacht.«

»Sie meinen Schwarze Magie?«

»Schwarz oder weiß, was soll's. Meg war immer ein eigenartiges Mädchen. Sie spielte mit Tarotkarten, noch bevor sie lesen konnte.«

»Wer hat ihr das beigebracht?«

»Ich weiß nicht. Eine abergläubische Erzieherin oder einer unserer europäischen Köche. Man kann in die Leute nicht immer hineinschauen, die man einstellt.«

»Wußten Sie, daß Ihre Tochter in Coney Island eine Wahrsagebude betrieben hat?«

»Ja, ich habe ihr dabei geholfen. Sie war alles, was ich hatte; ich habe sie ziemlich verzogen.«

»Ich fand eine mumifizierte Hand in ihrem Apartment. Wissen Sie davon auch?«

»Die ›Hand des Ruhms‹. Es ist ein Zauber, von dem man annimmt, daß er jedes Schloß öffnen kann. Die rechte Hand eines verurteilten Mörders wird abgeschnitten, während der Hals noch in der Schlinge steckt. Die Hand von Meg hatte sogar einen Stammbaum. Sie stammte von einem Waliser Straßenräuber, der Captain Silverheel hieß und 1786 hingerichtet wurde. Sie hat sie vor Jahren in Paris in einem Ramschladen gekauft.«

»So als kleines Andenken an die Europareise, genau wie Favorite den Totenschädel in seinem Koffer rumgeschleppt hat. Sie teilten offensichtlich die gleichen Vorlieben.«

»Ja. Favorite gab Meg den Schädel in der Nacht, bevor er auf das Schiff ging. Andere haben ihrer Freundin Ringe oder Collegepullover geschenkt. Er eben einen Schädel.«

»Ich dachte, Favorite und ihre Tochter wären zu dieser Zeit gar nicht mehr zusammen gewesen.«

»Offiziell stimmte das. Die beiden haben da irgendein Spiel gespielt.«

»Wie kommen Sie darauf?« Meine Zigarettenasche fiel auf den Teppich.

»Weil sich an ihrer Beziehung nichts geändert hat.«

Krusemark drückte auf einen Knopf neben der Tür. »Möchten Sie einen Drink?«

»Ein kleiner Whisky wäre nicht schlecht.«

»Scotch?«

»Bourbon, wenn möglich. On the rocks. Hat Ihre Tochter jemals Evangeline Proudfoot erwähnt?«

»Proudfoot? Sagt mir nichts. Kann aber schon sein.«

»Und wie stand es mit Voodoo? Hat sie einmal über Voodoo gesprochen?«

Es klopfte, und die Tür ging auf.

»Ja, Sir?« fragte der Mann in Grau.

»Mr. Angel möchte einen Bourbon mit Eis. Für mich einen Brandy. Oh, und Benson.«

»Ja, Sir?«

»Bringen Sie Mr. Angel einen Aschenbecher.«

Benson nickte und schloß die Tür hinter sich.

»Ist das der Butler?« fragte ich.

»Benson ist mein Privatsekretär. Das heißt, er ist ein Butler mit Köpfchen.« Krusemark stieg auf ein Trainingsfahrrad und begann, stur in die Pedale zu treten. »Was haben Sie über Voodoo gesagt?«

»Johnny Favorite war in eine Voodoo-Sache in Harlem verwickelt, zur gleichen Zeit, als er den Schädel verschenkte. Ich wollte nur wissen, ob Ihre Tochter das jemals erwähnt hat.«

»Von Voodoo hat sie nichts gesagt.«

»Dr. Fowler sagte mir, daß Favorite an Amnesie litt, als Sie ihn aus der Klinik holten. Hat er Ihre Tochter erkannt?«

»Nein. Er verhielt sich wie ein Schlafwandler. Er starrte nur aus dem Wagenfenster in die Nacht hinaus.«

»Mit anderen Worten, er hat Sie wie Fremde behandelt?«

Krusemark trat mit aller Kraft in die Pedale. »Meg wollte es so. Sie bestand darauf, ihn nicht Johnny zu nennen und nichts über ihre frühere Beziehung zu sagen.«

»Kam Ihnen das nicht komisch vor?«

»Alles, was Meg tat, war komisch.«

Von draußen hörte ich das zarte Klingen von Kristall. Der Butler mit Köpfchen schob einen Barwagen herein. Er schenkte mir einen Drink und seinem Boß einen Brandy ein und fragte, ob sonst noch was zu tun sei.

»Nein, danke«, sagte Krusemark und hielt sich den Cognacschwenker unter die Nase wie einen Blütenkelch. Benson ging. Neben dem Eiskübel entdeckte ich einen Aschenbecher und drückte meine Zigarette darin aus.

»Ich habe einmal gehört, wie Sie Ihrer Tochter rieten, mir einen präparierten Drink zu geben. Sie sagten auch, daß Sie die Kunst der Überredung im Orient gelernt hätten.«

Krusemark sah mich mit einem merkwürdigen Blick an. »Er ist sauber.«

»Überzeugen Sie mich.« Ich gab ihm mein Glas. »Trinken Sie ihn selbst.«

Er nahm ein paar kräftige Schlucke und gab mir das Glas

zurück. »Für Spielchen ist es jetzt zu spät. Ich brauche Ihre Hilfe, Angel.«

»Dann lassen Sie uns endlich offen reden. Hat Ihre Tochter nach der Neujahrsnacht Favorite noch einmal gesehen?«

»Nie mehr.«

»Sind Sie sich da sicher?«

»Natürlich. Warum zweifeln Sie daran?«

»Es gehört zu meinem Geschäft, zu bezweifeln, was die Leute mir erzählen. Weshalb sind Sie sich so sicher?«

»Wir hatten keine Geheimnisse voreinander. So etwas hätte sie nicht verschwiegen.«

»Sie scheinen Frauen schlechter zu kennen als Ihr Geschäft.«

»Ich kannte meine Tochter. Wenn sie ihn noch mal gesehen hat, dann an dem Tag, als er sie umbrachte.«

Ich trank meinen Drink in kleinen Schlucken. »Ach wie nett und sauber«, sagte ich. »Ein Typ leidet an totaler Amnesie, kennt noch nicht mal seinen Namen, verschwindet vor fünfzehn Jahren in einer New Yorker Menschenmenge, hinterläßt keine Spur, taucht dann plötzlich aus heiterem Himmel wieder auf und fängt an, Leute umzubringen.«

»Wen hat er sonst noch getötet? Fowler?«

Ich lächelte. »Bei Dr. Fowler war es Selbstmord.«

»So was läßt sich arrangieren.«

»Wirklich? Wie würden Sie das machen, Mr. Krusemark?«

Krusemark warf mir einen eisigen Blick zu. »Fangen Sie nicht an, mir die Worte im Mund rumzudrehen, Angel. Wenn ich Fowler hätte loswerden wollen, hätte ich das schon vor Jahren getan.«

»Das bezweifle ich. Solange er den Deckel auf der ganzen Favorite-Sache hielt, war er lebendig viel mehr wert.«

»Ich hätte auch besser Favorite als Fowler beseitigt«, knurrte er. »Welchen Mord untersuchen Sie eigentlich?«

»Ich untersuche überhaupt keinen Mord. Ich suche einen Mann, der an Amnesie leidet.«

»Ich hoffe verdammt, daß Sie ihn finden.«

»Haben Sie der Polizei etwas über Johnny Favorite erzählt?«

Krusemark rieb sich das Kinn. »Das war recht schwierig. Ich wollte sie auf die richtige Spur setzen, mich aber raushalten dabei.«

»Ich bin sicher, daß Sie eine gute Geschichte erfunden haben.«

»Es war genau die passende. Sie wollten wissen, mit welchen Typen Meg Umgang hatte. Ich sagte ihnen die Namen von ein paar Jungs, die sie erwähnt hatte. Aber ich betonte, daß die einzige und große Romanze Johnny Favorite war. Natürlich wollten sie mehr über ihn wissen.«

»Natürlich«, sagte ich.

»Deshalb habe ich ihnen von der Verlobung erzählt und wie exzentrisch er war und all das Zeug. Eben Zeug, das nie in der Zeitung stand, solange er noch berühmt war.«

»Ich bin überzeugt, Sie haben das gut gebracht.«

»Sie sahen so aus, als kauften sie es mir ab; der Rest war ein Kinderspiel.«

»Wo sagten Sie, daß Favorite zu finden wäre?«

»Das habe ich ihnen nicht gesagt. Ich sagte, daß ich ihn seit dem Krieg nicht mehr gesehen hätte, daß ich nur von seiner Verwundung gehört hätte. Wenn sie ihn mit diesen Angaben nicht finden, sollten sie sich nach einem anderen Job umsehen.«

»Sie werden die Spur bis Dr. Fowler verfolgen, dann werden sie Probleme kriegen«, sagte ich.

»Machen Sie sich über deren Probleme keine Sorgen. Wie steht's mit Ihren Problemen? Wo machen Sie nach dem Neujahrstag '43 weiter?«

»Keine Ahnung.« Ich trank aus und stellte mein Glas auf den Wagen. »In der Vergangenheit finde ich ihn nicht. Sollte er in der Stadt sein, wird er bald wieder auftauchen. Das nächste Mal werde ich ihn erwarten.«

»Glauben Sie, daß ich eine Zielscheibe bin?« Krusemark stieg von seinem Fahrrad.

»Was glauben Sie?«

»Ich mache mir deswegen keine schlaflosen Nächte.«

»Wir sollten in Kontakt bleiben«, sagte ich. »Meine Nummer steht im Telefonbuch, wenn Sie mich erreichen wollen.« Ich hatte keine Lust, meine Visitenkarte schon wieder bei einer potentiellen Leiche zurückzulassen.

Krusemark klopfte mir auf die Schulter und strahlte sein Tausend-Dollar-Lächeln. »Sie haben mehr auf dem Kasten als die ganzen Schlaumeier von der Polizei zusammengenommen.« Er brachte mich zur Eingangstür und versprühte seinen Charme wie ein Schwein, das Blut schwitzt. »Sie werden von mir hören, darauf können Sie sich verlassen.«

39. KAPITEL

Krusemarks kräftigen Händedruck spürte ich noch, als ich schon auf der Straße war. »Taxi, Sir?« fragte der Türsteher und legte die Hand an die tressenverzierte Mütze. »Nein, danke. Ich möchte ein Stück gehen.« Ich mußte nachdenken. Ich hatte keine Lust, mich mit irgendeinem Taxifahrer über Philosophie, den Bürgermeister oder über Baseball zu unterhalten.

Als ich aus dem Gebäude herauskam, warteten zwei Typen an der Ecke. Der kleine, untersetzte trug eine blaue Windjacke und schwarze Hosen. Er sah aus wie der Trainer von einem Highschool-Footballteam. Sein Freund war Anfang Zwanzig, mit geölter Haartolle und dem Herz-Jesu-Blick, den man von Kitschpostkarten kennt. Sein grüner Haifischlederanzug hatte spitze Revers und gepolsterte Schultern und war sicher ein paar Nummern zu groß.

»Hey, Mann, warte mal 'nen Moment«, rief der Footballtrainer und kam mit den Händen in den Hosentaschen auf mich zu. »Ich muß dir was zeigen.«

»Ein andermal«, sagte ich.

»Muß aber jetzt sein.« Aus der nur halb zugezogenen Windjacke des Footballtrainers zeigte der blanke Lauf einer automatischen Waffe direkt auf mich. Mehr war von der Kanone nicht zu sehen. Es war eine 22er, was bedeutete, daß der Junge gut war oder daß er das zumindest glaubte.

»Du machst einen Fehler«, sagte ich.

»Bestimmt nicht. Du bist Harry Angel, oder?« Die Waffe verschwand wieder in der Windjacke.

»Wieso fragst du dann, wenn du's schon weißt?«

»Da drüben ist ein Park. Wir wollen rübergehen und uns in Ruhe ein bißchen unterhalten.«

»Und er?« Ich deutete auf den Jungen in dem Haifischlederanzug, der uns nervös mit seinen wässerigen Augen beobachtete.

»Der kommt auch mit.«

Der Junge blieb hinter uns. Wir überquerten den Sutton Place und stiegen die Stufen zu dem schmalen Parkstreifen entlang des East Rivers hinunter. »Toller Trick«, sagte ich, »das mit den herausgeschnittenen Jackentaschen.«

»Funktioniert prima, was?«

Die Promenade führte am Flußufer entlang. Der Wasserspiegel liegt ein paar Meter unterhalb der Promenade, dazwischen ein eisernes Geländer. Am anderen Ende des kleinen Parks führte ein weißhaariger Mann einen Yorkshire Terrier an der Leine. Er kam mit langsamen Schritten auf uns zu. »Warte, bis der Alte vorbei ist«, sagte der Footballspieler. »Inzwischen kannst du die Aussicht genießen.«

Der Junge mit dem stigmatisierten Blick stützte sich mit den Ellbogen auf das Geländer und starrte auf einen Schlepper, der sich durch die Strömung arbeitete. Der Footballspieler stand hinter mir und tänzelte auf den Zehenspitzen wie ein Preisboxer. Weiter vorn hob der Yorkshire Terrier sein Bein an einem Abfallkorb. Wir warteten.

Ich blickte zu den prächtigen Streben der Queensborough-Brücke hinauf, durch deren feines Gitterwerk der wolkenlose blaue Himmel hindurchschien. Genieße die Aussicht. Was für ein wunderbarer Tag. Einen schöneren konnte man sich zum Sterben nicht aussuchen. Also genieße die Aussicht und mach keine Schwierigkeiten. Schau bloß still in den Himmel, bis der einzige Zeuge verschwunden ist, und denk nicht an die irisierende Tiefe des öligen Flusses unter dir, bis zu dem Moment, wo sie dich mit einer Kugel im Auge über das Geländer werfen.

Ich drückte meine Tasche fester an mich. Meine kurzläufige Smith and Wesson hätte genausogut zu Hause in einer Schublade liegen können. Der Mann mit dem Hund war weniger als zwanzig Schritte von uns entfernt. Ich verlagerte mein Gewicht und beobachtete den Footballtrainer. Ich wartete, bis er einen Fehler machte. Der kurze Blick auf den herankommenden Mann mit dem Hund war alles, was ich brauchte.

Mit voller Wucht ließ ich meinen Diplomatenkoffer hochschwingen, direkt zwischen seine Beine. Er brüllte vor Schmerz auf und klappte nach vorn. In dem Moment löste sich eine Kugel aus der Waffe und prallte auf dem Pflaster ab. Es machte nicht mehr Lärm als ein Niesen.

Der Yorkshire Terrier zerrte an seiner Leine und fing laut zu bellen an. Ich umklammerte meinen Koffer mit beiden Händen und schlug ihn mit aller Wucht auf den Kopf des Footballspielers. Seufzend ging er zu Boden. Ich trat ihm in den Ellbogen, und ein Woodman Colt mit Perlmuttgriff wirbelte über den Boden.

»Rufen Sie die Polizei!« schrie ich zu dem Mann mit dem Hund, im gleichen Augenblick griff mich der Junge mit den Christusaugen an. In seiner knochigen Faust hielt er einen kurzen lederbezogenen Totschläger. »Die wollen mich umbringen!« Mein Diplomatenkoffer diente mir als Schild, und der erste Schlag des Jungen traf das teure Kalbsleder. Ich trat nach ihm, aber er wich mir aus. Der langläufige Colt lag in verführerischer Nähe, aber ich konnte es nicht riskieren, mich nach ihm zu bücken. Der Junge sah ihn auch und versuchte, mir zuvorzukommen, war aber nicht schnell genug. Ich stiess die Waffe mit dem Fuss durch das Geländer ins Wasser.

In diesem Moment erwischte er mich ohne Deckung und schlug mit seiner schweren Waffe gegen meinen Hals. Jetzt war es an mir, zu brüllen. Der Schmerz trieb mir die Tränen in die Augen, ich schnappte nach Luft. Ich schützte meinen Kopf, so gut ich konnte, aber der Junge war im Vorteil. Er holte aus, und ich fühlte, wie mein rechtes Ohr explodierte. Im Niedergehen sah ich den Mann, seinen kläffenden Terrier im Arm, die Stufen raufrennen. Auf allen Vieren und völlig benommen vor Schmerz, beobachtete ich seinen Abgang. In meinem Kopf donnerte eine Dampflok. Der Junge schlug noch einmal zu, und der Zug fuhr ins Tunnel. In der Dunkelheit sah ich stechende Lichter tanzen. Der rauhe Zementboden unter meiner Wange war klebrig und glitschig. Ich war vielleicht so lange am Boden wie Rip van Winkle, und als ich das Auge öffnete, mit dem ich noch sehen konnte, beobachtete ich, wie der Junge dem niedergeschlagenen Footballtrainer aufhalf.

Er hatte einen schweren Tag hinter sich. Mit beiden Händen hielt er sich die Eier. Der Junge zerrte ihn am Ärmel und mahnte ihn zur Eile, aber er liess sich Zeit. Er humpelte zu mir rüber und trat mir mitten ins Gesicht.

»Das ist für dich, du Schwein«, hörte ich ihn sagen, bevor er noch mal zutrat. Danach habe ich nichts mehr gehört. Ich lag unter Wasser. Ich war am Ertrinken. Nicht in Wasser, sondern in Blut. Eine riesige Woge Blut schwappte über mich. Ich ertrank darin, unfähig zu atmen. Ich schnappte nach Luft, hatte aber jedesmal nur den Mund voller Blut.

Die blutige Woge warf mich an einen fernen Strand. Ich hörte die rauschende Brandung; kriechend versuchte ich mich zu retten. Meine Hände berührten etwas Kaltes, Metallisches. Es war der Fuß einer Parkbank.

Aus dem Nebel tauchten Stimmen auf. »Da ist er, Wachtmeister. Das ist der Mann. Oh, mein Gott. Sehen Sie, was sie mit ihm gemacht haben.«

»Ist gut, Mann«, horte ich eine andere Stimme sagen. »Jetzt ist alles in Ordnung.« Starke Arme retteten mich aus der blutigen Strömung.

»Lehn dich zurück. Dir wird gleich besser werden. Kannst du hören, was ich sage?«

Als ich zu antworten versuchte, kam nur ein gurgelndes Geräusch. Ich klammerte mich an die Parkbank wie an ein Floß bei schwerer See. Die quellenden roten Nebel teilten sich, und ich blickte in ein ernstes, eckiges Gesicht, umgeben von Blau. Eine Doppelreihe goldener Knopfe glänzte wie aufgehende Sonnen. Ich konzentrierte mich auf die Marke, fast hätte ich die Nummer lesen können. Als ich mich bedanken wollte, kam wieder nur dieser gurgelnde Laut heraus.

»Nur Ruhe«, sagte der Streifenpolizist. »In einer Minute kommt Hilfe.«

Ich schloß die Augen und hörte die andere Stimme sagen: »Es war einfach furchtbar. Sie wollten ihn erschießen.«

Der Streifenpolizist sagte: »Bleiben Sie bei ihm. Ich gehe zu einer Telefonzelle und schicke einen Krankenwagen.«

Warm schien die Sonne auf mein zerschundenes Gesicht. Jede einzelne Verletzung pulsierte und pochte, als würden tausend kleine Herzen in mir schlagen. Ich betastete mein

Gesicht. Nichts fühlte sich vertraut an. Es waren die Züge eines Fremden. Durch das Geräusch von Stimmen erkannte ich, daß ich zwischenzeitlich ins Koma gefallen war. Der Polizist dankte dem Mann mit dem Hund und bezeichnete ihn als Mr. Groton. Er bat ihn, zu einer ihm passenden Zeit auf das Revier zu kommen und seine Aussage zu machen. Mr. Groton sagte, er werde am Nachmittag kommen.

Auch ich gurgelte meinen Dank, und der Polizist sagte wieder, daß ich still sitzen sollte. »Hilfe ist schon unterwegs.«

In diesem Moment kam der Krankenwagen, aber mir war klar, daß ich zwischendurch wieder ausgefallen war. »Vorsichtig«, sagte einer der Pfleger. »Nimm seine Beine, Eddi.«

Ich sagte, daß ich gehen könne, aber als ich aufzustehen versuchte, wurden mir die Knie weich. Ich wurde auf eine Bahre gelegt, hochgehoben und weggebracht. Wohin interessierte mich im Moment relativ wenig. Das Innere des Krankenwagens roch nach Erbrochenem. Trotz der heulenden Sirenen konnte ich den Fahrer und seinen Partner lachen hören.

40. KAPITEL

In der Notaufnahmestation des Bellevue Krankenhauses nahm die Welt langsam wieder Gestalt an. Ein eifriger Assistenzarzt reinigte und nähte die Wunden an meinem Kopf. Für mein Ohr oder für das, was noch von ihm übriggeblieben war, wollte er tun, was in seiner Macht stand. Es roch beruhigend nach Demerol, und alles schien in Ordnung zu sein. Ich schenkte der Schwester ein Lächeln, trotz meiner zerschlagenen Zähne.

Gerade als ich zum Röntgen gebracht wurde, erschien ein Inspektor vom Polizeirevier. Neben meinem Rollstuhl hergehend, fragte er mich, ob ich die Männer gekannt hätte, die mich ausrauben wollten. Ich ließ ihn in dem Glauben, daß es sich um einen Raubüberfall handelte, und nachdem ich ihm den Footballspieler und den Jungen beschrieben hatte, ging er wieder.

Als die Aufnahmen gemacht waren, meinte der Doktor, daß ich etwas Ruhe verdient hätte. Mir konnte das nur recht sein. Ich wurde auf die Wachstation gebracht und bekam eine Spritze unter mein Nachthemd verpaßt Das nächste, woran ich mich erinnerte, war eine Schwester, die mich zum Abendessen weckte.

Ich hatte gerade die Hälfte meines Karottenbreis verzehrt, als mir klar wurde, daß sie mich über Nacht zur Beobachtung dabehalten wollten. Die Röntgenaufnahmen hatten zwar keine Brüche gezeigt, aber es wurde eine Gehirnerschütterung befürchtet. Ich fühlte mich zu schwach, um irgendwie zu protestieren, und nachdem ich mein Babyfutter aufgegessen hatte, brachte mich eine Schwester zu einem Münzapparat, damit ich Epiphany mitteilen konnte, daß ich nicht nach Hause kommen würde.

Sie klang zuerst sehr besorgt, aber ich machte Scherze und sagte, daß ich am nächsten Morgen wieder in Ordnung sein würde. Sie tat so, als ob sie mir glaubte. »Weißt du, was ich mit dem Zwanziger gemacht habe, den du mir gegeben hast?«

»Nein.«

»Ich habe eine Ladung Kaminholz gekauft.«

Ich sagte ihr, ich hätte eine Menge Zündhölzer. Sie lachte, und wir verabschiedeten uns. Ich war ihr verfallen. Das war mein Unglück. Die Schwester brachte mich zu meinem Bett zurück, wo schon wieder eine Spritze auf mich wartete.

Unter dem dichten Mantel der Drogen schlief ich fast traumlos. Trotzdem tauchte ab und zu das Gespenst von Louis Cyphre auf und spielte seine Farce mit mir.

Das meiste hatte ich nach dem Aufwachen vergessen, nur ein Bild war mir geblieben: Ein Aztekentempel erhob sich über einer Plaza, die von Menschen wimmelte. Die Stufen des Tempels waren blutüberströmt. Auf der Spitze des Turmes stand Cyphre in seinem Flohzirkusanzug und schaute auf die vornehmen Azteken in ihren Federgewändern hinunter. Lachend warf er das tropfende Herz seines Opfers in die Luft. Das Opfer war ich.

Am nächsten Morgen – ich aß gerade meinen Haferschleim auf – stattete mir Lieutenant Sterne einen Überraschungsbesuch ab. Er trug den gleichen Mohairanzug, aber mit grauem Flanellhemd und ohne Krawatte. Er war folglich nicht im Dienst. Sein Gesichtsausdruck allerdings war vollkommen dienstlich. »Sieht aus, als hätte jemand ganze Arbeit geleistet«, sagte er.

Ich lächelte ihn an. »Sie wünschen sich wohl, Sie wären es gewesen?«

»Wenn ich es gewesen wäre, würden Sie vor einer Woche nicht rauskommen.«

»Sie haben die Blumen vergessen.«

»Die heb ich mir für Ihr Grab auf.« Sterne saß auf dem weißen Stuhl neben meinem Bett und starrte mich an wie ein Geier, der ein überfahrenes Opossum ausgemacht hat. »Ich habe versucht, Sie gestern abend zu Hause zu erreichen. Ihr Auftragsdienst sagte, daß Sie im Krankenhaus liegen. Ich wurde erst jetzt zu Ihnen vorgelassen.«

»Was wollen Sie, Lieutenant?«

»Ich dachte, es würde Sie vielleicht interessieren, was wir in dem Krusemark-Apartment gefunden haben, weil Sie doch immer behauptet haben, die Dame nicht gekannt zu haben.«

»Ich halte den Atem an vor Spannung.«

»Genau das tun die in der Gaskammer auch«, sagte Sterne. »Aber die Luft anhalten hilft denen dort auch nichts mehr.«

»Und wie steht's mit dem elektrischen Stuhl in Sing Sing?«

»Da würde ich mir die Nase zuhalten. Sowie der Saft aufgedreht wird, scheißen die sich nämlich in die Hose. Das stinkt wie eine Rostbratwurst im Klo.«

Mit deiner Nase, dachte ich, würdest du beide Hände brauchen. »Was haben Sie denn in dem Krusemark-Apartment gefunden?« fragte ich.

»Es ist etwas, was ich nicht gefunden habe. Das Kalenderblatt vom 16. März fehlte, übrigens das einzige, das fehlte. So was fällt einem auf. Ich habe das darunterliegende Blatt ins

Labor geschickt und auf Abdrücke untersuchen lassen. Und was glauben Sie, was ich gefunden habe?«

Ich sagte, daß ich keine Ahnung hätte.

Den Buchstaben ›H‹, gefolgt von A-n-g.«

»Liest sich wie ›Hang‹.«

»Wir werden Sie am Arsch aufhängen, Angel. Sie wissen ganz genau, was das heißt.«

»Ein Zufall und ein Beweis sind zwei Paar Stiefel, Lieutenant.«

»Wo waren Sie am Mittwochnachmittag gegen halb drei?«

»Am Central Bahnhof.«

»Haben Sie auf einen Zug gewartet?«

»Ich habe Austern gegessen.«

Sterne schüttelte seinen großen Kopf. »Schlechte Ausrede.«

»Der Kellner wird sich erinnern. Ich war lange dort. Hab eine Menge gegessen. Wir haben Witze darüber gemacht. Er sagte, die Austern würden wie Klumpen aus Spucke aussehen. Ich sagte, sie seien gut für die Potenz. Sie können das nachprüfen.«

»Und ob ich das tun werde. Darauf können Sie Ihren Arsch wetten.« Sterne stand auf. »Ich werde von Sonntag an alles nachprüfen. Und wissen Sie was? Ich werde da sein und mir die Nase zuhalten, wenn man Sie auf den elektrischen Stuhl schnallt.«

Sterne griff nach einem unberührten Glas mit Grapefruitsaft auf meinem Tablett, leerte es in einem Zug und ging hinaus.

Es war schon fast Mittag, bis all der Papierkram erledigt war und auch ich gehen konnte.

41. KAPITEL

Vor dem Bellevue Krankenhaus war die ganze Straße aufgerissen, aber niemand arbeitete am Samstag daran. Das ganze Areal war mit Holzgittern abgesperrt, auf denen STRASSENARBEITEN stand. Ringsum häuften sich Erdhügel und aufgestapelte Pflastersteine. In diesem Stadtteil lag nur eine dünne Teerschicht über der alten Pflasterung, und vereinzelt sah man noch ein Stück Kopfsteinpflaster von vor hundert Jahren. Aus dieser Zeit stammten auch die verschnörkelten gußeisernen Straßenlaternen und die bläulich schimmernden Granitplatten im Gehsteig.

Ich nahm an, daß man mich verfolgen würde. Aber auf meinem Weg zum Taxistand auf der 38. Straße sah ich niemanden. Es war immer noch warm, wenn auch bewölkt. Meine 38er, die in meiner Jackentasche steckte, schlug bei jedem Schritt gegen meinen Körper. Zuerst fuhr ich zum Zahnarzt. Ich hatte ihn vom Krankenhaus aus angerufen, und er war bereit, mich außerhalb der normalen Sprechzeiten zu behandeln. Ich brauchte ein paar provisorische Kronen. Wir unterhielten uns übers Fischen. Er würde jetzt lieber mit einem guten Köder an der Sheepshead Bay sitzen, sagte er.

Noch völlig betäubt von den Schmerztabletten, machte ich dann einen Termin für ein Uhr im Chrysler-Gebäude. Ich kam zehn Minuten zu spät, aber Howard Nussbaum wartete geduldig am Eingang auf der Lexington Avenue.

»Das ist Erpressung, Harry. Einfach Erpressung«, sagte er, als er mir die Hand schüttelte. Er war ein kleiner, sorgenvoll blickender Mann in braunem Anzug.

»Das will ich nicht bestreiten, Howard. Sei froh, daß ich nicht hinter deinem Geld her bin.«

»Meine Frau und ich wollten heute früh nach Connecticut fahren. Sie hat Verwandte in New Canaan. Aber was machen schon ein paar Stunden. Nachdem du mich angerufen hast, sagte ich ihr, daß wir erst ein bißchen später starten könnten.«

Howard Nussbaum hatte die Schlüssseiabteilung einer Wach- und Schließgesellschaft unter sich, die für die Sicherheit in mehreren Bürohäusern der City zuständig war. Diesen Job verdankte er mir oder genauer gesagt der Tatsache, daß sein Name nicht in einem Bericht erschienen war, den ich einmal für seine Firma angefertigt hatte. Es ging um einen Hauptschlüssel, der in der Tasche einer minderjährigen Prostituierten aufgetaucht war. »Hast du ihn mitgebracht?« fragte ich.

»Wär ich sonst gekommen?« Er griff in seine Tasche und überreichte mir einen unverschlossenen braunen Umschlag. Ein nagelneuer Schlüssel glitt in meine Hand. Er sah aus wie jeder andere Schlüssel.

»Ist das ein Hauptschlüssel?«

»Du glaubst wohl, ich geb dir einen Hauptschlüssel für das Chrysler-Gebäude?« Howard Nussbaums Züge verfinsterten sich. »Er paßt nur für den 45. Stock. Dort aber für jedes Schloß. Hinter welcher Sache bist du eigentlich her?«

»Stell mir keine Fragen, Howard. Auf diese Weise bist du auch kein Komplize.«

»Das bin ich sowieso. Schon mein ganzes Leben lang.«

»Viel Spaß in Connecticut.«

Ich fuhr mit dem Aufzug hinauf. Ich sah nur auf den braunen Umschlag und popelte in der Nase herum, so daß der Fahrstuhlführer wegschaute. Der Umschlag war frankiert und adressiert. Laut Howards Instruktionen mußte ich den Schlüssel nach getaner Arbeit in den Umschlag stecken und in den Briefkasten werfen. Die Chance, daß einer von meinen eigenen Nachschlüsseln gepaßt hätte, war gering. Sie funktionierten meist nur bei ausgeleierten Schlössern. Bei Howard Nussbaums Firma war nicht zu erwarten, daß sie an den Schlössern sparte.

Hinter den Milchglasscheiben der Krusemark Maritim GmbH war es dämmrig. Vom anderen Ende des Korridors hörte man das wilde Klappern einer Schreibmaschine. Ich zog meine Chirurgenhandschuhe an und steckte den Schlüssel in das erste Schloß. Dieser Sesam-öffne-dich-Zauber konnte sich neben Margret Krusemarks mumifizierter ›Hand des Ruhms‹ durchaus sehen lassen. Ich ging durch alle Büros. Nur zugedeckte Schreibmaschinen und stille Telefone. Nirgendwo ein überehrgeiziger Aufsteiger, der an diesem Samstag auf seine Golfpartie verzichtet hätte.

Ich stellte die Minox und das Reprostativ auf den Vorzimmerschreibtisch und drehte meine Scheinwerfer an. Ein Taschenmesser und eine gebogene Büroklammer waren alles, was ich brauchte, um die Aktenschränke und die Schubladen zu öffnen. Ich wußte nicht, wonach ich eigentlich suchen sollte, aber Krusemark mußte etwas besitzen, was er verzweifelt zu verbergen suchte. Hätte er mir sonst den Schlägertrupp auf den Hals gehetzt?

Der Nachmittag zog sich hin. Ich blätterte Hunderte von Papieren durch und fotografierte alles, was mir von Bedeutung erschien.

Nichts deutete auf kriminelle Aktivitäten außer ein paar abgeänderten Wahlprogrammen und einem Brief, der sich auf die Bestechung eines Kongreßabgeordneten bezog. Aber das bedeutete nicht, daß sonst nichts vorhanden war. Man mußte nur wissen, wo man suchen mußte.

Ich verknipste fünfzehn Filme. Jedes größere Geschäft, in dem die Krusemark Maritim ihre Finger hatte, passierte meine Linse. Irgendwo, hinter all den Zahlen, waren genügend Verbrechen verborgen, um das Büro des Staatsanwalts auf Monate hinaus zu beschäftigen.

Als ich mit den Aktenschränken fertig war, schloß ich Krusemarks Privatbüro auf und genehmigte mir einen Drink an der verspiegelten Bar. Mit dem kristallnen Cognacschwenker in der Hand untersuchte ich die Wandverkleidung und warf einen Blick hinter die Bilder. Es gab keinen Hinweis auf einen Safe oder einen Geheimschrank.

Abgesehen von der Couch, der Bar und dem Marmortisch war der Raum leer. Es gab keine Aktenschränke, keine Schubläden und keine Regale. Ich stellte mein Glas in der Mitte des glänzenden Tisches ab. Weder Papiere noch Briefe, nicht einmal Schreibgeräte lagen auf der glänzenden Fläche. Nur die bronzene Neptunstatue posierte vor ihrem perfekten Spiegelbild.

Ich schaute unter die Marmorplatte. Von oben war sie nicht zu sehen: eine flache Schublade aus Stahl. Sie war nicht verschlossen. Ein kleiner Hebel an der Seite öffnete eine Sicherung, und unsichtbare Federn ließen die Schublade aufspringen wie eine Ladenkasse. Mehrere teure Füllfederhalter lagen darin, eine Fotografie von Margret Krusemark in ovalem Silberrahmen, ein langer Dolch mit Elfenbeingriff und eine Reihe von Briefen.

Ich nahm einen mir vertraut erscheinenden Umschlag und zog die Karte heraus. Auf der Vorderseite war das Pentagramm aufgedruckt. Das Latein stellte kein Problem mehr dar. Ethan Krusemark hatte seine ganz persönliche Einladung zu der Schwarzen Messe.

42. KAPITEL

Ich legte alles wieder an seinen Platz zurück und packte meine Kamera ein. Bevor ich ging, wusch ich den Cognacschwenker in der Cheftoilette aus und stellte ihn ordentlich auf ein Glasregal über der Bar. Ich wollte ihn eigentlich auf Krusemarks Schreibtisch stehen lassen, damit er am Montagmorgen etwas zum Nachdenken gehabt hätte, aber schließlich erschien mir die Idee dann doch nicht so schlau.

Als ich auf die Straße trat, regnete es, und die Temperatur war um fünfzehn Grad gefallen. Ich stellte den Jackenkragen hoch und ging mit schnellen Schritten über die Lexington Avenue zum Central Bahnhof. Von der ersten freien Telefonzelle aus rief ich Epiphany an. Ich fragte sie, wie lange sie brauchen würde, um sich fertig zu machen. Sie sagte, daß sie schon seit Stunden bereit sei.

»Das klingt aber sehr einladend, meine Liebste«, sagte ich, »aber wir reden jetzt vom Geschäft. Wir treffen uns in einer halben Stunde in meinem Büro. Dann essen wir zusammen, und danach hören wir uns einen Vortrag an.«

»Was für einen Vortrag?«

»Vielleicht eine Predigt.«

»Eine Predigt?«

»Bring meinen Regenmantel aus dem vorderen Schrank mit und komm nicht zu spät.«

Bevor ich in die U-Bahn stieg, fand ich einen Zeitungsstand mit einem Schlüsseldienst und ließ mir eine Kopie von

Howard Nussbaums Exemplar anfertigen. Das Original steckte ich in den Umschlag und warf ihn in einen Postkasten neben den Schließfächern.

Ich fuhr zum Times Square. Als ich ausstieg, regnete es immer noch. Auf dem nassen Asphalt kräuselten sich die Lichter der Neonreklamen und der Autoscheinwerfer wie Feuerschlangen. Ich sprang von einem Eingang zum nächsten und versuchte, trocken zu bleiben. In den Saftbars und Spielsalons saßen die Zuhälter, Dealer und Nutten dichtgedrängt zusammen, elend wie naß gewordene Katzen. Im Laden an der Ecke kaufte ich eine Handvoll Zigarren und blickte durch den Regen zum Times Tower hinauf: TIBETER KÄMPFEN GEGEN CHINESEN IN LHASA ...

Als ich um zehn nach sechs in meinem Büro ankam, saß Epiphany schon in dem schäbigen Ledersessel und wartete auf mich. Sie hatte sich wieder in das pflaumenfarbene Kostüm geworfen und sah fantastisch aus. Sie schmeckte und faßte sich noch besser an als je zuvor.

»Ich habe dich vermißt«, flüsterte sie. Ihre Finger strichen leicht über den Verband an meinem Ohr und huschten über die ausrasierte Stelle an meinem Kopf. »Mein Gott, Harry. Geht's dir gut?«

»Das schon. Aber vielleicht bin ich nicht mehr so hübsch wie früher.«

»Von der Seite, wo man dich genäht hat, siehst du aus wie Frankenstein.«

»Ich habe versucht, nicht in den Spiegel zu schauen.«

»Und dein armer, armer Mund.«

»Wie ist die Nase?«

»Ungefähr wie vorher, vielleicht noch ein bißchen krummer.«

Wir aßen bei ›Lindy‹. Ich sagte zu Epiphany, wenn uns jemand anstarren sollte, würden die anderen Gäste annehmen, wir seien berühmt. Aber keiner starrte uns an.

»Hat dich dieser Lieutenant besucht?« Sie tunkte eine Krabbe in die eisgekühlte Cocktailsoße.

»Er hat mich zum Frühstück beglückt. Es war klug von dir, dich als Auftragsdienst auszugeben.«

»Ich bin eben ein kluges Mädchen.«

»Du bist eine gute Schauspielerin. Du hast Sterne am gleichen Tag zweimal reingelegt.«

»In mir steckt nicht nur eine Frau, sondern mehrere. Genau wie du nicht nur ein und derselbe Mann bist.«

»Ist das Voodoo?«

»Das ist gesunder Menschenverstand.«

Gegen acht fuhren wir durch den Central Park in Richtung Harlem. Als wir die Stelle passierten, wo sie getanzt hatte, fragte ich Epiphany, warum sie mit ihrer Gruppe unter offenem Himmel das Opfer zelebriert habe und nicht im heimischen Tempel. Sie sagte irgendwas über Baum-›Loa‹.

»Loa?«

»Geister. Manifestationen Gottes. Es gibt viele, viele Geister. Rada-Loa, Petro-Loa: Das Gute und das Böse. Damballah ist ein Loa. Bade ist der Loa des Windes; Sogbo der Blitz-Loa; Baron Samedi, der Hüter des Friedhofs, ist Herr über Sex und Leidenschaft; Papa Lega wacht über Häuser und Versammlungen, über Türen und Zäune. Maître Carrefour ist der Wächter der Straßenkreuzungen.«

»Das muß mein Haupt-Loa sein.«

»Er ist auch der Beschützer der Zauberer.«

Der ›Neue Tempel der Hoffnung‹ war früher einmal ein Kino gewesen. Auf der alten Markise stand ringsum in riesigen Lettern ›EL CIFR‹ zu lesen. Ich parkte weiter unten in der Straße und ging, Epiphany untergehakt, zurück.

»Warum bist du an Cifr interessiert?«

»Er ist der Zauberer in meinen Träumen.«

»Cifr?«

»Der gute Dr. Cipher höchstpersönlich.«

»Was meinst du?«

»Dieser Swami-Auftritt ist nur eine von vielen Rollen, die ich ihn spielen sah. Er ist wie ein Chamäleon.«

Epiphany drückte meinen Arm. »Bitte sei vorsichtig, Harry.«

»Ich werd's versuchen.«

»Mach keine Scherze. Wenn der Mann das ist, was du von ihm annimmst, verfügt er über große Macht. Mit ihm ist nicht zu spaßen.«

»Laß uns reingehen.«

Neben der leeren Kasse stand die lebensgroße Pappfigur von Louis Cyphre. Er trug sein Scheichkostüm, und mit ausgestrecktem Arm wies er den Gläubigen den Weg. Die Vorhalle war der reinste Kinotraum: ein über und über mit vergoldetem Stuckwerk verzierter Palast. Am Erfrischungsstand gab es statt Popcorn und Bonbons esoterische Erbauungsliteratur.

Wir fanden in der Mitte zwei Plätze. Hinter dem geschlossenen Vorhang wimmerte eine Orgel. Das Parkett und die Empore füllten sich allmählich mit Menschen. Außer mir schien es keinem aufzufallen, daß ich der einzige Weiße im Saal war.

»Was für eine Sekte ist das?« flüsterte ich.

»Hauptsächlich Baptisten mit etwas wirren Ideen.« Epiphany faltete die Hände im Schoß. »Das ist die Kirche von Reverend Love. Sag bloss, du hast noch nichts von ihm gehört.«

Ich musste meine Unwissenheit zugeben.

»Na ja, sein Auto ist ungefähr fünfmal so gross wie dein Büro.«

Die Lichter wurden schwächer, die Orgelmusik schwoll an. Als der Vorhang sich teilte, sah man einen Hundert-Mann-Chor, der in Form eines Kreuzes aufgestellt war. Die Gemeinde erhob sich und sang: ›Jesus war ein Fischermann‹. Ich klatschte mit und lächelte dabei Epiphany an, die mit dem distanzierten Ausdruck einer Rechtgläubigen die Zeremonie verfolgte. Für sie waren das lauter Barbaren.

Als die Musik sich zum Crescendo steigerte, tauchte ein kleiner brauner Mann in weissem Seidenanzug auf der Bühne auf. An beiden Händen blitzten Diamanten. Während er dastand, lösten sich die Chorreihen auf und bildeten Kreise um ihn, wie Lichtstrahlen um den aufgegangenen Mond.

Ich schaute Epiphany an. »Reverend Love?«

Sie nickte.

»Setzt euch, Brüder und Schwestern«, sagte Reverend Love. Seine Stimme war hoch und schrill. Ungefähr so wie der Ansager im ›Birdland‹.

»Brüder und Schwestern. Ich begrüsse euch herzlichst im Neuen Tempel der Hoffnung. Ich bin hocherfreut über euren freundlichen Empfang. Heute abend ist keines unserer üblichen Treffen. Heute abend haben wir die Ehre, einen sehr heiligen Mann zu begrüssen, den berühmten el Cifr. Obwohl er nicht unserem Glauben anhängt, ist er ein Mann, den ich respektiere. Ein Mann von grosser Weisheit, der uns vieles lehren kann. Wir alle können nur gewinnen, wenn wir den Worten unseres geschätzten Gastes, el Cifr, lauschen.«

Reverend Love wandte sich mit ausgestreckten Armen den Bühnentüren zu. Der Chor sang ›Ein neuer Tag beginnt‹, und die Gemeinde klatschte, als Louis Cyphre, wie ein Sultan aussehend, in wallendem Gewand auf die Bühne trat.

In meinem Diplomatenkoffer suchte ich nach dem Fernglas. In der bestickten Robe und mit dem Turban auf dem Kopf hätte el Cifr irgendwer sein können. Nachdem ich jedoch das Fernglas eingestellt hatte, erkannte ich unter all der braunen Schminke eindeutig die Züge meines Klienten. »Es ist der Mohr, ich kenne sein Signal«, flüsterte ich Epiphany zu.

»Was?«

»Shakespeare.«

El Cifr begrüßte sein Publikum mit einer orientalischen Verbeugung. »Möge das Glück euch allen hold sein. Steht nicht geschrieben, daß das Paradies für diejenigen offen ist, die es wagen, einzutreten?«

Die Gemeinde schmetterte mehrere ›Amen‹.

»Die Welt gehört den Starken, nicht den Schwachen. Ist es nicht so? Der Löwe verschlingt das Schaf. Der Falke ergötzt sich am Blut des Spatzen. Wer dies bestreitet, bestreitet die Ordnung des Universums.«

»Richtig, richtig«, klang es leidenschaftlich vom Balkon.

»Das klingt wie eine auf den Kopf gestellte Bergpredigt«, sagte Epiphany aus dem Mundwinkel heraus.

El Cifr ging an der Bühnenrampe entlang. Wie ein Betender hatte er die Hände erhoben, aber seine Augen sprühten vor Zorn. »Es ist die Hand mit der Peitsche, die den Wagen lenkt. Der Reiter spürt die Sporen nicht. Lebensstärke ist ein Akt des Willens. Sei der Wolf und nicht die Gazelle.« Die Gemeinde beantwortete jeden Satz mit lautem Klatschen und zustimmenden Rufen. Als wäre es die Heilige Schrift, wurden im Chor Cifrs Worte wiederholt:

»Sei der Wolf ... sei der Wolf«, schrie die Gemeinde.

»Seht euch auf unseren Straßen um. Regieren nicht die Starken?«

»Ja ... ja.«

»Und die Schwachen leiden im Verborgenen!«

»Amen ... Ja, sie leiden.«

»Draußen ist die Wildnis, und nur die Starken werden überleben.«

»Nur die Starken ...«

»Seid der Löwe und der Wolf, nicht das Lamm. Die Kehlen der anderen sollen durchschnitten werden. Gehorcht nicht dem Herdeninstinkt der Feigen. Vollbringt kühne Taten. Wenn es nur einen Gewinner geben kann, dann seid das selbst.«

»Ein Gewinner ... kühne Taten ... Löwe ...«

Sie fraßen ihm aus der Hand. Wie ein Derwisch wirbelte er über die Bühne; seine Gewänder bauschten sich, und seine melodische Stimme ermahnte die Gläubigen: »Seid stark. Seid kühn. Versteht euch sowohl auf den Angriff wie auf die Kunst des Rückzugs. Wenn sich die Gelegenheit bietet, packt zu, wie der Löwe das Rehkitz packt. Zieht Nutzen aus der Niederlage. Greift an. Verschlingt. Ihr seid die gefährlichste Bestie auf dem ganzen Planeten. Wovor solltet ihr Angst haben?«

Er tanzte und sang, außer sich vor Kraft und Energie. Wie die Wahnsinnigen heulte die Gemeinde die Litaneien nach. Sogar die Mitglieder des Chors brüllten zornig auf und schwangen ihre Fäuste in der Luft.

Ich war etwas abwesend und achtete wenig auf den rhetorischen Schwulst, als ich meinen Klienten von der linken Bühnenhälfte aus etwas sagen hörte, was mich sofort hellwach machte.

»Wenn dein Auge dich beleidigt, reiß es aus«, sagte el Cifr. Mir schien, daß er dabei auf mich blickte. »Das ist ein richtiger Satz. Aber ich sage euch auch, wenn ein anderes Auge euch beleidigt, reißt es ebenfalls aus. Ausreißen oder Ausschießen! Aug um Aug!«

Seine Worte durchzuckten mich wie ein stechender Schmerz. Ich setzte mich so aufrecht, wie ich nur konnte.

»Warum die andere Wange hinhalten«, fuhr er fort. »Warum überhaupt geschlagen werden. Wenn Herzen sich gegen euch wenden, schneidet sie heraus. Wartet nicht, bis ihr zum Opfer werdet. Führt den ersten Schlag gegen eure Feinde. Wenn deren Augen euch beleidigen, löscht sie aus. Wenn deren Herzen euch beleidigen, reißt sie aus. Wenn irgendein Glied euch beleidigt, schneidet es ab und stopft die Mäuler damit.«

El Cifr übertönte das Toben seiner Zuhörer. Meine Nerven waren taub, ich fühlte mich wie versteinert. Machte ich mir das nur vor, oder hatte Louis Cyphre gerade drei Morde beschrieben?

El Cifr warf schließlich die Arme zu einer Siegerpose nach oben. »Seid stark«, brüllte er. »Versprecht mir, stark zu sein.«

Die Zuhörer waren außer Rand und Band. »Ja, ... wir versprechen es«, tobten sie. El Cifr verschwand durch die Bühnentüren, der Chor gruppierte sich wieder und sang eine besonders fröhliche Version von ›Der Arm Gottes ist stark‹.

Ich griff nach Epiphanys Hand und zog sie hinter mir her auf den Gang. Vor uns waren schon andere Leute aufgestanden. Entschuldigungen murmelnd, drängte ich mich an ihnen vorbei und zerrte Epiphany hinter mir her. Wir hasteten durch die Vorhalle auf die Straße.

Der silbergraue Rolls wartete am Randstein. Der Chauffeur stand gegen den vorderen Kotflügel gelehnt; ich erkannte ihn wieder. Als sich die Tür mit der Aufschrift ›Notausgang‹ öffnete und ein Lichtstrahl auf den Gehsteig fiel, nahm er Haltung an. Zwei Schwarze in Einreihern und Sonnenbrillen traten heraus und sicherten die Straße. Sie wirkten so solide wie die Chinesische Mauer.

El Cifr kam heraus und schritt auf den Wagen zu, neben ihm zwei weitere Schwergewichter. »Einen Moment, bitte«, rief ich und trat vor. Sofort umfaßte mich der eiserne Griff eines Leibwächters.

»Tu nichts, was dir leid tun würde«, sagte er und versperrte mir den Weg.

Ich widersprach nicht. Eine Rückkehr ins Krankenhaus hatte ich nicht geplant. Als der Chauffeur die hintere Wagentür öffnete, traf mich ein Blick des Mannes mit dem Turban. Louis Cyphre sah mich ausdruckslos an. Er hob den Saum seiner Gewänder und stieg in den Rolls. Der Chauffeur schloß die Tür.

Von den Leibwächtern umrundet, sah ich, wie er abfuhr. Er war so ruhig dagestanden wie eine Statue auf den Osterinseln und hatte gewartet, bis ich etwas unternehmen würde. Epiphany kam von hinten auf mich zu und schob ihren Arm unter meinen. »Wir wollen nach Hause gehen und Feuer machen«, sagte sie.

43. KAPITEL

Es war ein verschlafener und sinnlicher Palmsonntag. Neu war nicht nur, neben Epiphany aufzuwachen, sondern auch die Tatsache, daß ich mich auf dem Boden liegend fand, zwischen Kissen und verknoteten Laken. Im Kamin lag nur noch ein einziges verkohltes Holzscheit. Ich machte Kaffee und holte die Sonntagszeitungen, die unter der Türmatte lagen. Noch bevor ich die Comics durchgelesen hatte, war Epiphany wach.

»Hast du gut geschlafen«, flüsterte sie und kuschelte sich in meinen Schoß. »Keine schlechten Träume?«

»Ich habe überhaupt nichts geträumt.« Ich streichelte über ihren glatten braunen Schenkel.

»Das ist gut.«

»Vielleicht ist der Bann gebrochen?«

»Vielleicht.« Ihr warmer Atem fächelte über meinen Nacken. »Dafür habe ich heute nacht von ihm geträumt.«

»Von wem? Von Cyphre?«

»Cipher, Cifr, wie auch immer. Ich träumte, ich sei im Circus, und er war der Direktor. Du warst einer der Clowns.«

»Was ist passiert?«

»Nicht viel. Es war ein hübscher Traum.« Sie setzte sich auf. »Harry, was hast du mit Johnny Favorite zu tun?«

»Ich weiß nicht. Aber es sieht so aus, als sei ich in den Kampf zwischen zwei Magiern geraten.«

»Ist Cifr der Mann, in dessen Auftrag du meinen Vater suchst?«

»Ja.«

»Sei vorsichtig, Harry. Trau ihm nicht.«

Kann ich dir denn trauen, dachte ich, während ich ihre schlanken Schultern umarmte.

»Mir passiert schon nichts.«

»Ich liebe dich. Ich möchte nicht, daß dir etwas geschieht.«

Mit aller Kraft unterdrückte ich den Wunsch, ihr das gleiche zu antworten. Ihr zu sagen, daß ich sie über alles liebte.

»Das ist eine Schulmädchenschwärmerei«, sagte ich, und mein Herz schlug wie rasend.

»Ich bin kein Kind.« Sie blickte mir tief in die Augen. »Mit zwölf wurde ich zu Ehren von Baka entjungfert.«

»Baka?«

»Ein böser Loa; sehr gefährlich und sehr böse.«

»Und deine Mutter ließ das geschehen?«

»Es war eine Ehre. Der größte Houngan in Harlem vollzog den Ritus. Und er war zwanzig Jahre älter als du. Also sag mir bitte nicht, daß ich zu jung sei.«

»Ich mag deine Augen, wenn du zornig wirst«, sagte ich. »Sie sehen aus wie glühende Kohle.«

»Wie könnte ich mit jemand so Liebenswertem böse sein.« Sie küßte mich. Ich küßte sie auch, und wir liebten uns auf dem vollgepackten Sessel, zwischen all den Sonntagszeitungen.

Später, nach dem Frühstück, trug ich die Bücher aus der Bibliothek ins Schlafzimmer und legte mich mit meinen Hausaufgaben aufs Bett. Epiphany, in meinen Bademantel gekleidet, ihre Brille auf der Nase, kniete sich neben mich.

»Verschwende keine Zeit mit den Bildern«, sagte sie und nahm mir das Buch aus der Hand. »Da.« Sie reichte mir einen anderen Wälzer. »Das Kapitel, das ich aufgeschlagen habe, handelt von der Schwarzen Messe. Die Liturgie ist detailliert beschrieben, angefangen von dem von hinten gelesenen Latein bis zu der Jungfrau, die auf dem Altar defloriert wird.«

»Klingt ja ganz so ähnlich wie deine Geschichte.«

»Ja, es gibt Ähnlichkeiten. Das Opfer. Der Tanz. Gewaltige Gefühle werden ausgelöst, ganz wie im Obi-Kult. Der Unterschied besteht aber in dem Verhältnis zum Bösen. Soll das Böse befriedet oder soll es herbeigerufen werden.«

»Glaubst du wirklich, daß es so etwas wie die Macht des Bösen gibt?«

»Manchmal glaube ich, daß du ein Kind bist. Fühlst du es nicht in deinen Träumen, wenn Cifr dich verfolgt?«

»Ich fühle viel lieber dich«, sagte ich und griff nach ihrer zarten Taille.

»Mach keine Scherze, Harry. Das sind nicht bloß ein paar harmlose Irre. Das sind Männer mit großer Macht, mit dämonischer Macht. Wenn du dich nicht verteidigen kannst, bist du verloren.«

»Möchtest du damit andeuten, daß wir endlich arbeiten sollten?«

»Es ist gut, wenn man weiß, gegen wen man kämpfen muß.« Epiphany deutete auf eine Seite des geöffneten Buches. »Lies das und das nächste Kapitel über Beschwörungen. Im Buch von Crowley habe ich dir ein paar interessante Stellen angestrichen. Den Reginald Scott kannst du dir sparen.« Sie ordnete die Bücher nach der Wichtigkeit ihres Inhalts, eine wahre Hierarchie der Hölle, und überließ mich meinen Studien.

Satanische Wissenschaft im Selbsthilfekurs. Ich las, bis es dunkel wurde. Epiphany machte Feuer im Kamin und lehnte meine Einladung zum Abendessen bei ›Cavanaugh‹ ab. Statt dessen wärmte sie eine Fischsuppe auf, die sie während meines Krankenhausaufenthaltes gekocht hatte. Wir aßen im Schein des Kaminfeuers, an den Wänden flackerten die Schatten wie tanzende Kobolde. Wir redeten nicht viel. Ihre Augen sagten alles. Es waren die schönsten Augen, die ich jemals gesehen hatte.

Aber auch die schönste Zeit geht einmal zu Ende. Um halb sieben machte ich mich für die Arbeit fertig. Ich zog mir Jeans, einen Seemannspullover und ein Paar feste Stiefel mit Gummisohlen an. In meine Leica legte ich einen hochempfindlichen Schwarzweißfilm und nahm meine 38er aus der Tasche des Regenmantels. Epiphany saß mit zerzausten Haaren in eine Decke gewickelt vor dem Kamin und schaute mir kommentarlos zu.

Ich legte alles auf den Eßtisch: die Kamera, zwei Reservefilme, den Pullover, die Handschellen aus dem Diplomatenkoffer und meine unentbehrliche Schlüsselsammlung. Ich hängte das Exemplar von Howard Nussbaum mit an den Schlüsselring. Im Schlafzimmer fand ich eine Büchse mit Patronen unter meinen Hemden und knotete mir fünf Reservekugeln in mein Taschentuch. Ich hängte mir die Kamera um den Hals und zog mir eine lederne Fliegerjacke über, die ich noch aus dem Krieg hatte. Die Abzeichen hatte ich alle abgetrennt; nichts war dran, worin sich ein Lichtstrahl hätte spiegeln können. Sie war mit Schafspelz gefüttert, genau das Richtige für einen winterlichen Kontrollgang. Die Smith and Wesson steckte ich in die rechte, Handschellen, Filme und Schlüssel in die linke Tasche.

»Du hast deine Einladung vergessen«, sagte Epiphany, als ich unter die Decke griff und sie ein letztes Mal an mich drückte.

»Ich brauch keine. Ich geh einfach so hin.«

»Und was ist mit deiner Brieftasche? Brauchst du die?«

Sie hatte recht. Ich hatte sie in meiner anderen Jackentasche vergessen. Zu gleicher Zeit begannen wir zu lachen und küßten uns. Plötzlich wandte sie sich zitternd ab und hüllte sich in die Decke. »Geh, bitte«, sagte sie. »Je schneller du gehst, um so früher kommst du wieder zurück.«

»Mach dir bitte keine Sorgen«, sagte ich.

Sie lächelte mich an, um mir zu zeigen, daß alles in Ordnung sei, aber ihre Augen waren aufgerissen und schimmerten feucht. »Paß auf dich auf.«

»Das tu ich immer.«

»Ich warte auf dich.«

»Laß die Kette vor der Tür.« Ich nahm meine Brieftasche und setzte eine gestrickte Marinemütze auf. »Ich muß gehen.«

Epiphany kam mir in den Vorraum nachgerannt, die Decke hatte sie fallen lassen wie eine aufsteigende Wassernymphe. An der Tür küßte sie mich lange und innig. »Da«, sagte sie und drückte mir einen kleinen Gegenstand in die Hand. »Trag das immer bei dir.« Es war ein rundes Lederstück, in dessen glänzende Seite eine primitive Zeichnung eingeritzt war: ein Baum, der von Blitzen umzüngelt war.

»Was ist das?«

»Dafür gibt es verschiedene Bezeichnungen. Ein Zauber, ein Talisman. Es ist das Symbol von Gran Bois, ein sehr mächtiger Loa. Er kann alles Unglück wiedergutmachen.«

»Du hast einmal gesagt, daß ich jede Hilfe brauchen könnte.«

»Das stimmt immer noch.«

Ich steckte den Talisman ein, und fast keusch küßten wir uns nochmals. Ohne ein weiteres Wort zu wechseln, ging ich.

Auf dem Weg zum Fahrstuhl hörte ich, wie die Kette einklinkte. Warum bloß hatte ich ihr nicht gesagt, daß auch ich sie liebte?

Ich nahm die U-Bahn zur 14. Straße und stieg dann zum Union Square um. Gerade als ich die Eisenstufen zum Bahnsteig hinunterstieg, fuhr mir der Zug vor der Nase weg. Ich holte mir eine Handvoll Erdnüsse aus dem Automaten und wartete auf den nächsten. Der Wagen war fast leer, aber ich setzte mich nicht. Ich lehnte mich gegen die geschlossene Tür und schaute auf die vorübergleitenden schmutzigen Kacheln.

Die Beleuchtung flackerte, als der Zug im Tunnel um eine Kurve fuhr. Die Eisenräder quietschten wie verwundete Tiere. Ich umfaßte einen Haltegriff und starrte in die Dunkelheit hinaus. Der Zug kam in Fahrt, und einen Augenblick später sah ich es.

Man mußte genau hinsehen, um etwas zu erkennen. Nur die Lichter unseres Zuges, die auf die rußbedeckten Kacheln fielen, enthüllten etwas von der geisterhaften Existenz der Station an der 18. Straße. Sie war schon lange aufgegeben worden. Die meisten Leute, die diese Strecke an jedem Arbeitstag hin- und zurückfuhren, hatten sie vermutlich noch nie bemerkt. Im offiziellen Liniennetz war sie nicht verzeichnet.

Ich konnte sogar die Mosaikziffern erkennen, die die gekachelten Säulen schmückten, und an den Wänden sah ich aufgestapelte Mülltonnen stehen. Als wir wieder in den Tunnel einfuhren, war alles verschwunden wie ein Traum.

Bei der nächsten Haltestelle an der 23. Straße stieg ich aus. Ich ging die Treppen hinauf, überquerte die Straße, stieg wieder hinunter und zahlte nochmals fünfzehn Cents für eine Karte. Da auf dem Bahnsteig mehrere Leute warteten, bewunderte ich auf einem Plakat die neue Miß Rheingold, der man mit Kugelschreiber einen Bart angemalt hatte. Über ihrer Stirn stand: ›Unterstützt die Nervenheilanstalt‹.

Ein Zug, auf dem ›Brooklyn Bridge‹ stand, fuhr ein, und alle Leute außer mir und einer Frau, die am Ende des Bahnsteigs stand, stiegen ein. Ich ging langsam auf die Frau zu und sah mir währenddessen die Plakate an. Ich tat so, als wäre ich an dem lächelnden Mann interessiert, der durch die ›New York Times‹ seinen Job gefunden hat, oder an dem schlauen Chinesenkind, das eine Scheibe Roggenbrot mampfte.

Die alte Frau beachtete mich nicht. Sie trug einen schäbigen schwarzen Mantel, an dem mehrere Knöpfe fehlten, und hatte eine Einkaufstasche in der Hand. Aus dem Augenwinkel beobachtete ich, wie sie auf eine Holzbank stieg, nach oben griff, die Beleuchtungsvergitterung öffnete und die Glühbirne herausschraubte. Sie war bereits von der Bank heruntergestiegen und hatte die Birne in ihrer Tasche verschwinden lassen, als ich vor ihr stand. Ich lächelte sie an. »Sparen Sie sich die Mühe«, sagte ich. »Diese Birnen taugen nichts. Das Gewinde geht links herum.«

»Ich weiß nicht, wovon Sie reden.«

»Das städtische Transportunternehmen benutzt eine spezielle Glühbirne, um sich gegen Diebstahl zu schützen. Sie paßt in kein normales Gewinde.«

»Keine Ahnung, was Sie meinen.« Sie ging weg und eilte den Bahnsteig hinunter, ohne sich nur einmal umzusehen. Ich wartete, bis sie in der Damentoilette verschwunden war. Als ich die schmale eiserne Leiter am Ende des Bahnsteigs hinunterstieg, raste gerade ein Zug vorbei. Entlang der Gleise führte ein Weg in die Dunkelheit. Das schwache Licht aus den Niedrigwattbirnen, die in bestimmten Abständen angebracht waren, zeigte mir den Weg durch den düsteren Tunnel. Nachdem die Züge vorbeigefahren waren, entstand jedesmal eine große Stille. Ich scheuchte nur ein paar Ratten auf, die sich schleunigst zwischen den Gleisen verkrochen.

Der U-Bahntunnel war wie eine endlose Gruft. Von der Decke tropfte das Wasser, und die Wände waren mit einer dicken Moderschicht überzogen. Einmal mußte ich mich gegen die feuchtkalte Wand pressen, als ein Zug vorüberfuhr. Ich starrte zu den erleuchteten Wagen hinauf, die nur ein paar Zentimeter von mir entfernt entlangdonnerten. Zufällig fiel der Blick eines kleinen Jungen, der auf dem Sitz kniete, auf mich. Ich konnte den Ausdruck ungläubigen Staunens auf seinem Gesicht erkennen. Aber noch bevor er auf mich deuten konnte, war der Zug weg.

Ich hatte den Eindruck, schon mindestens eine halbe Meile gegangen zu sein. In der Wand waren vereinzelt Vertiefungen eingelassen, von denen aus eiserne Leitern nach oben führten. Ich eilte weiter, die Hände in den Jackentaschen vergraben. Rauh und beruhigend spürte ich den geriffelten Griff meiner 38er.

Die stillgelegte Station entdeckte ich erst, als ich einen halben Meter von der Leiter entfernt war. Die rußbedeckten Kacheln glänzten wie eine Tempelruine im Mondlicht. Ich stand ganz still und hielt den Atem an, während mein Herz wie wild gegen die Leica pochte, die unter meiner Jacke hing. In der Ferne hörte ich das Weinen eines Kindes.

44. KAPITEL

Das Weinen hallte durch die Dunkelheit. Ich hörte eine ganze Weile zu, bevor ich erkannte, daß es von der anderen Seite des Bahnsteigs kam. Vier Gleise zu überqueren erschien mir nicht gerade als Kinderspiel. Während ich noch überlegte, ob ich es riskieren konnte, meine Taschenlampe anzumachen, fiel mir ein, daß ich sie zu Hause vergessen hatte.

Auf den Gleisen glänzten die entfernten Lichter des Tunnels. Obwohl es dunkel war, erkannte ich die eisernen Schienenbolzen, die hervorragten wie Baumstümpfe in einem mitternächtlichen Wald. Nur meine eigenen Füße konnte ich nicht sehen. Aber ich wußte um die tödliche Gefahr, die wie eine Klapperschlange im Dunkeln auf mich lauerte: die elektrische Kontaktschiene.

Ich vernahm das Geräusch eines heranfahrenden Zuges und blickte in den Tunnel zurück. Er kam nicht auf meinem Gleis. Es war ein Zug, der durch die stillgelegte Station fuhr. Ich nutzte die Gelegenheit und sprang über zwei Kontaktschienen.

Auf der Route des ›Downtown Express‹ ging ich weiter, von einer Schwelle zur anderen.

Das Geräusch eines anderen Zuges ließ mich aufhorchen. Ich blickte mich um und fühlte eine Adrenalinwoge in mir aufsteigen. Mit Höchstgeschwindigkeit rauschte er durch den Tunnel. Ich stellte mich zwischen die Bolzen, die die Schienen des ›Express‹ trennten, und fragte mich, ob der Fahrer mich gesehen hatte. Funkensprühend wie ein zorniger Drachen donnerte die Maschine an mir vorbei.

Ich sprang über die letzte Kontaktschiene, und die Geräusche, die ich beim Hochklettern auf den anderen Bahnsteig verursachte, gingen in dem ohrenbetäubenden Lärm unter. Als ich die vier roten Rücklichter verschwinden sah, stand ich schon gegen die kalten Kacheln des Bahnsteigs gepreßt.

Das Kind weinte nicht mehr. Zumindest nicht mehr laut genug, um unter den dröhnenden Gesängen vernommen zu werden. Der Text hörte sich nach irgendeinem Kauderwelsch an, aber von meinen nachmittäglichen Studien wußte ich, daß es rückwärts gesprochenes Latein war. Ich hatte mich verspätet.

Ich zog meine 38er aus der Tasche und glitt an der Wand entlang in Richtung auf einen dämmrigen Lichtschein. Kurz darauf konnte ich am Eingang der alten Station groteske, sich wiegende Gestalten ausmachen. Die Absperrungen und Drehkreuze waren schon lange vorher entfernt worden. Von der Ecke aus sah ich die Kerzen: dicke schwarze Kerzen, die entlang der Innenwand aufgereiht waren. Nach Auskunft meines Buches von heute nachmittag wurden sie aus menschlichem Fett hergestellt. Es waren die gleichen wie in Margret Krusemarks Badezimmer.

Die Teilnehmer der Versammlung waren kostümiert und trugen Masken vor dem Gesicht. Es gab Ziegen, Tiger, Wölfe und jede Art von Hornvieh. Alle sangen sie ihre verdrehte Litanei. Ich steckte meine Pistole in die Tasche und holte die Leica hervor. Die Kerzen standen um einen niedrigen, schwarz verkleideten Altar. An der gekachelten Wand dahinter hing ein Kreuz, verkehrt herum aufgehängt.

Der Oberpriester war feist und hellhäutig. Er trug einen schwarzen, mit Goldfäden durchzogenen Umhang, über und über bestickt mit kabbalistischen Symbolen. Vorn war der Umhang offen, darunter war der Priester nackt. Ich sah seinen erigierten Penis im Kerzenlicht zittern. Zwei junge Meßdiener, unter ihren dünnen Baumwollüberwürfen ebenfalls nackt, standen zu beiden Seiten des Altars und schwangen Weihrauchgefäße. Der Rauch hatte das stechend Süßliche von brennendem Opium.

Ich machte ein paar Aufnahmen von dem Priester und seinen hübschen jungen Gehilfen. Für mehr reichte das Licht im Moment nicht aus. Der Priester rezitierte die spiegelverkehrten Gebete, und die Versammlung antwortete ihm mit Jaulen und Geheul. Da gerade ein Zug durchratterte, konnte ich in dem flackernden Licht die ganze Gesellschaft erkennen. Den Priester und die Meßdiener eingeschlossen, zählte ich siebzehn.

Soweit ich sehen konnte, waren alle unter ihren schwingenden Umhängen nackt. Ich glaubte, Krusemarks muskulösen Altmännerleib zu erkennen. Er trug eine Löwenmaske. Ich sah sein silbrig schimmerndes Haar aufleuchten, während er tanzte und heulte. Ich verknipste noch vier Bilder, bevor der Zug weg war.

Auf ein Zeichen des Priesters tauchte ein reizendes junges Mädchen aus der Dunkelheit auf. Ihr taillenlanges blondes Haar fiel über ihren schwarzen Umhang wie ein Sonnenstrahl, der die Nacht vertreibt. Sie stand vollkommen ruhig, als ihr der Priester den Verschluß öffnete. Das Cape glitt geräuschlos zu Boden und enthüllte schlanke Schultern und knospende Brüste. Ihr Schamhaar glänzte im Kerzenlicht wie gesponnenes Gold.

Als der Priester sie zum Altar führte, machte ich wieder ein paar Aufnahmen. Aus den trägen und schleppenden Bewegungen des Mädchens schloss ich, daß sie schwer betäubt worden war. Vorsichtig wurde sie auf den Altar gelegt, ihre Arme waren ausgestreckt und ihre Beine hingen herab. In jede ihrer Hände gab der Priester eine schwarze Kerze.

»Nimm die unbefleckte Reinheit dieser Jungfrau an«, sang der Priester. »O Luzifer, wir bitten.« Er fiel auf die Knie und küßte das Mädchen zwischen die Beine. »Möge dies jungfräuliche Fleisch deinen göttlichen Namen ehren.«

Er erhob sich, und einer der Meßdiener reichte ihm eine silberne Büchse. Er nahm eine Hostie heraus, kippte dann die Büchse um und warf die durchsichtigen Oblaten der Versammlung vor die Füße. Die Teufelsanbeter trampelten darauf herum, einige urinierten geräuschvoll auf das Pflaster, während wieder das merkwürdige Latein im Rückwärtsgang ertönte.

Ein Meßdiener reichte dem Priester einen silbernen Kelch, der andere bückte sich, sammelte die zerbrochenen Hostien auf und legte sie hinein. Die Versammlung schnaubte und grunzte wie eine Herde brünstiger Schweine, als der Kelch auf den glatten Bauch des Mädchens gestellt wurde. »Oh Astaroth, Asmodeus, Fürsten der Freundschaft und der Liebe, nehmt das Blut an, das für euch vergossen wird.«

Durch das tierische Gebrüll hindurch erscholl das kräftige Schreien eines Neugeborenen. Ein Meßdiener trat aus dem Dunkeln mit einem zappelnden Kind auf den Armen. Der Priester packte es an einem Bein und hielt das strampelnde und schreiende Wesen in die Luft: »O Baalberith, o Beelzebub«, rief er, »dieses Kind wird in deinem Namen geopfert.«

Es ging sehr schnell. Der Priester reichte das Kind einem Meßdiener und nahm ein Messer in Empfang. Die Klinge blitzte im Kerzenlicht auf, als die Kehle des Neugeborenen durchschnitten wurde. Die winzige Kreatur bäumte sich auf, ihre Schreie erstickten in einem dumpfen Gurgeln. »Ich opfere dich dem göttlichen Luzifer. Möge der Frieden Satans für immer bei dir sein.« Der Priester hielt den Kelch unter das hervorsprudelnde Blut. Als das Baby tot war, hatte ich meinen Film verknipst.

Das kehlige Stöhnen und Ächzen der Versammlung übertönte das Rattern eines sich nahenden Zuges. Ich preßte mich gegen die Wand und legte einen neuen Film ein. Niemand achtete auf mich. Der Meßdiener schüttelte die letzten kostbaren Tropfen aus dem schlaffen Körper. Die roten Blutspritzer glänzten auf den schmutzigen Wänden und auf dem blassen Fleisch des Mädchens, das auf dem Altar lag. Ich wünschte, jeder Schuß aus der Kamera wäre eine Kugel gewesen und anderes Blut wäre über die Kacheln geflossen.

Im Licht des vorbeifahrenden Zuges sah ich die weiteren Vorgänge. Der Priester trank aus dem Kelch und schüttete den Rest über der Menge aus. Die Kostümierten heulten auf vor Entzücken. Das tote Kind wurde fortgebracht. Lachend, mit zurückgeworfenem Kopf, masturbierten sich die Meßdiener gegenseitig.

Der feiste Priester warf seinen Umhang zurück, kniete sich über die blutbespritzte Jungfrau und drang mit kurzen, hundeartigen Stößen in sie ein. Das Mädchen gab keinen Laut von sich. Die Kerzen blieben aufrecht in ihren Händen. Blicklos starrten ihre weit geöffneten Augen in die Dunkelheit.

Die Versammlung geriet außer Rand und Band. Die Teilnehmer warfen ihre Umhänge und Masken ab und kopulierten in jeder nur möglichen Kombination, inklusive eines

Quartetts. Das helle Licht eines Zuges warf ihre wüsten Schatten gegen die Wand des Bahnschachts. Ihr Schreien und Stöhnen wurde vom lauten Rattern der Räder übertönt.

Ich sah, wie Ethan Krusemark einen haarigen, schmerbäuchigen Mann aufspießte. Sie standen vor dem Eingang der Männertoilette. In dem flackernden Licht sah es aus wie ein schäbiger Pornostummfilm. Auf den Schiffsmagnaten in voller Aktion verschwendete ich einen ganzen Film.

Auf diese Weise verging mindestens eine halbe Stunde. Um diese Jahreszeit war es noch etwas zu früh für U-Bahn-orgien, und die kalte feuchte Luft dämpfte schließlich den Enthusiasmus auch des glühendsten Teufelsanbeters. Bald darauf suchten alle nach ihren abgelegten Kleidern und tasteten in der Dunkelheit nach verschollenem Schuhwerk. Ich behielt Krusemark im Auge.

Er packte sein Kostüm in einen Koffer und half ein paar anderen beim Aufräumen. Das Altartuch und das umgedrehte Kreuz wurden abgenommen, das Blut aufgewischt. Schließlich wurden die Kerzen gelöscht, und die Gruppe begann sich aufzulösen. Einige stiegen nach oben, andere nach unten. Manche überquerten mit Taschenlampen in der Hand die Schienen. Einer trug einen Sack, aus dem es heraustropfte.

Krusemark gehörte zu den letzten, die gingen. Er flüsterte ein paar Minuten mit dem Priester. Das blonde Mädchen stand schlaff wie ein Zombie hinter ihnen. Sie verabschiedeten sich und schüttelten sich die Hände wie zwei Presbyterianer nach dem Gottesdienst. Knapp eine Armeslänge von mir entfernt ging Krusemark an mir vorbei.

45. KAPITEL

Krusemark betrat den Tunnel und ging mit schnellem Schritt den Pfad entlang. Es war offenbar nicht das erste Mal, daß er den Spaziergang durch den U-Bahnschacht machte. Ich ließ ihn bis zu der ersten nackten Glühbirne gehen, bevor ich ihm folgte. Ich paßte mich seiner Geschwindigkeit an, Schritt für Schritt, geräuschlos wie ein Schatten auf meinen Gummisohlen. Wenn er sich zufällig umgedreht hätte, wäre das Spiel aus gewesen. Einen Mann in einem Tunnel zu verfolgen, war ungefähr das gleiche, wie einen untreuen Ehepartner zu überwachen und sich dafür unter dem Hotelbett zu verstecken.

Das Geräusch eines herannahenden Zuges gab mir die Chance, auf die ich gewartet hatte. Als das eiserne Rattern laut genug war, rannte ich, so schnell ich konnte, los. Der Lärm verschluckte das Geräusch meiner Schritte. Ich hatte die 38er in der Hand. Krusemark bemerkte nichts von alledem.

Als der letzte Wagen vorbeigeschossen war, war Krusemark verschwunden. Er war weniger als ein paar Meter vor mir gegangen und mit einem Schlag wie vom Erdboden verschluckt. Wie konnte ich ihn in dem Tunnel verloren haben. Fünf Schritte weiter vorn sah ich die Öffnung in der Mauer. Es war irgendein Ausgang für das Bahnpersonal. Krusemark wollte gerade die Eisenleiter an der rückwärtigen Mauer hochklettern.

»Halt!« Im Abstand einer Armeslänge richtete ich die Smith and Wesson auf ihn.

Krusemark drehte sich um und blinzelte in das dämmrige Licht. »Angel?«

»Drehen Sie sich zur Leiter, beide Hände auf die Sprosse über Ihrem Kopf.«

»Seien Sie vernünftig, Angel. Lassen Sie uns miteinander reden.«

»Los, machen Sie schon.« Ich senkte die Waffe etwas. »Die erste Kugel durchschlägt Ihre Kniescheibe. Sie werden dann für den Rest Ihres Lebens am Stock gehen.«

Krusemark tat, wie ihm befohlen wurde. Er ließ seinen Lederkoffer zu Boden fallen. Ich trat hinter ihn und klopfte ihn ab. Er trug keine Waffe. Ich nahm die Handschellen aus meiner Tasche und fesselte ihn an die Sprosse, die er gerade hielt. Er schaute mich an, und ich holte aus und schlug ihm mit dem Handrücken über den Mund.

»Du Dreckstück.« Ich drückte den Lauf meiner 38er unter sein Kinn und zwang seinen Kopf nach hinten. Seine Augen waren aufgerissen wie bei einem Tier, das in die Falle gegangen war. »Am liebsten würde ich deinen Kopf in tausend Fetzen schießen, du schwule Sau.«

»Sind Sie verrückt geworden?« stotterte er.

»Verrückt. Ja, ich bin verdammt noch mal verrückt. Ich bin verrückt, seitdem du mir den Schlägertrupp auf den Hals gehetzt hast.«

»Sie machen einen Fehler.«

»Blödsinn. Alles, was du sagst, ist reine Scheiße. Vielleicht soll ich dir ein paar Zähne einschlagen, damit du dich erinnerst.« Ich grinste ihn an und entblößte mein notdürftig repariertes Gebiß. »Bist du zufrieden mit der Arbeit deiner Schläger?«

»Ich weiß nicht, wovon Sie sprechen.«

»Das weißt du ganz genau. Du hast mich reingelegt, und jetzt willst du deinen Arsch retten. Du hast mich von Anfang an belogen. Edward Kelley ist der Name eines elisabethanischen Magiers. Deshalb hast du ihn als Tarnung benutzt, und das war keine Idee deiner Tochter.«

»Sie scheinen über alles Bescheid zu wissen.«

»Ich habe meine Hausaufgaben gemacht und meine Kenntnisse über Schwarze Magie auf Vordermann gebracht. Also verschon mich mit dem Blödsinn, daß deine Tochter die Tarotkarten von einem Hausmädchen bekam, als sie klein war. Das warst immer du. Du bist der Teufelsanbeter.«

»Ich wäre dumm, wenn ich das nicht wäre. Der Fürst der Dunkelheit beschützt die Starken. Sie sollten ihm auch dienen, Angel. Sie wären überrascht, wieviel Gutes das zur Folge hat.«

»Und das wäre? Neugeborenen die Kehle durchschneiden? Wo hast du das Kind gestohlen, Krusemark?«

Er grinste mich höhnisch an. »Das war kein Raub. Wir haben gutes Geld für den kleinen Bastard bezahlt. Ein Maul weniger, das von der staatlichen Fürsorge ernährt werden muß. Sie zahlen doch auch Steuern, oder, Angel?«

Ich spuckte ihm ins Gesicht. So etwas hatte ich in meinem ganzen Leben noch nie getan. »Eine Wanze ist ein auserwähltes Geschöpf Gottes gegen dich. Ich denke mir gar nichts dabei, wenn ich eine Wanze zertrete. Also dürfte es mir die reine Freude sein, dich zu zertreten. Wir wollen am Anfang beginnen. Ich möchte alles über Johnny Favorite wissen. Alles. Alles, was du je gesehen oder gehört hast.«

»Warum sollte ich? Sie werden mich nicht töten. Dafür sind Sie viel zu schwach.«

Er wischte sich den Speichel aus dem Gesicht.

»Ich brauch dich gar nicht umzubringen. Ich kann hier rausgehen und dich einfach hängen lassen. Wie lange dauert es, bis man dich findet? Was glaubst du? Zwei Tage? Eine Woche? Zwei Wochen? Du kannst dir die Zeit vertreiben, indem du die Züge zählst.«

Krusemark sah etwas grau aus, aber er versuchte weiter, zu bluffen.

»Was würde Ihnen das bringen?« Der Rest ging in dem Lärm eines vorüberfahrenden Zuges unter.

»Es könnte mir Spaß machen«, sagte ich, nachdem der Lärm vorbei war. »Ich hab auch etwas, was mich an dich erinnert.« Ich hielt die gelbe Filmrolle hoch, damit er sie genau sehen konnte. »Mein Lieblingsfoto ist das, wo du den fetten Typen vögelst. Das laß ich mir vielleicht vergrößern.«

»Sie bluffen nur.«

»Wirklich?« Ich zeigte ihm meine Leica. »Ich hab zwei Rollen verknipst. Alles in Schwarzweiß, wie man so schön sagt.«

»Hier unten reicht das Licht zum Fotografieren gar nicht aus.«

»Mit einem Spezialfilm schon. Fotografieren scheint nicht zu deinen Hobbies zu gehören. Ich werde die saftigeren Bilder in deiner Firma ans Schwarze Brett hängen. Den Zeitungen dürfte auch manches gefallen. Ganz zu schweigen von der Polizei.« Ich schickte mich an zu gehen.

»Bis bald. Warum betest du nicht zum Teufel? Vielleicht kommt er und befreit dich.«

Krusemarks höhnischer Ausdruck war wie weggeschmolzen. Tiefe Besorgnis lag auf seinem Gesicht. »Warten Sie, Angel. Reden wir darüber.«

»Genau das wollte ich, du Schlaukopf. Du redest, ich übernehme das Zuhören.«

Krusemark streckte seine freie Hand aus. »Geben Sie mir den Film. Ich sage Ihnen alles, was ich weiß.«

Ich lachte auf. »Nichts zu machen. Du singst zuerst. Wenn mir die Melodie gefällt, kriegst du den Film.«

Krusemark strich sich über den Nasenrücken und starrte auf den schmutzigen Boden. »Also gut.« Seine Augen hoben und senkten sich wie ein Jo-Jo, als ich den Film in die Luft warf und wieder auffing. »Ich habe Johnny im Winter '39 zum erstenmal gesehen. Es war an Maria Lichtmeß bei einer Feier im Haus von, nun, der Name tut nichts zur Sache. Sie ist schon seit zehn Jahren tot. Sie hatte ein Haus auf der Fifth Avenue, wo sie jetzt gerade das häßliche Frank-Lloyd-Wright-Museum hinbauen. Früher war ihr Haus berühmt für die großen Bälle, die dort stattfanden; Mrs. Astor, die obersten Vierhundert, diese Art Leute eben. Als ich hinging, wurde der große Ballsaal ausschließlich für heidnische Zeremonien benutzt.«

»Für Schwarze Messen?«

»Manchmal. Ich ging zu keiner hin, aber ich hatte Freunde, die teilnahmen. Wie auch immer, in dieser Nacht traf ich Johnny. Ich war im ersten Moment von ihm beeindruckt. Er war damals nicht älter als neunzehn oder zwanzig Jahre, aber er hatte etwas Besonderes an sich. Er stand wie unter Strom. Ich hatte noch nie so lebendige Augen gesehen, obwohl ich ziemlich weit herumgekommen bin.

Ich stellte ihn meiner Tochter vor, und sie verstanden sich auf Anhieb miteinander. Sie war in den Schwarzen Künsten schon versierter als ich und erkannte, daß Johnny etwas Einzigartiges an sich hatte. Damals stand er noch ganz am Anfang seiner Karriere und war hungrig nach Ruhm und Reichtum. Kraft besaß er bereits im Überfluß.

Ich war selbst dabei, wie er in meinem Wohnzimmer Luzifer herbeizauberte. Das ist eine äußerst komplizierte Prozedur.«

»Und Sie glauben, daß ich Ihnen das abkaufe?«

Krusemark lehnte sich an die Leiter und stellte einen Fuß auf die unterste Sprosse. »Fressen Sie's oder spucken Sie's aus. Das ist mir egal. Es ist die Wahrheit. Johnny war viel tiefer in die ganze Sache eingedrungen, als ich es je gewagt habe. Die Dinge, die er tat, hätten einen normalen Menschen in den Wahnsinn getrieben. Er wollte immer mehr. Er wollte alles. Deshalb hat er seinen Pakt mit dem Teufel geschlossen.«

»Was für eine Art Pakt?«

»Den herkömmlichen. Er hat seine Seele für den Ruhm verkauft.«

»Quatsch.«

»Es ist wahr.«

»Es ist Blödsinn, und Sie wissen das. Hat er etwa mit seinem Blut unterschrieben?«

»Ich kenne die Details nicht«, sagte Krusemark voller Ungeduld und Zorn. »Bei der Zeremonie auf dem Kirchhof der Dreifaltigkeitskirche war Johnny allein. Sie sollten die Dinge, die ich Ihnen sage, nicht auf die leichte Schulter nehmen, Angel, wenn Sie mit Kräften spielen, die außerhalb Ihrer Kontrolle stehen.«

»Also gut, sagen wir, ich glaube es: Johnny Favorite machte einen Handel mit dem Teufel.«

»Satan höchstpersönlich stieg aus der Tiefe der Hölle. Es muß großartig gewesen sein.«

»Das klingt ziemlich riskant. Die Ewigkeit ist eine lange Zeit.«

Krusemark lächelte höhnisch. »Eitelkeit«, sagte er. »Johnnys Sünde war die Eitelkeit. Er dachte, er könnte den Fürsten der Hölle austricksen.«

»Und wie?«

»Sie müssen verstehen, ich bin kein Eingeweihter, nur ein Gläubiger. Ich war Zeuge des Rituals, aber ich kann Ihnen weder etwas über die magische Seite der Beschwörung sagen noch über die wochenlangen Vorbereitungen dazu.«

»Kommen Sie zur Sache.«

Bevor er beginnen konnte, wurde er von einem Zug unterbrochen. Ich beobachtete seine Augen, und unsere Blicke trafen sich. Kein Zucken verriet, wie sehr er an der Geschichte arbeitete.

»Mit der Hilfe Satans gelang Johnny ein schneller Aufstieg. Ein wirklich rasanter. Über Nacht war er in den Schlagzeilen, innerhalb weniger Jahre war er so reich wie ein Krösus. Ich glaube, das ist ihm zu Kopf gestiegen. Er begann anzunehmen, daß die Kraft von ihm selbst kam und nicht von Satan. Es dauerte nicht lange, bis er sich brüstete, daß er einen Weg gefunden habe, sich aus dem Handel herauszuschleichen.«

»Hat er ihn gefunden?«

»Er hat es versucht. Er besaß eine ziemlich umfangreiche Bibliothek und stieß zufällig auf die Schrift eines Alchimisten aus der Renaissance. Es handelte sich um einen Seelentausch. Johnny kam auf die Idee, daß er seine psychische Identität mit einer anderen Person tauschen könnte, das heißt, er wollte in die Seele eines anderen schlüpfen.«

»Weiter.«

»Nun, er brauchte ein Opfer. Einen Menschen seines Alters, der unter dem gleichen Sternzeichen geboren worden war. Johnny fand einen jungen Soldaten, der gerade aus Nordafrika zurückgekommen war. Er war einer der ersten Verwundeten. Man hatte ihn gerade aus dem Hospital entlassen, und er feierte auf dem Times Square die Neujahrsnacht. Dort traf ihn Jonny. Er machte ihn in einer Bar betrunken, und danach brachte er ihn in seine Wohnung. Dort fand die Zeremonie statt.«

»Was für eine Zeremonie?«

»Der Ritus des Seelentauschs. Meg assistierte ihm dabei. Ich war der Zeuge. Johnny hatte im Waldorf ein Apartment mit einem eigenen Zimmer für seine Zeremonien. Den Zimmermädchen wurde gesagt, daß er dort Gesangsübungen machte.

Dunkle Samtvorhänge hingen vor den Fenster. Der Soldat wurde nackt und gefesselt auf eine Gummimatte gelegt und Johnny brannte ein Pentagramm in seine Brust. An allen vier Seiten brannte Weihrauch, aber der Geruch von verbranntem Fleisch war stärker.

Meg zog einen unbenutzten Dolch aus der Scheide, und Johnny segnete ihn mit griechischen und hebräischen Formeln. Diese Gebete waren vollkommen neu für mich, ich verstand kein Wort. Als er fertig war, zog er die Klinge durch die Altarflamme und schnitt dem Soldaten tief in die Brust. Er tauchte den Dolch in das Blut des Gefesselten und beschrieb damit einen Kreis um dessen Körper. Dann wurde wieder gesungen, und Zauberformeln wurden gemurmelt. Ich konnte dem Ganzen nicht folgen. Das einzige, woran ich mich erinnere, sind die Gerüche und die tanzenden Schatten. Meg schüttete irgendwelche Chemikalien ins Feuer, und die Flamme wechselte die Farbe, grün und blau, violett und rosa. Ich war wie hypnotisiert.«

»Das klingt wie eine Varietevorstellung im Copa Club. Was ist mit dem Soldaten geschehen?«

»Johnny hat sein Herz gegessen. Er hat es so schnell herausgeschnitten, daß es noch schlug, als er es verschlang. Das war das Ende der Zeremonie. Vielleicht hat er wirklich die Seele des Jungen in Besitz nehmen können; für mich sah er immer noch aus wie Johnny.«

»Was war nach dem Mord geplant?«

»Sein Plan war, unterzutauchen und bei nächster Gelegenheit in Gestalt des Soldaten wieder aufzutauchen. Schon einige Zeit vorher hatte er an verschiedenen Stellen Geld versteckt. Der Satan hätte vermutlich den Schwindel nie entdeckt. Die Schwierigkeit war nur, daß er nicht alles kontrollieren konnte. Er wurde nach Übersee geschickt, bevor er die Weichen richtig stellen konnte, und was dann zurückkam, konnte sich nicht einmal an den eigenen Namen erinnern, ganz zu schweigen von hebräischen Zauberformeln.«

»Da trat Ihre Tochter auf den Plan.«

»Richtig. Ein Jahr war vergangen. Meg wollte ihm unbedingt helfen. Ich stellte das Geld für die Bestechung des Arztes zur Verfügung, und wir setzten Johnny am Neujahrsabend am Times Square ab. Meg bestand darauf. Hier hatte alles angefangen; es war der letzte Ort, an den der Soldat sich erinnern konnte, bevor Johnny ihn betrunken gemacht hat.«

»Was ist mit der Leiche geschehen?«

»Sie haben ihn zerstückelt und an meine Jagdhunde verfüttert, die ich in einem Zwinger auf dem Land halte.«

»Woran können Sie sich sonst noch erinnern?«

»An nichts mehr. Vielleicht hatte Johnny später nichts mehr zu lachen. Er hat sich über sein Opfer lustig gemacht. Er sagte, daß der arme Kerl wirklich kein Glück gehabt hätte.

Zuerst schickten sie ihn nach Übersee zu der Invasion bei Oran, und wer schießt auf ihn: die verdammten Franzosen. Johnny fand das furchtbar komisch.«

»Ich war in Oran.« Ich packte Krusemark am Hemd und schlug ihn gegen die Leiter. »Wie hieß der Soldat?«

»Ich weiß es nicht.«

»Sie waren in dem Zimmer.«

»Ich wußte von gar nichts bis zu der Zeremonie. Ich war nur Zeuge.«

»Ihre Tochter muß es Ihnen gesagt haben.«

»Nein, das hat sie nicht. Sie wußte es selbst nicht. Das war Bestandteil des Zaubers. Nur Johnny kannte den Namen des Opfers. Jemand, dem er vertraute, mußte das Geheimnis für ihn hüten. Er hat die Erkennungsmarke in einer alten ägyptischen Urne versiegelt und gab sie Meg.«

»Wie sah diese Urne aus?« Ich war nahe daran, ihn zu erwürgen. »Haben Sie sie gesehen?«

»Oft. Meg hatte sie auf ihrem Schreibtisch stehen. Sie war aus Alabaster, aus weißem Alabaster; auf dem Deckel war eine dreiköpfige Schlange eingraviert.«

46. KAPITEL

Ich war in Eile. Die 38er fest gegen Krusemarks Körper gedrückt, öffnete ich die Handschellen und steckte sie in meine Jackentasche. »Keine Bewegung«, sagte ich und ging rückwärts zum Eingang, während ich die Kanone auf ihn gerichtet hielt. »Absolut keine Bewegung.«

Krusemark rieb sich das Handgelenk. »Was ist mit dem Film? Sie haben mir den Film versprochen.«

»Tut mir leid, ich habe gelogen. Durch den Umgang mit Leuten wie Ihnen nehme ich schlechte Gewohnheiten an.«

»Ich muß den Film haben.«

»Ja, ich weiß. Hier sind die Träume jedes Erpressers wahr geworden.«

»Wenn Sie Geld wollen, Angel ...«

»Mit Ihrem stinkenden Geld können Sie sich den Arsch abwischen.«

»Angel!«

»Bis bald, du Glückspilz.« Ich trat auf den schmalen Weg zurück, als gerade wieder ein Zug vorbeidröhnte. Es war mir egal, ob der Fahrer mich sah oder nicht. Der einzige Fehler war, daß ich meine Smith and Wesson in die Tasche geschoben hatte. Aber wir machen alle manchmal Fehler.

Ich hatte Krusemark nicht kommen hören. Plötzlich packte er mich an der Kehle. Ich hatte ihn völlig falsch eingeschätzt. Er war wie ein wildes Tier, gefährlich und stark. Unvorstellbar stark für einen Mann seines Alters. Sein Atem kam in kurzen, schnaubenden Stößen. Er war der einzige von uns beiden, der atmete. Selbst mit zwei Händen konnte ich seinen Würgegriff nicht abschütteln. Ich verlagerte mein Gewicht und schlug ihm mit dem Knie zwischen die Beine. Wir verloren beide die Balance und stürzten gemeinsam gegen den fahrenden Zug. Durch den Aufschlag wurden wir herumgewirbelt wie zwei Strohpuppen; mich schleuderte es gegen die Schachtwand.

Krusemark kam wieder auf die Beine. Mir war das nicht vergönnt. Wie ein Betrunkener lag ich auf dem staubigen Weg und sah, wie die eisernen Räder ein paar Zentimeter vor meinem Gesicht vorüberrasten. Der Zug war weg. Krusemark versuchte, nach meinem Kopf zu treten. Ich erwischte seinen Fuß und riß ihn nieder. Ich war in dieser Woche genug getreten worden.

Mir blieb keine Zeit, nach meiner 38er zu greifen. Krusemark saß mir zugewandt auf dem Boden. Ich sprang ihn an und schlug ihm die Faust in den Nacken. Er gab einen Laut von sich, den man nur von einer Kröte erwartet hätte, auf die man zufällig getreten ist. Ich schlug nochmals mit voller Kraft zu und spürte, wie er nach vorn sackte. Er packte mein Haar und riß meinen Kopf gegen seine Brust. Keiner ließ vom andern ab. Auf dem schmalen Weg verhakten wir uns ineinander zu einem einzigen Knäuel aus Schlägen und Tritten.

In diesem Kampf gab es keine Fairneß. Der Marquis von Queensbury hätte das nicht gebilligt. Krusemark drückte mich zu Boden und preßte seine harten Hände um meinen Hals. Da ich mich aus seinem Griff nicht befreien konnte, drückte ich ihm die rechte Hand unters Kinn und schob seinen Kopf zurück. Da das auch nichts half, stieß ich ihm meinen Daumen ins Auge.

Das funktionierte. Krusemarks Brüllen übertönte das Donnern des Zugs im Tunnel. Er lockerte seinen Griff, und ich konnte mich von ihm losreißen. Aber Krusemark gab nicht auf. Miteinander ringend, rollten wir auf die Schienen. Ich kam nach oben und hörte, wie Krusemarks Kopf gegen eine Holzschwelle knallte. Ich versetzte ihm nochmals einen Stoß in die Weichteile. Der alte Mann hatte genug.

Ich stand auf und griff nach der Smith and Wesson in meiner Jackentasche. Sie war weg. Ich hatte sie im Kampf verloren. Ein leises Knirschen im Sand machte mich wieder hellwach; Krusemarks dunkle Gestalt hatte sich schwankend aufgerichtet. Er taumelte und holte mit seiner Rechten aus. Ich kam ihm zuvor und schlug ihm zweimal in den Magen. Er war kräftig und solide gebaut, aber ich wußte, daß ich ihn erwischt hatte. Meine Linke auf seiner Schulter erzielte nicht viel Effekt, aber meine Rechte traf ihn mitten ins Gesicht und landete direkt auf dem Knochen über dem Auge. Ich hatte das Gefühl, gegen eine steinerne Mauer zu schlagen. Meine Hand war taub vor Schmerz.

Doch Krusemark war durch den Schlag noch nicht außer Gefecht gesetzt. Er bewegte sich schwerfällig vorwärts und versetzte mir ein paar gekonnte Tiefschläge. Ich konnte nicht alle abblocken, und er erzielte einige Treffer, bevor ich aus meiner Jackentasche die Handschellen hervorholen konnte. Wie einen Dreschflegel zog ich ihm die Armbänder übers Gesicht. Das Krachen des Stahls auf den Knochen klang wie Musik in meinen Ohren. Ich traf ihn nochmals über dem Ohr, und laut aufstöhnend sank er zusammen.

Der plötzliche Schrei hallte und verklang in dem feuchten Tunnel; es war wie das Geräusch, wenn jemand aus großer Höhe herabstürzt. Dann ein metallisches Knistern. Es klang wie das Summen eines Insektenschwarms: die Elektroschiene.

Ich wollte den Körper nicht berühren. Es war zu dunkel, um ihn genau sehen zu können. Ich brachte mich in Sicherheit. In dem schwachen Licht einer entfernten Glühbirne konnte ich die dunkle Gestalt über die Schienen gestreckt liegen sehen.

Ich ging zu dem Ausstieg zurück und durchsuchte seinen Koffer, der am Fuß der Leiter stand. Die Löwenmaske aus Pappmache fletschte mich an. Unter dem zusammengeknüllten Umhang fand ich eine Taschenlampe. Das war alles, was ich wollte. Ich ging in den Tunnel zurück und knipste sie an. Krusemark lag da wie ein Haufen alter Kleider, sein Gesicht war im Todeskampf erstarrt. Die blicklosen Augen stierten über die Schienen, sein Mund war zu einem stummen Schrei geöffnet. Über seinem verbrannten Fleisch kräuselte sich ein dünner, beißend riechender Rauchfaden.

Ich wischte meine Fingerabdrücke von dem Griff des Koffers und warf ihn neben den Toten. Die Maske fiel in den Schmutz. Als ich mit der Taschenlampe den Weg absuchte, fand ich ein paar Meter weiter an der Wand meine 38er liegen. Ich hob sie auf und steckte sie ein. Die Knöchel meiner rechten Hand schmerzten furchtbar. Die Finger zuckten, waren also nicht gebrochen. Ganz im Gegensatz zu meiner Leica. Wie ein Spinnennetz zogen sich winzige Risse über die Linse.

Ich kontrollierte meine Taschen. Alles war da außer Epiphanys ledernem Talisman. Er war während des Kampfes verlorengegangen. Ich sah mich um, konnte ihn aber nicht finden. Es gab Wichtigeres zu tun. Ich nahm Krusemarks Taschenlampe und eilte davon. Den Schiffsmillionär ließ ich auf den Schienen liegen. Der nächste Zug würde ihn in Stücke reißen, und die Ratten hätten ein Festmahl heute nacht.

An der 23. Straße verließ ich den Tunnel und nahm ein Taxi. Ich sagte dem Fahrer Margret Krusemarks Adresse, und zehn Minuten später setzte er mich vor der Carnegie Hall ab. An der Ecke stand ein alter Mann in schäbigen Kleidern und fiedelte etwas von Bach auf einer Violine, die mit Kreppband zusammengehalten war.

Ich nahm den Aufzug in den elften Stock und achtete nicht darauf, ob der verhutzelte Fahrstuhlführer mich wiedererkennen würde oder nicht. Für solche Mätzchen war es zu spät. Die Tür von Margret Krusemarks Apartment war von der Polizei versiegelt worden. Über dem Schloß klebte ein Papierstreifen. Ich riß ihn ab, fand auf Anhieb den richtigen Nachschlüssel, öffnete die Tür und wischte mit dem Ärmel die Klinke ab.

Ich knipste die Taschenlampe von Daddy an und ließ den Lichtstrahl über das Wohnzimmer gleiten. Der Kaffeetisch, über dem der Körper gelegen hatte, war verschwunden, ebenso die Couch und der Perserteppich. Die früheren Standorte waren jetzt mit Klebestreifen markiert. Die Umrisse von Margret Krusemarks Armen und Beinen ragten zu beiden Seiten über die Tischmarkierung hinaus; es sah so aus wie eine Zeichnung von einem Mann, der ein Faß trägt.

Im Wohnzimmer interessierte mich nichts weiter. Durch den Gang ging ich in das Schlafzimmer der Hexe. Alle Schreibtischschubladen und alle Schränke trugen ein Polizeisiegel. Ich richtete den Lichtstrahl auf die Schreibtischplatte.

Der Kalender und die Papiere waren fort, die Nachschlagewerke standen an ihrem alten Platz. An einer Ecke glänzte die Alabasterurne wie ein polierter Knochen.

Meine Hände zitterten, als ich sie hochhob. Ich fingerte ein paar Minuten daran herum, aber der Deckel mit der eingravierten dreiköpfigen Schlange ließ sich nicht öffnen. In meiner Verzweiflung warf ich sie auf den Boden, so daß sie wie Glas zersprang.

Ich erspähte etwas Metallisches unter den Scherben und nahm die Taschenlampe vom Schreibtisch. Eine Reihe von Armee-Erkennungsmarken glänzten an einer Kette. Ich hob sie auf. Ein kalter Schauder durchzog mich von Kopf bis Fuß. Ich tastete mit den Fingern über die konvexen Buchstaben. Neben der Personennummer und der Blutgruppe war der Name eingestanzt: Angel, Harold R.

47. KAPITEL

Die Erkennungsmarken klimperten in meiner Tasche, als ich hinunterfuhr. Ich starrte auf die Schuhe des Fahrstuhlführers und ließ meine Finger immer wieder über die eingestanzten Buchstaben gleiten wie ein Blinder, der einen Text in Brailleschrift liest. Ich fühlte mich schwach auf den Beinen, aber meine Gedanken rasten bei dem Versuch, mir einen Reim auf das Ganze zu machen. Nichts paßte zusammen. Es mußte ein Schwindel sein. Die Erkennungsmarken waren Fälschungen. Die Krusemarks, er oder die Tochter, waren in die Sache verwickelt; Cyphre war der Kopf des Teams. Aber warum? Was hatte das alles zu bedeuten?

Die kalte Nachtluft auf der Straße riß mich aus meiner Trance. Ich warf Krusemarks Taschenlampe in einen Abfallkorb und hielt ein vorbeikommendes Taxi an. Ich wußte, daß ich als erstes die Beweisstücke, die in meinem Safe eingeschlossen waren, vernichten mußte. »Zur 42. Straße Ecke Seventh Avenue«, sagte ich dem Fahrer, stellte meine Füße auf den Notsitz und lehnte mich zurück. Auf dem ganzen Weg hatten wir keine einzige rote Ampel.

Dicke Wolkenschwaden strömten aus dem Schacht; es war wie im letzten Akt von ›Faust‹. Johnny Favorite hatte seine Seele an Mephistopheles verkauft, und dann hatte er versucht, sich durch die Opferung eines Soldaten, der meinen Namen trug, aus dem Pakt zu befreien. Das elegante Lächeln von Cyphre fiel mir ein. Was erwartete er sich von dieser

Charade? Ich erinnerte mich an die Neujahrsnacht 1943 so klar, als wäre es gestern gewesen. Ich war der einzig Nüchterne in einem Meer von Betrunkenen. Meine Erkennungsmarken waren im Kleingeldfach meiner Brieftasche, als ich bestohlen wurde. Sechzehn Jahre später tauchten sie im Apartment einer toten Frau wieder auf. Was, in drei Teufels Namen, war geschehen?

Der Times Square leuchtete wie ein Neonpurgatorium. Ich befühlte meine geschundene Nase und versuchte mich an die Vergangenheit zu erinnern. Das meiste hatte ich vergessen, es war im französischen Artilleriefeuer bei Oran ausgelöscht worden. Kleine Fetzen waren übriggeblieben. Bestimmte Gerüche brachten manchmal die Erinnerung zurück. Aber verdammt, ich wußte, wer ich war. Ich weiß, wer ich bin.

Als wir vor dem Ramschladen hielten, sah ich, daß in meinem Büro die Lichter brannten. Der Taxometer zeigte fünfundsiebzig Cent an. Ich gab dem Fahrer einen Dollar und murmelte: »Behalten Sie den Rest.« Ich hoffte, daß ich noch rechtzeitig gekommen war.

Ich rannte die fünf Stockwerke über die Feuerleiter hinauf, damit mich das Geräusch des Fahrstuhls nicht verriet. Im Gang war es dunkel, im Vorraum ebenso, aber aus meinem Büro schimmerte das Licht durch die milchigen Scheiben. Ich nahm meine Waffe und schlich hinein. Meine Bürotür stand weit offen, und das helle Licht ergoß sich über den abgenutzten Teppich. Ich wartete einen Moment, aber ich hörte nichts.

Das Büro war ein einziges Chaos; mein Schreibtisch war durchsucht worden, die Schubladen standen auf dem Kopf, und der Inhalt war über das Linoleum verstreut. Der grüne Aktenschrank lag umgekippt auf dem Boden, die glänzenden

Fotos von weggelaufenen Kindern lagen in der Ecke wie zusammengekehrte Herbstblätter. Als ich meinen umgeworfenen Drehstuhl wieder aufstellte, sah ich, daß die Safetür weit offenstand.

Dann gingen die Lichter aus. Nicht im Büro, sondern in meinem Kopf. Jemand versetzte mir mit einem Gegenstand einen Schlag; es fühlte sich an wie ein Baseballschläger. Den harten Knall hörte ich noch, bevor ich nach vorn in die Dunkelheit stürzte.

Ein kalter Guß Wasser brachte mich wieder zur Besinnung. Prustend und blinzelnd setzte ich mich auf. Mein Kopf hämmerte wie rasend. Cyphre stand über mir. Er hatte einen Smoking an und begoß mich aus einem Pappbecher mit Wasser. In der Hand hielt er meine Smith and Wesson.

»Haben Sie gefunden, wonach Sie gesucht haben?« fragte ich. Cyphre lächelte. »Ja, vielen Dank.« Er zerknüllte den Pappbecher und warf ihn zu dem Gerümpel auf den Boden. »In Ihrem Beruf sollten Sie Ihre Geheimnisse nicht in solchen Blechkästen verstecken.« Aus der Innentasche seines Jacketts holte er das Horoskop, das Margret Krusemark für mich erstellt hatte. »Ich könnte mir vorstellen, daß sich die Polizei darüber freuen würde.«

»So werden Sie nicht davonkommen.«

»Aber Mr. Angel, das bin ich schon.«

»Warum sind Sie zurückgekommen? Sie hatten doch das Horoskop?«

»Ich war gar nicht weg. Ich war im Nebenraum. Sie sind an mir vorbeigegangen.«

»Eine Falle.«

»In der Tat, und noch dazu eine gute. Sie sind geradezu begierig hineingetappt.« Cyphre steckte das Horoskop wieder ein. »Sie entschuldigen das häßliche Durcheinander, aber ich brauchte ein paar von Ihren Sachen.«

»Als da wären?«

»Ihren Revolver brauche ich zu einem bestimmten Zweck.« Er griff in seine Tasche, zog die Erkennungsmarken langsam heraus und ließ sie an der Kette vor mir herunterbaumeln. »Und diese hier.«

»Das war schlau, sie in Margret Krusemarks Apartment zu verstecken. Wie haben Sie ihren Vater dazu gebracht mitzumachen?«

Cyphres Lächeln wurde breiter. »Wie geht es übrigens Mr. Krusemark?«

»Tot.«

»Das tut mir leid.«

»Es scheint Sie nicht gerade zu Tränen zu rühren.«

»Der Verlust eines Gläubigen ist in jedem Fall bedauerlich.« Cyphre spielte mit den Erkennungsmarken herum und schlang die Kette um seine konischen Finger. An seiner manikürten Hand blitzte der Ring von Dr. Fowler auf.

»Lassen Sie den Blödsinn. Ihr komischer Name allein überzeugt mich noch lange nicht.«

»Wären Ihnen Bocksfüße und ein Schwanz lieber?«

»Ich habe es erst heute nacht begriffen. Sie haben ein Spiel mit mir gespielt. Essen im ›Voisin‹. Ich hätte es wissen sollen, als ich herausfand, daß 666 in der Heiligen Offenbarung die Zahl für die Bestie ist. Ich war nicht ganz so schnell wie sonst.«

»Sie enttäuschen mich, Mr. Angel. Ich hätte gedacht, Sie würden meinen Namen eher dechiffrieren: Er bedeutet Zero, Null.« Über seinen lahmen Scherz mußte er laut lachen.

»Daß ich jetzt den Kopf für Ihre Morde hinhalten muß, haben Sie ziemlich geschickt angestellt«, sagte ich. »Es gibt bloß einen Haken.«

»Und der wäre?«

»Herman Winesap. Kein Bulle würde die Geschichte eines Klienten glauben, der vorgibt, Luzifer zu sein – nur ein Irrer würde mit so was aufwarten. Aber ich habe Winesap, der meine Aussage bestätigen wird.«

Mit einem wölfischen Grinsen hängte sich Cyphre die Erkennungsmarken um den Hals. »Rechtsanwalt Winesap ist bei einem Bootsunglück in Sag Harbor umgekommen. Höchst beklagenswert. Seine Leiche ist noch nicht gefunden worden.«

»Sie haben wohl an alles gedacht?«

»Ich versuche gründlich zu sein«, sagte er. »Aber jetzt müssen Sie mich entschuldigen, Mr. Angel. So angenehm die Unterhaltung mit Ihnen auch ist, muß ich mich jetzt doch meinen Geschäften widmen. Es wäre tatsächlich unklug, wenn Sie versuchten, mich daran zu hindern. Sollten Sie sich rühren, bevor ich gegangen bin, wäre ich gezwungen zu schießen.«

Cyphre blieb in der Tür stehen wie ein Showmaster, der seinen Abgangsscherz auskostet. »So sehr ich auch auf der Erfüllung der Vertragsbedingungen bestehe, fände ich es doch zu schade, wenn Sie mit Ihrer eigenen Pistole erschossen würden.«

»Küß mir den Arsch«, sagte ich.

»Nicht nötig, Johnny«, lächelte Cyphre. »Das hast du bei mir schon getan.«

Er schloß leise die äußere Tür hinter sich. Auf allen Vieren kroch ich über den abfallübersäten Boden zu dem offenen

Safe. Im unteren Fach hatte ich in einer leeren Zigarrenschachtel eine Ersatzwaffe. Mein Herz klopfte, als ich die Papiere, die zur Tarnung darüberlagen, wegschob. Ich öffnete den Deckel und holte einen 45er Colt heraus. Die automatische Waffe fühlte sich an, als wäre in meiner Hand ein Traum wahr geworden.

Ich stecke sie in die Tasche und rannte zu der Tür im Vorraum. Mit dem Ohr am Glas hörte ich, wie die Fahrstuhltüren sich schlossen. In diesem Moment entsicherte ich meine Waffe. Ich sah, wie die Liftkabine an dem runden Glasfenster in der Tür vorüberglitt, und rannte zur Feuertreppe.

Ich hielt mich am Geländer fest und nahm vier Stufen auf einmal. Es war ein neuer Rekord. Unten hielt ich keuchend mit einem Fuss die Feuertür offen, die Waffe mit beiden Händen gegen den Türpfosten gedrückt. Mein Herzschlag dröhnte mir in den Ohren.

Ich betete, Cyphre würde die Waffe noch in der Hand halten, wenn die Fahrstuhltür aufging. Dann würde es auf Notwehr hinauslaufen. Ich wollte mal sehen, was Magie gegen einen automatischen Colt ausrichten konnte. Ich stellte mir vor, wie das grosse Kaliber in ihn eindrang, ihn zu Boden warf und auf seinem Seidenhemd hässliche Blutflecken hinterliess. Mir den Teufel vorspielen! So etwas konnte man mit schmierigen Voodoo-Pianisten und ältlichen Astrologinnen probieren, aber nicht mit mir. Da war er an den Falschen geraten.

Die runden Fenster der äusseren Tür füllten sich mit Licht, und der Fahrstuhl stoppte. Mit angehaltenem Atem fixierte ich mein Ziel. Louis Cyphres satanische Charade war zu Ende. Die rote Metalltür glitt auf. Der Fahrstuhl war leer. Wie ein Schlafwandler taumelte ich nach vorn. Ich wollte meinen Augen nicht trauen. Er konnte nicht weg sein. Es gab keinen anderen Weg. Ich hatte den Fahrstuhlanzeiger beobachtet und die Stockwerksnummern aufleuchten sehen. Der Lift war ohne Halt heruntergefahren. Cyphre konnte nicht ausgestiegen sein.

Ich stieg ein und drückte den Knopf für das oberste Stockwerk. Während der Aufzug nach oben fuhr, kletterte ich auf das Messinggeländer und öffnete den Notausstieg in der Decke.

Ich steckte den Kopf durch die Öffnung und sah mich um. Cyphre war nicht auf dem Dach der Kabine. Zwischen den geölten Seilen und den sich drehenden Schwungrädern war kein Platz für ein Versteck.

Vom vierten Stock aus kletterte ich über die Feuertreppe aufs Dach. Ich rannte über die blasig aufgeworfene Teerpappe und schaute hinter jeden Kamin und jeden Entlüftungsschacht. Er war nicht auf dem Dach. Ich stellte mich an die Brüstung und sah auf die Straße hinab. Es waren nur wenige Menschen unterwegs. Bloß ein paar Huren beiderlei Geschlechts standen auf den Gehsteigen herum. Louis Cyphres auffällige Erscheinung war nirgendwo zu sehen.

Ich versuchte meine Verwirrung mit Logik zu bekämpfen. Wenn er weder auf der Straße noch auf dem Dach war und auch nicht aus den Fahrstuhl gestiegen ist, mußte er immer noch irgendwo im Haus sein. Er hatte sich irgendwo versteckt, das war die einzig mögliche Erklärung. Es gab keine andere.

Während der nächsten halben Stunde durchsuchte ich das ganze Gebäude. Ich schaute in alle Toiletten und in alle Besenkammern. Mit meinem Nachschlüssel drang ich in alle leeren, dunklen Büros ein. Weder bei Ira Kipnis noch bei Olgas Elektrolyse wurde ich fündig. Ich durchkämmte die schäbigen Warteräume von drei Billigdentisten und das schrankgroße Etablissement eines Briefmarkenhändlers. Nirgendwo war eine Seele.

Verzweifelt kehrte ich in mein Büro zurück. Es ergab keinen Sinn. Nichts ergab einen Sinn. Kein Mensch kann sich in Luft auflösen. Es mußte ein Trick sein. Mit der Pistole in der Hand sank ich auf meinen Drehstuhl. Gegenüber liefen die neuesten Nachrichten: FALL OUT VON STRONTIUM90 AM HÖCHSTEN IN USA ... INDER SORGEN SICH UM DALAI LAMA ... Als ich daran dachte, Epiphany anzurufen, war es zu spät. Der größte Trickmeister hatte mich wieder ausgetrickst.

48. KAPITEL

Das endlose Klingeln klang genauso verzweifelt wie das einsame Rufen des spanischen Seemanns in Dr. Ciphers Flasche. Noch so eine verlassene Seele wie ich selbst. Mit dem Hörer in der Hand saß ich lange Zeit zwischen all dem zerstörten Gerümpel. Mein Mund war trocken und schmeckte nach Asche. Alle Hoffnung war dahin. Ich hatte die Schwelle zum Verderben überschritten. Nach einer Weile stand ich auf und stolperte über die Treppen auf die Straße. Ich stand an der Kreuzung wie am Scheideweg meines Schicksals. Ich fragte mich, wohin ich gehen sollte. Es war gleichgültig geworden. Ich war lange und weit genug gegangen. Ich hatte kein Ziel mehr.

Ich sah ein Taxi kommen und hielt es an.

»Zu irgendeiner besonderen Adresse?« Der Sarkasmus des Fahrers brach in die trübe Stille.

Meine Worte klangen wie von weit her, als würde jemand anderer sprechen.

»Chelsea Hotel in der 23. Straße.«

»Zwischen Seventh und Eighth Avenue?«

»Richtig.«

Wir fuhren die Seventh Avenue hinunter. Ich hatte mich in die Ecke verkrochen und starrte auf eine tote Welt hinaus. In der Ferne heulten Feuerwehrsirenen wie wütende Dämonen. Wir fuhren an den plumpen Säulen der Penn Station vorbei; grau und düster standen sie im Licht der Lampen. Der Fahrer schwieg. Halblaut summte ich eine Melodie von Johnny

Favorite vor mich hin, die während des Krieges sehr beliebt gewesen war. Es war einer meiner größten Hits.

Armer alter Harry Angel, an die Hunde verfüttert wie Küchenabfälle. Ich habe ihn getötet und sein Herz verschlungen, aber ich bin trotzdem gestorben. Daran kann alle Magie der Welt nichts ändern. Ich lebte von geborgter Zeit und mit den Erinnerungen eines anderen Menschen; ein verdorbenes, hochmütiges Geschöpf, das der Vergangenheit zu entfliehen suchte. Ich hätte wissen müssen, daß dies unmöglich war. Ganz gleichgültig, wie vorsichtig man auch an dem Spiegel vorüberschleicht, seinem Spiegelbild entgeht man nicht.

»Scheint was Größeres passiert zu sein hier.« Der Fahrer hielt auf der gegenüberliegenden Seite des Chelsea Hotels, wo drei Polizeifahrzeuge nebeneinander parkten. Er stellte den Taxameter ab. »Ein Dollar sechzig, bitte.«

Ich bezahlte mit meinem Fünfzigdollarschein für Notfälle und sagte ihm, daß er den Rest behalten könne.

»Das ist kein Fünfer, Mister. Sie haben sich geirrt.«

»Ich hab viele Irrtümer begangen«, sagte ich und eilte über das Pflaster, das die Farbe von Grabsteinen hatte.

Ein Polizist stand an der Rezeption und telefonierte. Er ließ mich passieren, ohne mir auch nur einen Blick zu gönnen. »... drei schwarze, fünf mit Milch, ein Tee mit Zitrone«, hörte ich ihn sagen, als sich die Fahrstuhltüren schlossen.

In meinem Stockwerk stieg ich aus. Im Vorraum meines Apartments stand eine Tragbahre. Zwei Krankenwärter lümmelten an der Wand. »Wozu die ganze Hetzerei«, beklagte sich einer. »Die wußten doch schon die ganze Zeit, daß sie es mit einer Leiche zu tun haben.«

Die Türen zu meinem Wohnzimmer standen weit offen. Ein Blitzlicht flammte auf, und der Geruch von billigen Zigarren erfüllte die Luft. Wortlos ging ich hinein. Die uniformierten Polizisten wanderten auf und ab. Für sie gab es keine Arbeit. Sergeant Deimos saß mit dem Rücken zu mir am Tisch und gab jemandem telefonisch meine Personenbeschreibung durch. Im Schlafzimmer flammte wieder ein Blitzlicht auf.

Ich warf einen Blick hinein. Der genügte. Epiphany lag auf dem Bett. Das einzige, was sie auf dem Leib hatte, waren meine Erkennungsmarken. Ihre Hand- und Fußgelenke waren mit vier häßlichen Krawatten an das Gestell gefesselt. Zwischen ihren Beinen steckte meine Smith and Wesson; der Pistolenlauf war wie ein Liebhaber in sie eingedrungen. Das Blut auf ihren offenen Schenkeln leuchtete wie Rosenknospen.

Lieutenant Sterne gehörte zu den fünf Zivilbeamten, die mit den Händen in den Manteltaschen zusahen, wie sich der Fotograf für eine Großaufnahme hinkniete. »Wer, zum Teufel, sind Sie?« fragte der Streifenpolizist hinter mir.

»Ich wohne hier.«

Sterne blickte in meine Richtung. Seine verschlafenen Augen weiteten sich. »Angel?« Ungläubiges Staunen verschlug ihm fast die Sprache. »Das ist der Mann. Legt ihm Handschellen an.«

Der Polizist hinter mir fesselte mich. Ich wehrte mich nicht. »Spart euch die großen Worte.«

»Seht nach, ob er eine Waffe hat«, bellte Sterne. Die andern Polizisten sahen mich an, als wäre ich ein Tier im Zoo.

Die Handschellen schnitten in meine Gelenke. Der Polizist tastete mich ab und zog den Colt aus meinem Hosenbund.

»Schweres Geschütz«, sagte er und gab ihn Sterne.

Sterne betrachtete die Waffe und kontrollierte die Sicherung. »Warum sind Sie zurückgekommen?«

»Wo sollte ich sonst hingehen?«

»Wer ist das?« Sterne deutete mit dem Daumen auf Epiphanys Körper.

»Meine Tochter.«

»Quatsch.«

Sergeant Deimos kam ins Schlafzimmer geschlendert. »Ja, wen haben wir denn da?«

»Deimos, rufen Sie in der Zentrale an und geben Sie durch, daß wir den Tatverdächtigen festgenommen haben.«

»Sofort«, sagte Deimos und ging ohne besondere Eile aus dem Raum.

»Also noch mal, Angel. Wer ist das Mädchen?«

»Epiphany Proudfoot. Sie führt einen Kräuterladen an der Ecke Lenox Avenue und 123. Straße.«

Ein Beamter notierte sich meine Aussage. Sterne schob mich ins Wohnzimmer, und ich setzte mich auf die Couch. »Wie lange machen Sie schon mit der herum?«

»Ein paar Tage.«

»Gerade lange genug, um sie umzubringen, was? Sehen Sie mal, was wir im Kamin gefunden haben.« Sterne hob mein angekohltes Horoskop an einer nicht verbrannten Ecke hoch. »Wollen Sie dazu etwas sagen?«

»Nein.«

»Macht nichts. Wir haben alles, was wir brauchen. Es sei denn, die 38er, die in ihrer Möse steckt, gehört nicht Ihnen.«

»Sie gehört mir.«

»Dafür werden Sie brennen, Angel.«

»In der Hölle werde ich brennen.«

»Vielleicht. Wir wollen da auf Nummer sicher gehen und Ihnen einen kleinen Vorsprung geben.« Sternes Haifischlippen öffneten sich zu einem bösen Lächeln. Ich starrte auf die gelben Zähne und erinnerte mich an das lachende Gesicht auf dem Bild im Steeplechase Park. Der heimtückische Schalk in dem breiten Grinsen des Spaßmachers. So lachte nur noch einer: Luzifer. Sein schallendes Gelächter konnte ich mir vorstellen. Diesmal lachte er über mich.